Pamela Erens

Die Unberührten

Pamela Erens

Die Unberührten

Roman

Aus dem Englischen übersetzt
von Ulrike Thiesmeyer

C.H.Beck

Titel der amerikanischen Ausgabe:
The Virgins
Tin House Books, 2013

Für die deutsche Ausgabe:

Umschlaggestaltung: Geviert, Grafik & Typografie, Michaela Kneißl
Umschlagabbildung: Rose in Paris, Nähe Notre Dame
© Todd Terwilliger/flickr
Satz: Fotosatz Amann, Memmingen
Druck und Bindung: GGP Media GmbH, Pößneck
Gedruckt auf säurefreiem, alterungsbeständigem Papier
(hergestellt aus chlorfrei gebleichtem Zellstoff)
Printed in Germany
ISBN 978 3 406 67543 0

www.beck.de

Für JDR, AER und HER

1979

1

Wir sitzen auf den Bänken und sehen den Bussen beim Ankommen zu. Cort, Voss und ich.

Wir sind in der zwölften und letzten Klasse, endlich, und es ist das Vorrecht von Seniors wie uns, sich auf diesen Plätzen vor den Häusern zu postieren, um die neuen Figuren und Gesichter zu begutachten. Jungen mit großen Brillen und Ponysträhnen bis über die Augen, Mädchen mit Farrah-Fawcett-Frisuren. Die Mädchen vom letzten Jahr sind bereits geprüft und abgehakt, zu hässlich oder zu strebsam oder zu sonderbar, oder bereits in festen Händen, oder bildhübsch und damit unerreichbar.

Die Chancen stehen schlecht, das ist uns klar; auf ein Mädchen kommen hier zwei Jungen. Und die Neuzugänge nehmen eher selten diese Busse, die vom Flughafen oder vom Südbahnhof in Boston hierherpendeln. Ihre besorgten Eltern klammern sich an die letzten Stunden der Kontrolle und kutschieren sie persönlich hierher, tragen ihre Sachen in die properen Backsteingebäude, verbreiten Hektik und mäkeln an den tristen, spartanischen Zimmern herum. Ist mal ein süßes Mädchen darunter, kommt man nicht an sie heran, dafür sorgen die Mutter, der Vater, der finster blickende kleine Bruder, der keine Lust dazu hatte, Hunderte Meilen weit mitzufahren. Die neuen Jungen sind uns natürlich egal. Die lernen wir später kennen. Oder auch nicht.

Sie knickt um, als sie die Bustreppe heruntersteigt, nur ein kleines, zittriges Wackeln, lacht und fängt sich wieder. Ihre Sandaletten laufen vorne spitz zu und sind hochhackig. Mit dünnen Bleistiftabsätzen als einziger Verbindung zu den mit Gummi überzogenen Stufen. Sie trägt ein Kleid aus violetter Seide, seitlich hoch geschlitzt, und einen weißen Blazer. Hier an diesem Ort, wo alle Pullis mit Rundhalsausschnitt und Ledermokassins von Dockside tragen, wirkt ihr Outfit so fehl am Platz wie eine rote Clownsnase und Schwimmflossen. Ihre Augen sind stark geschminkt, geschwärzt irgendwie, schläfrig, tief. Sie wartet auf dem Gehweg, während der Fahrer den Gepäckraum seitlich am Bus aufklappt. Sie deutet hinein, und er zerrt zwei riesige knallgelbe Textilkoffer heraus. Seine Muskeln wölben sich vor Anstrengung, als er sie auf das Pflaster wuchtet.

Ich springe auf. Cort und Voss sind noch damit beschäftigt, sich einen Reim auf dieses Mädchen zu machen, aber ich habe nicht vor zu warten. Voss macht ein leise knallendes Geräusch mit den Lippen, um mich zu verspotten und seiner respektvollen Verwunderung Ausdruck zu verleihen. Schließlich habe ich offiziell ja schon eine Freundin.

«Brauchst du Hilfe?», frage ich sie.

Sie lächelt verhalten, theatralisch. Ihre Zähne sind sehr gerade, sehr weiß. Das Werk eines Kieferorthopäden, oder vielleicht vom Fluor im Trinkwasser. Ich überlege, wo sie wohl herkommt. Aus einer Großstadt, einem wohlhabenden Vorort? Da geht mir plötzlich ein Licht auf, sie ist eine von denen. Das sehe ich an ihren dunklen Augen, an ihrer gebogenen Nase, an ihrem dichten, dunklen, lockigen Haar.

«Ich bin im Hiram», sagt sie.

Lassen Sie mich ihre Reise nachzeichnen.

In ihrem großen Zimmer klingelt frühmorgens, als es noch dunkel ist, der Wecker, und sie schiebt die Vorhänge an ihrem Himmelbett auf. Die kleine Prinzessin. Ihr Bruder in dem Zimmer gegenüber im Flur schläft noch. Er ist vier Jahre jünger als sie, also zwölf. Sie macht sich Frühstück: einen Bagel mit Frischkäse, Orangensaft und eine Schale Cheerios; morgens hat sie immer einen Mordshunger. Sie frühstückt allein. Ihre Mutter sitzt oben im Bademantel im Bett und blättert einen Stapel Zeitschriften durch. Ihr Vater rasiert sich. Er hat morgens keinen Appetit. Er fährt sie zum Flughafen, aber während der langen Fahrt durch die flachen grauen Straßen Chicagos fällt zwischen ihnen kein Wort. Sie wäre froh, wenn er sagte, sie werde ihm fehlen, wenn er zumindest so täte, als fiele ihm diese Trennung nicht leicht. Sie wollte selbst fortgehen, aber jetzt im Auto rebelliert ihr Magen, ihr wird übel. So übel, dass sie das Gefühl hat, sofort eine Toilette aufsuchen zu müssen, wenn sie den Flughafen erreicht haben. Sie bereut es, so viel gegessen zu haben. Gäbe ihr Vater irgendwie zu erkennen, dass sie ihm fehlen wird, dass er sich um sie sorgt, würde das ihre Angst ein wenig lindern. Sie hat ihren Gang einstudiert, ihre Redeweise, alles, was sie braucht, um sich zu präsentieren. Ihr graut davor, an einen neuen Ort zu wechseln, nur um dort am Ende wieder unsichtbar zu sein.

Ein hoher Absatz versinkt im Matsch. Die letzten Tage haben New Hampshire spätsommerliche Regenfälle beschert, und trotz der trockenen Luft jetzt ist der Rasen zwischen den Parkzonen und den Wohnhäusern noch feucht und durchweicht. Dieses Mädchen ist es gewohnt, auf Großstadtpflaster zu laufen, auf Asphalt. Sie lacht und zieht ihren Absatz aus der Erde. Sie ist wild entschlossen, so zu tun, als entspräche alles, was ihr widerfährt, ihrem eigenen Willen oder als bekäme sie jedes kleine Missgeschick souverän in den Griff. Sie macht einen Bogen um die nassen Grasbüschel, sinkt jedoch gleich darauf wieder ein. «O Mann», sagt sie. Ihr Kleid ist lang, es reicht ihr fast bis an die Knöchel. Ich stelle die Koffer ab und reiche ihr die Hand; sie nimmt sie, und ich ziehe. Mit einem Schmatzen löst sich der Schuh aus der Erde. Als ich es später im Geist noch einmal Revue passieren lasse, kommt mir dieses Geräusch obszön vor. Ihre Koffer sind schwer, so schwer – das weiß ich inzwischen –, wie es nur das Gepäck einer Frau sein kann. Es ist noch ein kurzes Stück bis zu ihrem Haus. Sie kommt in die elfte Klasse, erzählt sie mir – was an anderen High Schools Junior genannt wird –, und wir stellen uns vor. Aviva Rossner. «Bruce Bennett-Jones», wiederholt sie meinen Namen, nachdenklich, wie um zu entscheiden, ob es ein guter Name ist.

Sie geht vor mir her statt hinter mir, vielleicht möchte sie, dass ich sehe, wie sich ihr kleiner Hintern unter dem weißen Blazer bewegt. Der Wind weht ihr Kleid unten am Saum hoch, klebt es ihr gegen das lange nackte Bein. Die Schulflagge über uns flattert und haftet ganz ähnlich am Flaggenmast an. Der Geruch von reifen Äpfeln erfüllt die Luft. Endlich sind wir auf dem gepflasterten Gehweg. Mit klickenden Absätzen geht sie zu der schweren Tür und öffnet sie mir. Starke Arme an einem so schmalen Mädchen. Im Gemeinschaftsraum spielt jemand Klavier, einen Ragtime. Aviva steigt die Treppe hinauf in der Erwartung, dass ich ihre Koffer nach oben trage. Jungen ist es streng verboten, die Wohnetagen zu betreten. Ich folge ihr nach oben.

In dem Flur brennt nur schwaches Licht. Die Wände sind cremefarben und schmuddelig, die Fußböden ockergelb. Sie geht die Zimmernummern durch, bis sie die 21 gefunden hat. Ich stelle die Koffer neben die Kommode, die gleiche schlichte Holzkommode, die auch in meinem Zimmer und in den Zimmern aller anderen Schüler auf dem Campus steht. In ihren Koffern befinden sich – wie wir alle in den folgenden Tagen sehen werden – Angorapullis mit V-Ausschnitt, schmal geschnittene Röcke, Socken mit kleinen Troddeln hinten an der Ferse, sehr kurz abgeschnittene Hosen, Cowboystiefel, Unmengen Goldschmuck, viele Beutel voller Schminksachen.

Über der Kommode hängt ein Spiegel. Ich erhasche einen Blick auf mich: schweißglänzende Stirn, feuchte Locken. Avivas Mitbewohnerin ist noch nicht da. Der Kleiderschrank steht offen, er hängt voller leerer Kleiderbügel.

«Vielen, vielen Dank», sagt sie.

Ich versetze der Zimmertür einen Stoß. Sie schlägt mit einem dumpfen Pochen gegen den Rahmen, schließt sich nicht. Aviva hat genug Zeit, etwas zu unternehmen – sie könnte in den Flur hinauslaufen, mich auffordern zu gehen. Sie sieht mich mit einem nachsichtigen Lächeln an. Ich werde die Handlung in meiner Schilderung jetzt verlangsamen; ich möchte es alles noch einmal ganz deutlich vor mir sehen, wie ein Theaterstück mit genauen Regieanweisungen – mein tägliches Brot. Also, ich drücke noch einmal gegen die Tür, und jetzt schließt sie sich, mit dem lautesten und endgültigsten Geräusch, das ich je gehört habe. Aviva tritt zurück, um sich dagegenzulehnen und mich näher kommen zu lassen. Sie ist klein und zierlich, und als ich direkt vor ihr stehe, habe ich ausnahmsweise das Gefühl, körperlich eine gewisse Größe zu haben. Der weiche Kragen ihrer Jacke kribbelt an den Härchen meines Unterarms. Ihr Nacken ist feucht, und ihr Mund, als ich ihn küsse, schmeckt nach Zigaretten und Schokolade. Ich male mir aus, wie sie in der engen Flugzeugtoilette hastig und verstohlen eine Zigarette raucht. Ihr Haar mieft ein wenig. Das Parfüm, das sie am Morgen aufgesprüht hat, ist inzwischen mit Schweiß und Reisegeruch vermischt und riecht nach Birne.

«Reiß den Mund nicht so weit auf», sagt sie.

Meine Füße schwitzen in meinen Turnschuhen. In meinem Schritt juckt es. Meine Kopfhaut juckt. Sie lässt ihre Hand sinken, und ich sehe, dass sie perlrosafarbenen Nagellack trägt.

Sie lässt ihren Kopf nach hinten gegen die Tür sinken und lacht. Ihre dichten Locken wimmeln umher. Ich könnte sie in den ungeschützten Hals beißen. Ich will nicht erwischt und nach Hause geschickt werden. Ich sehe die Hand meines Vaters, die ausholt, um mich zu schlagen, und weiß, dass ich im Begriff bin, von einem hohen Sims zu springen. Panik erfasst mich, ich greife nach dem Türknauf und erschrecke damit Aviva. Ich öffne behutsam die Tür, lausche nach draußen in den Flur, ins Treppenhaus. «Alles in Ordnung», sagt sie. Woher will sie das wissen? Doch wie es sich trifft, hat sie recht. Es herrscht die seltsamste Leere und Stille, als wären diese Augenblicke und dieser Ort eigens für uns bereitgestellt worden, inmitten der Geschäftigkeit des Einzugstages in der Academy. Aviva versetzt der Tür mit dem Hinterteil einen Stoß, um sie wieder zu schließen, aber ich zwänge mich an ihr vorbei durch die Öffnung aus dem Zimmer, fliehe die Treppe hinunter und aus dem Hiram hinaus ins Freie.

Cort und Voss sitzen nicht mehr auf der Bank vor dem Weld. Ein einsames Fahrrad ist an die Armlehne der Bank gekettet.

Später sehe ich Voss im Gemeinschaftsraum, wo er in einen New-Gods-Comic vertieft ist. «Wie war die Braut?», fragt er. Ich zucke mit den Achseln. «Riesenzinken», sage ich. «Zu stark geschminkt. Nicht mein Typ.»

2

Es ist Ende September, Anfang Oktober. Sagen wir Oktober. Jene erste Woche, wenn der Indian Summer seinen Gipfelpunkt erreicht. Ich sehe, wie Aviva Rossner und Seung Jung sich in jener Zeit kennenlernen, inmitten der flammenden Gelb- und leuchtenden Rottöne. Seung war ein Junge, den ich aus meiner Heimatstadt in New Jersey kannte; wir waren zusammen auf der Middle School gewesen. Tatsächlich weiß ich gar nicht, wann sich die beiden genau kennengelernt haben, oder wie. Eines Tages war sie einfach dort, Aviva, auf der Couch in unserem Gemeinschaftsraum, auf seinen Beinen sitzend. Er lag auf der Couch, den Kopf auf die Armlehne gelegt. Sie saß rittlings auf ihm, ein Bein von der Couch hinabbaumelnd, das andere unter sich geklemmt. Ihre Beine waren nackt; sie war gerade aus der Sporthalle gekommen. Sie trug kurze graue Sporthosen und ein Kapuzensweatshirt mit der Aufschrift «Auburn Academy». Seine Augen waren geschlossen, er lächelte.

Sie lernen sich in Musiktheorie kennen. Sagen wir das. Aviva ist immer bestrebt, ihren Horizont zu erweitern, Dinge auszuprobieren, für die sie keine Begabung hat: Musiktheorie, freiwillige Hilfe im Altenheim, Drogen. Als Kind war sie ängstlich und hat nie etwas ausprobiert, und jetzt will sie sich beweisen, dass sie nicht feige ist. Sie sitzt in dem großen Musikraum, in dem die Notenständer an die Wand geschoben sind, und hört dem alten Barnet Fretts mit seinen Koteletten und seinem Down-East-Akzent zu. Singe ein B, sagt er. Sie kann sich kein B vorstellen. Wie soll man es aus all den Tonhöhen heraushören. Sie sieht den Buchstaben B vor sich, als wäre er mit einer Schreibmaschine auf ein Papier getippt. Wenn sie sich einfach nur auf dieses Bild konzentriert, redet sie sich ein, wird der Ton, den sie singt, schon der richtige sein; ihr Verstand wird einen Weg finden, es so einzurichten. Sie singt ihren Ton. Der alte Fretts runzelt die Stirn.

Seung sitzt auf dem Stuhl neben ihr. Seitlich an den Armlehnen sind ausgekehlte Arbeitsplatten befestigt. Er legt ihr die Hand auf den Arm. Er ist olivfarben, muskulös, trägt ein weißes Lacoste-Polohemd mit dem obligatorischen Blazer und einer Krawatte. Er ist ein Senior. «Du hast eine schöne Stimme», sagt er. Es stimmt. Sie trifft zwar nicht den richtigen Ton, aber ihre Stimme hat einen lieblichen Klang. Seungs Kompositionskladde ist voll winziger schwarzer Noten, geformt wie Tränen, die er mit seiner kleinen, akkuraten Handschrift sorgsam zu Papier gebracht hat. Als er ihr seinen Namen sagt, sagt sie, er sei perfekt für diesen Raum, für diese Stunde: *Seung*, ausgesprochen wie *Song*.

Nach dem Unterricht spazieren sie zusammen auf sein Wohnhaus zu. Es liegt auf dem Weg zu ihrem. Er weiß, wer sie ist; er hat sie beobachtet, als sie in seiner Nähe war, an ihm vorbeiging in Richtung der Bibliothek, die Treppe zur Aula hinauf. Alle wissen, wer sie ist – sie ist die mit dem langen, gekräuselten Haar und der blassen Haut, mit dem dunklen Augen-Make-up und den Pullovern mit V-Ausschnitt, die einen dazu verleiten, einen Blick auf ihre Brüste erhaschen zu wollen. Sie trägt hochhackige Stiefel und goldene Kreolen in den Ohrläppchen. An manchen Tagen trägt sie auch die Sachen, die alle anderen tragen, Rollkragenpullis und gemusterte Shetlandpullover, aber davon lässt sich niemand täuschen; sie sieht trotzdem nicht aus wie alle anderen.

Als sie an der Kunstgalerie mit der blanken Fensterfront vorbeikommen, versucht sie, nicht zur Seite zu schauen. Nur mit Mühe kann sie dem Drang widerstehen, sich rasch zu vergewissern, dass sie lebendig genug aussieht, nicht im Begriff ist zu verblassen, sich aufzulösen. Jedes Mal, wenn sie irgendwo ihr Spiegelbild überprüft, erwartet sie gewissermaßen, dort nichts zu erblicken.

«Was für Kurse hast du noch belegt?», fragt Seung.

Hat er bei dem Wort belegt tatsächlich gestottert, oder hat sie sich das bloß eingebildet? Seung hat kurze, kräftige, ein wenig krumme Beine, einen langen, breiten Rumpf und breite Schultern. Sein glattes, in der Mitte gescheiteltes schwarzes Haar bedeckt die Ohren, es reicht bis unters Kinn. Sein Gesicht ist ein Quadrat. Er vermittelt den Eindruck ungeheurer körperlicher Stärke, und Aviva findet bald heraus, dass er in der Schulmannschaft Schmetterling schwimmt. Sie muss aufblicken, um mit ihm zu sprechen, dabei ist er nicht besonders groß, höchstens groß für einen Asiaten. Sie muss immer zu anderen aufblicken. Das kompensiert sie, indem sie stets Abstand zu anderen hält, etwas mehr als normal. Sähen Sie ein Foto von ihr, dächten Sie vermutlich, sie sehe zerbrechlich aus, knochige Arme, schmale Schultern, in natura aber wird dieser Eindruck durch etwas Zähes und Irreduzibles überlagert.

Seung ist Tutor in seinem Wohnhaus, eine Stellung, die, erklärt er Aviva, im *Auburn Rule Book* definiert wird als «Vertrauensperson zwischen Schülerschaft und Lehrkörper, Fragen des Wohlergehens und der Disziplin von Schülern betreffend». «Ich gebe mir Mühe», sagt er mit einem Augenzwinkern. Er spielt Keyboard in einer Schulband, liebt Jazz und guten alten, ehrlichen, schnörkellosen Rock. Die Southern-Rock-Bands sind die besten: Little Feat, Lynyrd Skynyrd, die Allman Brothers. Weil man bei ihrer Musik einfach Lust bekommt, aufzuspringen und zu tanzen.

«Bist du aus den Südstaaten?», fragt sie. Er wirkt eigentlich nicht so.

«Aus New Jersey. Joisey. Du bist aus dem Mittleren Westen. Oder aus Buffalo.»

«Das hat dir jemand verraten!» Dass die Leute über sie reden, verwundert sie nicht weiter.

«Nein. Aber du klingst wie diese Leute, mit denen man redet, wenn man telefonisch etwas aus einem Katalog bestellt. Die sitzen alle in Wisconsin oder Chicago.»

«Was weißt du über Bestellungen aus Katalogen?»

«Ich habe meiner Mutter zum Geburtstag einen Pullover von Lands' End bestellt. Koreanische Mütter lieben Lands' End.»

Sie erzählt ihm, beinahe stolz, dass sie völlig unbegabt sei. Sie spielt ein wenig Klavier, miserabel. Sie kann einen Tennisball treffen. Sie kann weder zeichnen noch malen. Sie liest gern, vor allem Romane und Bücher über Psychologie. Sie zeigt auf die Bibliothek, die von diesem berühmten Architekten erbaut worden ist, mit ihren Stützpfeilern aus Backstein, den warmen Holzelementen und den vielen von Licht durchfluteten Fenstern. «Ich liebe dieses Gebäude», erklärt sie.

«Ich habe dich schon dort gesehen», sagt er zu ihr.

«Kann gut sein», stimmt sie ihm zu. Sie sitzt oft dort im ersten Stock in einem der großen, würfelförmigen Sessel, von denen aus sich die große Rasenfläche mit ihren wechselnden Farbtönen überblicken lässt. Sie bleibt lange dort. Sie hält sich nicht gerne in ihrem Zimmer auf; sie und ihre Mitbewohnerin verstehen sich nicht besonders. Ihre Mitbewohnerin mag keine T-Shirts oder Pullis verleihen und hat eine

Aversion gegen Rauchen. Allabendlich verstaut sie ordentlich die Sachen im Schrank, die sie tagsüber getragen hat, zusammengefaltet und auf Bügel gehängt. Sie geht abends früh schlafen und steht morgens früh auf.

Aviva rückt ihre Bücher etwas zur Seite, damit Seung auf jeden Fall ihren Busen sehen kann, ihre Taille. Schon jetzt hat sie intuitiv erfasst, dass er zu Selbstzweifeln neigt, zu einer Art Schicksalsergebenheit, dass es da etwas in seinem Wesen gibt, was es ihm schwer macht zu denken: ich. Wenn sie sich nun trennen, wird sie ihn verlieren.

«Gehst du mit irgendwem zum Tanzabend, diesen Samstag?», fragt sie.

Er stößt ein kurzes, gepresstes Lachen aus. Die Antwort lautet nein. Er geht nur selten zu den Tanzabenden. Er zieht eher mit Detweiler und Sterne, seinen engsten Freunden, los, hinaus in den Wald, ab und zu kommen auch noch andere aus dem Weld mit. Sie kiffen oder werfen LSD ein und hören sich gute Musik an: Jean-Luc Ponty, Traffic, das Köln Concert, bei dem Keith Jarrett rhythmisch gegen das Klavier tritt und stöhnt.

«Warum fragst du nicht mich?», sagt sie.

3

Ich bin davon überzeugt, dass sie den ersten Schritt getan hat, nicht umgekehrt. Sie hatte bereits mit einigen Jungen etwas angefangen; sie gehe ziemlich in die Vollen, hieß es. Nach ein, zwei Wochen dann hatte sie den Typen meist satt, oder er kam vielleicht zu dem Schluss, dass es nicht nur vorteilhaft war, mit der Neuen liiert zu sein, die auf dem Campus für so viel Gerede sorgte. Wie dem auch sei, meine Version passt jedenfalls zu dem, was ich von Seung weiß. Schon früher in der Middle School, als wir ihn gegen die Spinde schubsten und ihn Schlitzauge und Reisfresser nannten, gab es Mädchen, die ihn mochten, und sie mochten ihn noch mehr, als er sich breite Schultern und harte Muskeln antrainierte und sich zu einem der besseren Sportler der Schule mauserte. Doch er nutzte nie die Gelegenheiten, die sich ihm boten. Genauso war es auch in Auburn. Er hatte seine Freunde, kluge Kiffer und Typen, die gerne abhingen, aber mit einem Mädchen sah man ihn nur selten. Als glaubte er nicht daran, dass diese weibliche Aufmerksamkeit sonderlich tiefgründig sei. Er hat darauf gewartet, dass jemand nicht lockerließ – dass jemand über ihn bestimmte.

4

Seung erfinde ich selbstverständlich auch. Das ist das Mindeste, was ich für ihn tun kann.

5

Halb fünf, das Gras wird dunkler, der Himmel hängt tief. Seung, Detweiler und Sterne gehen an der Sporthalle und den Sportplätzen vorbei, die sich langsam leeren, ihr Ziel ist die Aschenbahn. Äußerlich könnten die drei Freunde unterschiedlicher kaum sein. Detweiler ist lang und dünn mit strähnigem blondem Haar, das ihm bis über die Schultern reicht, er trägt eine Nickelbrille. Seine Gedanken sind immer ganz woanders, liebevoll; er lächelt vor sich hin, ohne es zu merken. Niemand unterbricht gern seine Träumereien, die jedem ihrer Treffen eine irgendwie sanfte Note geben. Sterne ist auf andere Art dünn: muskulös, sehnig. Er ist Tennisspieler, kleiner als Detweiler. Sein Haar ist dunkel, er wirkt hohlwangig. Seine Familie hat Geld wie Heu und eine Skihütte in Vermont. Neben diesen beiden sieht Seung aus wie ein Gewichtheber, wie ein Ringer, ein gedrungener Baum. Sie vergessen, dass er Asiate ist, dass sein Gesicht anders aussieht als ihres. Er vergisst das nie.

Die Aschenbahn verläuft um den Fußballplatz herum. Die Jungen hocken sich neben eines der Tore. Detweiler holt einen dünnen weißen Joint aus der Tasche, drückt seine Lippen an das Ende, um ihn zu versiegeln. Wenn sie mehr Zeit hätten, würden sie sich an den Sumpf zurückziehen, wo es abgeschiedener ist, besser für einen friedlichen Joint, aber sie haben vor dem Abendessen noch Unterricht. Seung steckt den

Joint mit seinem Feuerzeug an, und schweigend lassen sie ihn kreisen. Seung betrachtet die Laufbahnen, die Art, wie sie sich ineinanderschmiegen, acht insgesamt. Er wünschte, er könnte weiter über die Aschenbahn spurten wie früher, mit berstendem Brustkorb, den Schweißgeruch und säuerlichen Atem seines schärfsten Konkurrenten in der Nase, der spürbar zurückfiel, während seine Beine weiterpumpten, unermüdlich, trotz der stechenden Schmerzen. An der Jordan Middle School lief er die 400 Meter, die schwerste Distanz. Sie lässt sich nicht im Spurt bewältigen, man musste sich aber trotzdem alles abverlangen. Seine Füße knallten wuchtig auf die zusammengebackene Erde, er spürte die Vibrationen bis hinauf in seinen Hals, seine Ohren. In der achten Klasse hat er sich am Rücken verletzt und sich aufs Schwimmen verlegt. Eine Aschenbahn ist eine Wiederholung, Kreise, derselbe Boden, immer und immer wieder. Das hat etwas Tröstliches. Schwimmen bietet Seung denselben Trost: zwei Wände, dazwischen ein Kanal.

Sterne betrachtet den Joint und blinzelt anerkennend. «Kalifornischer Skunk – so heißt dieser Shit?»

«Wieso Skunk?», fragt Detweiler. Er hat einen Ständer. Beim Kiffen bekommt er immer einen Ständer. Das ist bloß Detweiler. Es fällt keinem ein, das groß zu kommentieren oder auch nicht. Seine Hand verirrt sich hin und wieder, um beiläufig an der Beule in seiner Hose herumzutätscheln.

«Skunk, weil diese Indica-Sorte eben stinkt wie ein verdammter Skunk», sagt Seung. Es ist seine Art, technische Informationen zu liefern. «Sie wird mit einer kalifornischen Sorte mit Orangenaroma verschnitten, damit man nicht kotzen muss. THC-Gehalt sieben bis zehn Prozent. Bei dem hier sind es zehn Prozent, schätze ich.»

«Danke, Herr Chemieprofessor», sagt Sterne.

Sie trinken Coke aus Dosen, die sie in der Stadt gekauft

haben und die sich noch kalt anfühlen. Sterne bietet ein Tütchen Mandeln an; sie maulen herum, wollen wissen, warum er nicht die Röstmandeln mit Salz besorgt hat.

«Stillhalten», sagt Seung zu Sterne. «Ich werde dich zeichnen.»

«Moment, ich mach's mir erst bequem», sagt Sterne. Er zieht seine Jacke aus, knüllt sie sich unter dem Kopf zusammen und streckt sich lang im Gras aus.

«Mach die Augen nicht zu.» Seung zeichnet mit einem Stift mit dünner Spitze kurze, winzige Striche wie in Kreuzschraffur. Seine Porträts haben nie große Ähnlichkeit mit den Leuten, die sie darstellen sollen, und dennoch fangen sie etwas Wahres ein. Seine Freunde bewahren diese Zeichnungen an sicheren Orten auf, unter ihren Socken, in einem Lieblingsbuch. Jeder Porträtierte findet, dass Seung etwas von seiner komplexen Persönlichkeit erfasst hat, von der Art, wie er aus Millionen kleiner Impulse und Gesten zusammengesetzt ist.

Die Sonne sinkt tiefer. Sternes Gesicht ist in tiefen Schatten gehüllt. Seung fängt an, Aviva dort liegen zu sehen, den Kopf auf die Jacke gebettet, umrahmt von ihrem dunklen Haar, das sich ringsherum ins Gras schlängelt. Er würde gerne mal mit ihr in den Wald hinausgehen. Sie dort auf einem Bett aus Kiefernnadeln niedersetzen, sich neben sie hocken und ihr Haar streicheln, ihre Brüste berühren, ihre Hüften umfassen. Er hat bisher nur dieses eine Mal mit ihr gesprochen, vor dem Weld. Am Samstag führt er sie zum Tanzen aus. Oder führt sie ihn aus? Seine Hände fangen an zu zittern. Er nimmt den süßen, aschigen Geschmack des Pots wahr, hinten in seiner Kehle. Gestern Nacht hat er geträumt, er und Aviva wären in dem Schwimmbecken der Academy mit den eingeteilten Bahnen; er hat die Abtrennseile fortgerissen, damit sie mehr Platz hatten. Das Wasser unter ihnen war so stabil wie ein Fußboden, als er in sie hineinsank. Als es vorbei war, hatte er seine Jungfräulichkeit verloren.

Er legt die Zeichnung beiseite und holt etwas aus seiner Jackentasche. Zwei Tage zuvor ist ihm der lose Pfosten des Treppengeländers zwischen dem ersten und zweiten Stock im Weld aufgefallen. In einem unbeobachteten Moment hat er daran gerüttelt, bis er sich gelöst hat. Wozu er das getan hat, was er mit dem Pfosten wollte, hätte er nicht zu sagen vermocht. Er hat ihn in seinem Zimmer versteckt und, später, durchgebrochen, die schartigen Kanten mit einem Messer geglättet. Den Rest des Pfostens hat er in den Fluss geworfen, hinter dem Bootshaus. Er fängt an, an dem aufbewahrten Stück herumzuschnitzen. Auf einmal weiß er, was er daraus machen will, eine perfekte, runde Kugel für Aviva. Die Kugel wird keinerlei Ecken und Kanten haben, keinen Anfang und kein Ende, an jeder Stelle denselben Durchmesser. Kein Oval, nichts Schiefes, Krummes. Das Holz – Eiche, seiner Vermutung nach – ist hart und fein gemasert. Es wird sehr schön aussehen, wenn es glatt poliert ist.

«Zwanzig nach fünf», sagt Detweiler. Er trägt keine Uhr, aber er weiß immer, wie spät es ist.

Sie erheben sich stöhnend. Sterne hat um zwanzig vor sechs Deutsch; Detweiler Physik. Sterne schafft es kaum, die Augen offen zu halten. Seung ist in seiner Eigenschaft als Tutor zu einer Unterredung mit einem Zehntklässler verabredet, der wiederholt den Unterricht geschwänzt hat. Ich sehe die drei, als sie zurückkehren, während ich unterwegs zur Dramag bin, unserer Theatergruppe, noch zittrig von meiner Begegnung mit Aviva.

6

So stelle ich mir vor, wie alles war, an dem Nachmittag, an dem ich im Postamt mit Aviva ins Gespräch gekommen bin, in jener Flaute nach dem Sportunterricht. Die Schüler kommen von den Sportplätzen herein. Sie trägt einen fliederfarbenen Pulli, eine cremefarbene Cordhose, Clogs und Goldschmuck am Hals, zwei dünne, eng anliegende Kettchen und eine längere Halskette mit einem goldenen Herz als Anhänger. Ich behaupte mal, dass sie gerade von der Mädchentoilette kommt, wo sie in den Spiegel geschaut und das konturlose Gesicht gesehen hat, vor dem sie immer Angst hat. Sie findet, dass ihre Gesichtszüge schlecht umrissen sind, dass sie zu blass ist; die Blicke anderer werden über sie hinweghuschen und nicht an ihr hängenbleiben. Sie kramt ihren Schminkbeutel aus dem Rucksack, frischt den Lidstrich rings um ihre Augen auf. Sie trägt noch mehr Wimperntusche auf, noch mehr Rouge. Sie betrachtet sich aus verschiedenen Blickwinkeln im Spiegel, dreht ihren Kopf, tritt ein Stück zurück und kommt dann wieder dicht an das Glas heran. Sie kann nicht den Raum verlassen, ehe ihr Ebenbild ihr nicht förmlich entgegenspringt und einen in Schrecken versetzt.

Sie nimmt zwei dünne Briefe aus ihrem Postfach. Ich habe einen Brief von meinem Vater, Malcolm Bennett-Jones, Auburn-Absolvent, Klasse von 44, der die üblichen Ermahnungen enthalten wird. Ich frage, wer ihr geschrieben hat. Sie antwortet mir, als wären wir uns noch nie begegnet. Nach der Flucht aus ihrem Zimmer hatte ich mir eingeredet, dass ich mich nicht zu ihr hingezogen fühlte, dass ich sie einfach *zu* fand, zu jüdisch aussehend, zu unecht, zu offen nach Anerkennung heischend. Jetzt aber, da sie direkt vor mir steht, spüre ich den Sog. Alles an ihr sieht reich und streichelbar aus.

«Die sind von meinem Bruder», sagt sie.

«Beide Briefe?»

«Ja.»

Sie hält einen Umschlag in die Höhe, damit ich die kindlich gekrakelte Adresse sehen kann, die Handschrift eines Zehn- oder Zwölfjährigen.

«Er muss dich gernhaben.» Ich bin mir meiner hohen Stimme bewusst, meiner abstoßenden Gestalt.

«Ich habe ihn sogar noch lieber.» Sie steckt die Briefe in ihre Ausgabe von *Schuld und Sühne*. Wir schlängeln uns an den anderen vorbei ins Freie und stehen auf dem Hof.

«Ich könnte etwas Eiscreme vertragen», sagt sie.

In Currie's Pizza auf der Main Street isst sie Eiscreme aus einem Becher mit abreißbarem Deckel, schabt mit einem Plastiklöffelchen an der Oberfläche herum. Jungen in ihren Blazern und mit gelockerter Krawatte beobachten sie. In die Holztische sind versaute Sprüche und Zeichnungen eingekerbt.

«Worüber schreibt dir dein Bruder so?»

«Oh, er berichtet, was er für Bücher gelesen hat, was für Stoff sie gerade in der Schule durchnehmen, den er schon kennt. Wie die Cubs gespielt haben. Er ist wie ein Engel. Er ist immer fröhlich. Meine Eltern hassen sich. Marshall weiß, was los ist, er bekommt alles mit, aber es ängstigt ihn nicht, noch macht es ihn wütend. Er hat gesagt, ich soll kein schlechtes Gewissen haben, weil ich weggehe, dass er schon klarkommen werde. Er wusste, dass ich wegwollte.»

«Wie alt ist er?»

«Zwölf. Er ist eine Art genetischer Verirrung. Ein Heiliger.»

Sie sieht mich nicht an. Ihr Blick ruht auf der Tür – wer hereinkommt, wie sie am schnellsten abhauen kann, falls ich sie langweile. Sie hält sich kerzengerade, reckt ihren Kopf auf dem langen Hals in die Höhe. Als würde sie für ein Münzporträt posieren. Ich habe mein Erwachsenenleben unter Menschen verbracht, die sich in höchstem Maße darüber bewusst sind, in welchem Winkel das Licht in einem Raum ihr Gesicht beleuchtet, die den Kniff beherrschen, die allgemeine Aufmerksamkeit auf sich zu ziehen, indem sie niemandem um sich herum die geringste Beachtung schenken. Aviva hatte ein Gespür für diese schauspielerische Selbstinszenierung. Ich fragte mich im Stillen, ob sie im Umgang mit ihrem Bruder natürlicher war, ob sie bei ihm vergaß, sich in Szene zu setzen, um betrachtet zu werden.

Ich frage, wie sie mit ihrer Mitbewohnerin klarkommt, und sie zuckt mit den Schultern. Sie reden kaum miteinander, sagt sie, sie sind zu verschieden. Bei mir ist es genauso, sage ich; ich teile mir das Zimmer mit einem Typen namens David Yee. Ein typischer asiatischer Trottel, sage ich, er lernt und büffelt den ganzen Tag. Was mich betrifft, hänge ich, außer in der Rudersaison, hauptsächlich in der Dramag ab. Ich bin also auch ein Trottel, sage ich, herausfordernd; das soll sie ruhig von mir denken. Ich erzähle ihr, wie sich das ergeben hat, wie ich schon als Kind eine Vorliebe für Comics hatte, für Dungeons & Dragons und für ein illustriertes Buch mit Sagen des griechischen Altertums, das ich im fünften Schuljahr in meinem Klassenzimmer gefunden hatte. Als wir, in meinem ersten Jahr hier in Auburn, in der neunten

Klasse, Aischylos durchnahmen, habe ich gesehen, dass es im Grunde genau dasselbe war, Blut und Zorn und Wehklagen, die zu den Dachsparren aufstiegen. Das war der Anfang, seither halte ich mich gerne im Theater auf. Schauspielerei ist nicht so mein Ding, aber ich mache sonst alles: Beleuchtung, Bühnenbilder, Regie. Dieses Jahr habe ich einen Treffer gelandet – ich werde die Herbstproduktion der Dramag inszenieren, *Macbeth*.

Wir unterhalten uns über unsere Familien. Ich erzähle ihr, dass ich aus Jordan, New Jersey, komme, eine halbe Stunde von New York City entfernt. Mein Vater ist Richter, meine Mutter Hausfrau. Zu meinen Eltern habe ich kein gutes Verhältnis. Mit meiner Mutter komme ich halbwegs klar; sie ist schwermütig, aber harmlos. Meinen Vater sehe ich als meinen Feind an. «Er ist gegen alles, was ich bin», sage ich. «Alles, das mir das Gefühl gibt, ich kann atmen.»

Das weckt ihr Interesse; sie beugt sich auf ihren Ellbogen zu mir vor, runzelt besorgt die Stirn. Ich sehe, was ich zu sehen gehofft hatte, zwei Wölbungen, die auf den klebrigen Tisch zukippen. Ihre Brüste befinden sich ein Stück auseinander, mit einem tiefen, dunklen Trakt der Verschwiegenheit dazwischen.

«Einen Feind zu haben, das könnte mir gefallen», sagt sie. Ihre Eltern, erklärt sie, erlauben alles, bemerken nichts.

Ich erzähle ihr davon, wie ich meinen Vater zum ersten Mal im Gericht in Newark gesehen habe, bekleidet mit seiner Richterrobe. Meine Mutter hatte mich mitgenommen, um ein paar Einkäufe bei Bamberger's zu erledigen; damals gab es in Newark noch ein paar anständige Kaufhäuser. Meine älteren Brüder waren in der Schule. Ich war vielleicht sechs Jahre alt, noch im Kindergarten, den ich nur halbtags besuchte. Sie hat sich wohl gedacht, sie würde mal mit mir im Gericht vorbeischauen, um mir zu zeigen, was mein Vater arbeitete, was für ein bedeutender Mann er war. Ich bekam es sofort mit der Angst zu tun, als ich diese schwarze Robe sah, die ihn schier verschluckte und seine Hände verbarg. Er blickte nach unten auf einen Mann, der vor ihm stand und zu ihm hinaufredete, ein Mann mit schütterem Haar und ohne Anzug, bekleidet mit einer ganz normalen Hose und einem karierten Hemd. Mein Vater ist dem Mann ins Wort gefallen, streng, unhöflich. In jenem Augenblick wusste ich, dass dieser Mann ins Gefängnis kommen würde. Er wusste das noch nicht, aber ich schon. Ich sah, wie er schwitzte, und spürte seine Angst. Ich konnte sehen, welche Freude es meinem Vater bereitete, den Mann dazu zu zwingen zuzuhören. Mein Vater hatte eine täuschend leise, sanfte Stimme, die sein Gegenüber zwang, ihm angestrengt zuzuhören, um alles mitzubekommen. Der Mann mit der Halbglatze, der Gerichtsschreiber, die Leute in dem Gerichtssaal – alle beugten sich zu meinem Vater vor, aus Angst, etwas zu verpassen.

Es gibt Jungen, die Mädchen Dinge erzählen, um Mitgefühl zu erregen oder ihre Zuhörerin davon zu überzeugen, dass sie Gefühle haben, sensibel sind. Das ist nicht meine Art, und es ist auch bei ihr nicht meine Absicht. Dieses Mädchen hat einfach etwas an sich, das mich redselig macht, unbesonnen, das in mir den Wunsch weckt, die Wahrheit zu sagen.

«Und deine Mutter?», fragt sie.

«Sie trinkt.»

Avivas Eltern trinken nicht und brüllen nicht herum. Ihr Vater ist Chirurg, ihre Mutter Collegeprofessorin. Sie schlagen nicht und begehen keine Verbrechen. Es gibt nichts, was man ihnen tatsächlich anlasten kann, sagt sie. Sie rührt niedergeschlagen in den suppigen Überresten ihrer Eiscreme herum. Ihre Handgelenke sind fast schmerzlich dünn; ohne die Schminke und die Brüste könnte sie für vierzehn durchgehen. Das ist es, entscheide ich. Jahrelang war sie die dürre, mickrige graue Maus der Klasse, der Bücherwurm, die Spätzünderin. Mit sechzehn wacht sie eines Morgens auf und stellt fest, dass sie Titten hat, dass ihre Beine auf einmal lang und wohlgeformt sind. Was soll sie mit diesen Reichtümern anstellen? Sie bewundert sich im Spiegel, aber ihre Klassenkameraden sehen in ihr noch immer das kleine Mädchen, die Streberin. Wie kann sie allen die erstaunliche Wandlung zeigen, die sich vollzogen hat? Nach der Schule fährt sie mit dem Bus in die Innenstadt, zu Saks oder Fields. Sie streift durch die Kosmetikabteilung: ein Verkaufsstand nach dem anderen mit Lippenstiften und Rouge und Cremes und Parfüms. Es ist wie ein Palast, die Beleuchtung, der raffiniert gespiegelte Überfluss. Sie hat sich noch nie geschminkt und hat keine Ahnung, wo sie anfangen soll. Sie schlendert ziellos umher, berührt die kleinen Tuben und Fläschchen, und eine junge Frau in einem figurbetonten schwarzen Kostüm säuselt ihr zu: «Kostenlose Make-up-Beratung … keine Verpflichtung. Kostenlose Make-up-Beratung … keine Verpflichtung.» Aviva dreht sich langsam um, und die Frau lächelt. «Komm, setz dich hier auf den Sessel, Schätzchen. So ein hübsches Mädchen. So wunderbare Haut.» Hundertsiebenundachtzig Dollar – das ist der Betrag, auf den sich eine Stunde später die Rechnung beläuft. Aviva sucht die American-Express-Karte mit dem Namen ihres Vaters heraus, reicht sie an der Kasse weiter. Als Nächstes fährt sie eine Etage höher und stellt sich eine neue Garderobe zusammen, Pullover, Röcke, Stiefel. Alles an ihr wird von nun an anders sein, schick und sexy und streichelweich. Und jeden Morgen wird sie fortan das Ritual zelebrieren, das ihr die Make-up-Dame beigebracht hat. Die speziellen Reinigungsessenzen, das Auftupfen der Grundierung, das penible Auftragen der Wimperntusche. Als Aviva auf die Rolltreppe steigt, spürt sie zum ersten Mal, wie sich Leute nach ihr umdrehen. Sie ist sichtbar geworden.

«Hallo?», fragt Aviva. Einen Moment lang war ich in Gedanken so mit meiner Geschichte beschäftigt, dass ich sie nicht angesehen, ihr nicht meine ungeteilte Aufmerksamkeit geschenkt habe. Das erschüttert sie, das merke ich. Ihr Selbstbewusstsein steht auf so wackligen Füßen. Ich werde ihr nicht verraten, dass ich gerade mit einer anderen Version von ihr befasst war; das würde ihr ihre Macht zurückgeben. Es gefällt mir, sie schwach zu sehen, ein wenig verunsichert.

Sie wartet darauf, dass ich etwas sage. Ich strecke die Hand aus und berühre ihre Halskette, nehme das Herz aus Gold zwischen die Finger, streichle mit dem Daumen darüber. Sie sitzt sehr still da. Fängt an, schneller zu blinzeln. Ich lasse das Herz wieder los, das mit der Spitze auf die Lücke zwischen ihren Brüsten zeigt.

«Gehen wir», sage ich.

Wir spazieren in Richtung Fluss, vorbei an den Läden auf der Nut Street – einem Drugstore, einem Fotogeschäft, einem Laden für Sportzubehör –, vorbei an den nachgemachten griechischen Säulen des Guignol Theater. Dort läuft gerade der Film *Alien*, den ich mir im Sommer bereits zweimal angesehen habe. Aviva bleibt am Schaufenster der kleinen Confiserie stehen; ihr Blick heftet sich auf eine Schachtel mit Trüffeln, die aussehen wie überdimensionierte Brustwarzen. Ich gehe direkt hinein und kaufe sie ihr. Sie lacht noch immer vor Überraschung, als ich ihr die schwarze Schachtel überreiche, die mit einem silbernen Geschenkband versehen ist.

Sie öffnet die Schachtel. Die sechs Trüffel darin waren um einiges teurer, als ich gedacht hatte. Sie steckt sich einen Trüffel komplett in den Mund und hält mir die Schachtel entgegen. Obwohl ich Süßigkeiten jeder Art liebe, lehne ich mit einem Kopfschütteln ab. Ich möchte mich von diesem Schauspiel nicht ablenken lassen. Und ich komme gerade langsam zu der Überzeugung, dass ich dieses Mädchen wirklich mag. Es gefällt mir, wie sie den Trüffel im Mund umherschiebt, darauf herumlutscht, wobei sich erst ihre eine Wange herauswölbt, dann die andere. Es ist ordinär; es ist reizend. Sie fährt mit der Zunge über ihre Schneidezähne, um die braune Flüssigkeit zu entfernen, die dort haftet.

Ich möchte ihr das Bootshaus der Academy zeigen, sage ich zu ihr, und wir gehen einen grasbewachsenen Abhang hinunter, der dorthin führt. Im Frühjahr bin ich Steuermann, hocke in meinem eng anliegenden Auburn-T-Shirt und mit meinem Sonnenvisier gekrümmt in einem engen Ruderboot, der Herr der acht Leiber, die vor mir aufgereiht sitzen. Sie beugen sich, heben sich und beugen sich nach meinem Kommando. Für einen Steuermann mag ich ein wenig pummlig wirken, doch tatsächlich wiege ich gar nicht so viel – einundsechzig Kilo bei einer Körpergröße von einem Meter achtundsechzig. Um mich für die Saison in Form zu bringen, schwitze ich zwei dieser Kilos herunter. Dort in dem Ruderboot stört mich meine helle Stimme nicht; sie erfüllt ihren Zweck, lässt uns über das bräunliche Wasser gleiten. Wir sind eine ziemlich gute Mannschaft. Letztes Jahr haben wir vierzehn Siege und nur vier Niederlagen eingefahren; mein Boot, das dritte Boot, wurde bei den New England Championships Zweiter.

Ich schließe das Bootshaus mit einem Schlüssel auf, den ich am Ende der letzten Saison nicht zurückgegeben habe. Hin und wieder komme ich alleine hierher, um den Geruch von Staub und feuchter Leinwand und verschüttetem Kriechöl einzuatmen. Licht sickert durch die hoch liegenden Fenster herein. In dem Schuppen scheint es auch immer leicht salzig zu riechen, als würde er am Meer stehen und nicht am Fluss. Das Wasser draußen ist still und trübe.

«Was ist denn Crew-Rudern genau?», fragt Aviva. Die Frage ist ernst gemeint. Sie weiß es wirklich nicht. Bei ihnen in Chicago gebe es das nicht, behauptet sie.

Ich erkläre ihr die Grundzüge: acht Jungen in einem Ruderboot, jeder mit einem Ruder, die beweglichen Rollsitze, die verschiedenen Rufe. Hinten an dem Boot befindet sich ein Skeg, eine starre Flosse, die dabei hilft, den Kurs stabil zu halten. Skullen ist anders, dabei gibt es keinen Steuermann, und die Ruderer haben zwei Ruder, eins in jeder Hand. Es ist der vielleicht älteste Mannschaftssport der Welt – eine in Ägypten gefundene Grabinschrift von vierzehnhundert vor Christus erwähnt Crew-Ruderwettbewerbe, auch in der *Aeneis* werden Crew-Ruderrennen abgehalten.

Aviva scheint mit ihren Gedanken woanders zu sein. Ich kann sehen, dass sie unfähig ist, sich auf Dinge zu konzentrieren, die sie nicht interessieren. Ich ändere die Taktik und erzähle ihr, wie intim es in dem Ruderboot ist, wenn wir alle hineingezwängt sind, wie der vorderste Ruderer, der Schlagmann, beim Ausholen mit dem Riemen mit seinem Gesicht ganz dicht an meines herankommt, wie sein Keuchen und mein rhythmisches Rufen im Gleichtakt lauter werden, bis wir über die Ziellinie gleiten und ich mich selbst «Oh, ja … oh, ja» schreien hören, anfeuernd und triumphierend, wie der Typ und ich uns manchmal, wenn das Rennen vorbei ist, nicht einmal ansehen können, weil sich zwischen uns gerade etwas so Gewaltiges abgespielt hat.

Sie ist mit mir gekommen, hat dabei die Wände des Schuppens berührt, ein Rudergestell, einen alten Regenponcho, der an einem Haken an der Wand hängt. Aber jetzt wendet sie sich mir zu, mit leicht geöffnetem Mund. Ich kann es nicht ertragen, ihr offenes Haar im Halbdunkel, ihr von der Schokolade bräunlicher Speichel, die neuerliche Hitze ihrer Aufmerksamkeit. Ich nähere mich ihr, schließe sie langsam ein, während sie ihre Drehung fortsetzt. Warum wendet sie sich von mir ab? Spielt sie mit mir? Ich dränge sie gegen die Wand, gleich neben einem Regal, und ehe ich den Mut verlieren kann, schiebe ich hastig ihren Pulli hoch, um an ihren BH zu gelangen. Dieses Mal werde ich nicht kneifen, werde nicht Reißaus nehmen. In dem schwachen Licht leuchtet mir ihr BH in einem seltsam grellen Violett entgegen, dasselbe Violett wie ein Grape Lollipop. Zwischen den beiden Körbchen befindet sich eine Rosette mit dem eingestickten Buchstaben *P*. Ich sehe alles deutlich vor mir. Der BH liegt eng an; das Spitzenmuster der Körbchen ist ein Signal, dass ich weitermachen soll.

Sie lacht gedämpft. «Hey, mal sachte», sagt sie. Sie legt die Hände auf meine Schultern und beugt sich vor, um mich gemächlich zu küssen, aber ich presse ungestüm meine Lippen auf ihren Mund, zwänge meine Zunge hinein. Mit einer Hand greife ich auf ihren Rücken und zerre ungeduldig an ihrem BH-Verschluss herum. Sie windet sich unter mir und sagt, ich solle aufhören, solle mich abregen, aber ich beachte sie nicht, es gibt kein Zurück mehr für mich. Ich fühle meine Härte an ihrer Weichheit. Ich bin mit einem Mädchen noch nie aufs Ganze gegangen, aber jetzt verlangt es mich mit nie gekannter Heftigkeit danach. Ja, ich will sie packen, will sie vögeln, aber etwas in mir fliegt auch der Kapitulation entgegen. Klingt das unlogisch? Scheinen meine Handlungen dazu im Widerspruch zu stehen? Ich versichere Ihnen, genau so war es. Da ist etwas in Aviva, das einem zuruft: Ertrinke! Alles, was an mir fest ist, ist dazu bestimmt, in ihr zu versinken und sich aufzulösen; mein Mund will versiegelt, meine Augen wollen zugenäht werden. Ich will mich selbst nicht mehr kennen. Nicht mehr dieser stämmige, unfähige Körper sein, dieser rastlose, wütende Geist. Und es sind so viele Hindernisse zu überwinden, so viele wirkliche, harte, feste Dinge. Ihre Brüste – ich zerre sie aus ihrem BH und drücke an ihnen herum, was soll ich mit ihnen anfangen? Ihr widerlich haariger Pullover, das Gewirr ihrer Halsketten … all dies versuche ich hektisch in den Griff zu bekommen, als mir bewusst wird, dass Aviva sich ernsthaft gegen mich zur Wehr setzt. Sie schreit, stößt mich von sich fort, versucht unter meinen Armen hindurchzutauchen. Ich bin zwar bestürzt, will es aber nicht wahrhaben und dränge sie noch fester an die Wand, presse meinen Mund auf ihren – sie braucht mich ebenso sehr, wie ich sie brauche, ganz sicher. All das ist Vorbestimmung.

Sie drückt ihre Hand gegen mein Kinn und versetzt mir einen kräftigen Stoß, schiebt mich weit genug von sich weg, sodass ich ihr Gesicht sehen kann, den Zorn, der sich dort unübersehbar widerspiegelt. Lange genug, dass ich mir die Frage stelle, was zum Teufel eigentlich in mich gefahren ist. Aviva löst sich von der Wand, kommt einen Schritt auf mich zu und starrt mich schwer atmend an.

«Du Scheißkerl», sagt sie. «Du beschissener Scheißkerl.»

Ich bewege mich wieder auf sie zu, gemächlich diesmal, um ihr zu zeigen, dass ich verstanden habe, dass ich ab jetzt vorsichtig sein werde, behutsam, und sie zuckt zurück und hebt ihre Fäuste. Sie ist winzig, etwas über einen Meter fünfzig und zartgliedrig, aber wenn ich weitermache, werde ich Zähne finden, Muskeln.

«Rühr mich noch einmal an, und ich melde dich», sagt sie. «Ich sorge dafür, dass das gesamte Disziplinarsystem gegen dich in Bewegung gesetzt wird. Ich sorge dafür …» Ich kann sehen, wie sie an Stärke gewinnt, wie ihre Augen vor Zorn blitzen und funkeln.

«Na los, probier's nur», sagt sie. «Na los. Na los.»

Ich kann mich nicht von der Stelle rühren. Sie lässt mich nicht aus den Augen, während sie den BH wieder über ihren

Busen zieht, ihren Pulli ordnet, sich rückwärts in Richtung Ausgang entfernt, ehe sie sich umwendet, mir den Rücken zukehrt, wie um mich herauszufordern, sie daran zu hindern, und die schwere, scheunentorartige Tür aufreißt. Das Licht blendet mich kurz, und als ich Aviva wieder erkennen kann, ist sie schon halb den Hügel hinauf. Sie macht kleine Schritte, sichtlich darum bemüht, nicht den Eindruck zu erwecken, als liefe sie vor mir davon. Sie hebt eine Hand und streicht sich das Haar zurück.

Disziplinarsystem. Noch nie zuvor habe ich ein Mädchen dieses Wort sagen hören.

Zu jener Zeit war ich schon an den Gedanken gewöhnt, dass ich im Leben immer mehr als eine Chance hatte, viele Chancen sogar. In der neunten Klasse waren meine Leistungen in Biologie ungenügend, aber die Note auf meinem Stammblatt wurde geändert, nachdem ich die Sommerschule besucht hatte. Ich fuhr den Wagen meines Vaters zu Schrott, aber die Versicherung zahlte, und ich bekam meinen Führerschein zurück. Immer und immer wieder klammerten sich meine Eltern an die Hoffnung, dass ich mich bessern würde. Dass ich meinen mangelnden Lerneifer, meine Schlampigkeit, meinen tiefen Pessimismus und Mangel an Ehrgeiz überwinden würde. Und auch ich glaubte daran, dass ich, wenn der richtige Augenblick käme, wenn ich es mir selbst genug wünschte, tatsächlich ein guter Schüler, Sohn, Liebhaber und Freund würde. Dieses Mal weiß ich zum ersten Mal – es sollte nicht das letzte Mal bleiben –, dass ich etwas wirklich gründlich vermasselt habe. Ich weiß nicht, woher ich das weiß. Es ist ein unvertrautes Gefühl.

7

An jenem Samstag hänge ich Lampen für den Tanzabend im Schülerzentrum auf, ehe ich mich mit Lisa treffe, meiner Freundin, die ins Kino möchte. Beim technischen Aufbau lässt sich der für die Tanzabende zuständige Samstagabendausschuss in der Regel von der Dramag aushelfen. An den Tanzabenden selbst nehme ich nie teil, deshalb sehe ich auch nicht, wie Aviva und Seung unter den Lampen, die ich aufgehängt habe, zusammen tanzen, sich zum ersten Mal eng aneinanderschmiegen. «Wild Horses» von den Stones – dazu dürften sie getanzt haben. Was für Songs werden an diesem Abend noch gelaufen sein? «Money» von den Flying Lizards. «Oh, Atlanta» von Little Feat. «Refugee» von Tom Petty & The Heartbreakers. «Rock Lobster» von den B-52's. Der Beat ist nervös und mitreißend, und Aviva kann sich nicht bremsen, sie muss sich bewegen. Sie bleibt mit Seung ununterbrochen auf der Tanzfläche, tanzt mit ihm zu jedem Song; in den kurzen Pausen, ehe es mit der Musik weitergeht, gehen sie nach draußen in die Abendluft und wischen sich mit den Ärmeln den Schweiß vom Gesicht. Die ungestüme, zynische Musik durchströmt sie, sie lacht ausgelassen. Nie ist sie glücklicher als beim Tanzen. Sogar ihr Makeup kann dabei abblättern und verlaufen; sie glaubt trotzdem, dass sie da ist.

8

Carlyle stöhnt im Schlaf. Ihr kurzes Nachthemd ist über ihre Knie hochgerutscht. Ihre Beine sind geöffnet und zittern, ihr Atem geht schnell und stoßweise. Aviva blickt von ihren Mathematikhausaufgaben auf. Sie schreibt im Schein einer Tischlampe, die unten auf dem Boden steht. Sie arbeitet gern bis spät in die Nacht und sitzt dann im Zimmer ihrer Freundinnen am Schreibtisch, nachdem die beiden sich schon hingelegt haben. Carlyle und Lena möchten, dass Aviva ihnen alles berichtet, was sie tun und sagen, während sie ohne Bewusstsein sind, denn beide reden im Schlaf und sind unverbesserliche Schlafwandlerinnen. Einmal ist Carlyle sogar aus dem Wohnhaus hinaus ins Freie spaziert, und Aviva hat sie auf der Asphaltfläche hinter dem Gebäude gefunden, wo sie mit glasigem Blick auf einem imaginären Himmel-und-Hölle-Feld herumhüpfte und etwas von einem Band murmelte, das sie gewinnen wolle. Etwas früher am Abend hat Lena im Traum ausgerufen: «Du spielst so gut Klavier! Nicht weinen, nicht weinen.»

Was sich jetzt abspielt, wird Aviva für sich behalten. Carlyles Augen bewegen sich unter den Lidern rasend schnell hin und her. Aviva beobachtet sie fasziniert. Carlyle weiß Bescheid, denkt sie. Sie kennt die Lustgefühle, die Aviva auch kennenlernen will. Nicht die, die man empfindet, wenn man sich selbst berührt, sondern die, die den Mann auf einem und in einem umfassen. Carlyles Beine zucken einige Male heftig, und dann sinkt sie wieder in tiefen, stillen Schlaf.

Aviva sammelt ihre Bücher und Unterlagen ein und verlässt das Zimmer. In ihr Zimmer kehrt sie immer erst zurück, wenn sie todmüde ist und weiß, dass sie rasch einschlafen wird. Es ist elf Uhr, und sie ist noch nicht müde. Sie sucht das Münztelefon auf, einen aufrecht stehenden Sarg mit einer Tür aus Milchglas, in dem es muffig nach ungewaschenen Körpern riecht, nach versteinertem Kaugummi und altem, saurem Holz. Schülernamen aus längst vergangenen Zeiten, alle männlich, sind in den Rahmen eingekerbt.

Das Telefon läutet sechs, sieben, acht Mal. Dann meldet sich Marshall.

«Bei euch ist es zehn Uhr. Du solltest im Bett sein», sagt Aviva zu ihm.

«Ich war ja im Bett. Ich bin aufgestanden, um ans Telefon zu gehen. Ich wusste, dass du es bist.»

«Wusstest du nicht.»

«Doch. Das weiß ich immer.»

«Engelsgesicht.»

Sie kann sich das Gesicht ausmalen, das er gerade macht, alles andere als engelhaft.

«Wie läuft's in der Schule, gut hoffentlich?», fragt sie.

«Ähm.»

«Marshall. Du willst doch nicht schon wieder zur Sommerschule gehen müssen.»

«Ich weiß», sagt er bekümmert. «Ich möchte in den Ferien ins Baseball-Sommercamp.»

«Also, dann streng dich an.»

«Mal sehen. Gefällt es dir dort?»

«Sehr. Es ist toll.»

«Schön. Hast du einen Freund?»

«Ja. Nächste Frage?»

«Willst du mit Dad reden?»

«Ja. Ich schätze schon.»

Kurz bleibt es still. «Wenn er dir nichts Interessantes zu erzählen hat, verlangst du wieder nach mir», instruiert Marshall sie. Sie kann das Knarren der alten Holzböden hören, als er sich entfernt. Sie meint ihn bildlich vor sich zu sehen. Er trägt eine Schlafanzughose aus Baumwolle und dazu ein verwaschenes T-Shirt der Chicago Cubs. Er sieht noch immer aus wie ein kleiner Junge, mit einem runden Kleinjungengesicht und weichen Füßen.

«Hallo», sagt ihr Vater. Er spricht mit ihr nicht anders als mit seinen Patienten, räuspert sich zunächst.

«Ich wollte bloß mal hi sagen.» Verzweiflung regt sich in ihr. Warum hat sie gedacht, es würde ihr besser gehen, wenn sie zu Hause anruft? Wie oft muss sie diesen Fehler noch machen?

«Tja, hi.»

«Ist mit Marshall alles in Ordnung?»

«Tja, ich denke schon.»

«Wo ist Mom?» Dusselige Frage.

«Das weiß ich wirklich nicht.»

Aviva redet hastig drauflos, fast ohne zu wissen, was sie eigentlich sagt. «Ich bin an Thanksgiving bei meiner Freundin Lena eingeladen. Sie wohnt in Philadelphia. Gestern Abend habe ich mir hier ein Theaterstück angesehen, *Die Stühle*. Du weißt schon, von Ionesco.» Stille – entweder hat ihr Vater von Ionesco noch nichts gehört, oder es fällt ihm dazu schlicht nichts ein. Sie fragt ihn, ob er ihr das Geld für die Zugfahrt nach Philadelphia schicken kann. «Ist bei euch alles in Ordnung?»

Er atmet vernehmlich ein und wieder aus, sie kennt dieses angestrengte Atmen. «Nun, deine Mutter ist eine sehr, sehr schwierige Person», erwidert er.

«Ich weiß.»

Sie vergisst beinahe, noch einmal nach Marshall zu verlangen.

«Was ist los?», fleht sie. «Er hat nichts gesagt.»

«Sie trennen sich endlich», erklärt Marshall. «Mom ist für ein paar Tage ausgezogen, damit Dad seine Sachen packen und sich eine Wohnung suchen kann. Danach kommt sie zurück, und er zieht aus. Ich bleibe hier, in meinem Zimmer und alles.»

«Warum hast du mich nicht angerufen?», ruft sie.

«Habe ich ja. Dieses Mädchen ist losgegangen, um dich zu suchen, und hat dann gesagt, du wärst nicht da. Sie würde es dir ausrichten, hat sie gesagt.»

«Du lieber Himmel. Mir hat niemand etwas ausgerichtet. Mit wem hast du gesprochen?»

«Weiß ich nicht mehr.»

«Das weißt du bestimmt noch.»

«Nun, ich verrate es dir aber nicht, sonst bist du ihr bloß böse. Was meinst du, ist es eher gut oder eher schlecht, dass sie sich trennen?»

«Keine Ahnung», sagt Aviva. «Sie können es beide nicht ertragen, allein zu sein.» Sie schweigt kurz. «Jede Wette, es dauert nicht lang, bis Dad spurlos verschwunden ist.» Auf einmal steigt grässliche Furcht in ihr auf. «O Gott, was ist, wenn er mein Schulgeld nicht mehr bezahlt?»

9

Wir behaupteten, Auburn zu verabscheuen, seine endlosen Einschränkungen, die Ordnung, die hier so ernsthaft propagiert wurde. Wir missachteten die Vorschriften, schmähten Auburn als Gefängnis. In Wirklichkeit aber – und das wussten wir auch – war Auburn der freieste Ort, an dem wir je gelebt hatten. Hier gab es keine Eltern und nur wenig Aufsicht. Die Augen, die uns beobachteten, wenn sie uns denn beobachteten, taten dies ohne die Eifersüchteleien und Ängste und Hoffnungen unserer Familien. In diesem radikalen Garten konnten wir uns neu erfinden; wir konnten die Saat zu den Erwachsenen legen, die wir einst werden würden. *Gnaritas et patientia* lautete unser Schulmotto, Wissen und Geduld, aber das Wissen, nach dem es uns verlangte, war das Wissen des Körpers, wie er durch Vergnügen erweitert und wie er zum Verschwinden gebracht werden konnte. Sex würde uns schlagartig zu Erwachsenen machen, Drogen würden unsere dummen körperlichen Grenzen auflösen. Unendlichkeit von Körper und Geist. Irgendwo in der Ferne schritt Gott dahin (der Schuldirektor, der für Disziplinarbelange zuständige Präfekt, die Leiter der Wohnhäuser) und gestattete uns unsere Experimente, unsere Entdeckungen. Das Schlimmste, was uns zustoßen konnte, das wussten wir alle, war, nach Hause zurückgeschickt zu werden, zurück in die Kindheit.

10

Sie sind beide noch ziemliche Anfänger, aber sie wissen, was sie tun müssen. Sie stellen es zusammen aus dem, was sie in Büchern gelesen und in Illustrierten gesehen haben, aus Träumen, Instinkten, in Nachahmung der anderen, der sehr wenigen, mit denen sie schon zusammen waren. Avivas Lippen sind immer weich, kaum geöffnet zu Anfang. Das erregt ihn ungeheuer, die Geduld, auf der sie besteht, die Art, wie sie sich ihm nur zögerlich öffnet. Sie bestimmt ihren Takt, gibt ein wenig nach, dann noch ein wenig mehr. Wenn sie dann weit offen ist, verlangt sie im Gegenzug Unterwerfung von ihm, taucht tief in seinen Mund ein, ungestüm schleckend. Dann ist sie wieder sanft und zärtlich. Mal führt sie, mal überlässt sie die Führung ihm. Sie sind jung, sie können sich stundenlang küssen und aneinanderpressen, während sie sich nach und nach aus ihrer Kleidung winden. Für andere Akte ist noch reichlich Zeit, alle Zeit der Welt.

Wohin können sie sich zurückziehen, um sich ungestört diesen Stunden gemächlichen Vergnügens hinzugeben? Da gibt es den Wald hinter der Sporthalle: Lichtungen mit zerdrückten Getränkedosen und benutzten Kondomen, und, sofern man den Weg dorthin kennt, den Sumpf, wobei der von Bäumen umstandene See, der unter diesem Namen bekannt ist, nicht selten von Schülern bevölkert wird, die sich an den matschigen Ufern die Kante geben. Da gibt es ihr

Zimmer oder sein Zimmer an einem Samstagabend. Besuch vom anderen Geschlecht ist von acht bis zehn Uhr abends gestattet, wobei das Licht anbleiben und die Tür mindestens fünf Zentimeter offenstehen muss. Viele der Aufsicht habenden Lehrer kommen nie nach oben, um die Einhaltung dieser Regeln zu überprüfen. Falls doch mal ein Angehöriger des Lehrkörpers auftaucht, kann man versuchen, sich durch rein technische Befolgung und eine freche Ausrede aus der Affäre zu ziehen («Wir dachten, die Schreibtischlampe zählt auch!» – wenn das Deckenlicht ausgeschaltet ist und ein Stapel Bücher den Schein der Lampe blockiert).

Es gibt das Flussufer im Wald, dort, wo der Fluss zu einem Bächlein schrumpft, und es gibt die Gassen an der Nut Street, und es gibt den dunklen Kinosaal im Guignol Theater. Es gibt die Übungsräume im Musikgebäude, deren Türen ein Fenster haben, das mit einer Plattenhülle verdeckt werden kann. Angehörige des Lehrkörpers, einige zumindest, tun so, als würden sie das nicht sehen. Es gibt Möglichkeiten in Hülle und Fülle.

Seung legt den Kopf auf ihre Brüste. Er streicht mit der Hand über die tiefe Einbuchtung ihrer Taille. Malt mit dem Finger die Buchstaben «F-R-A-U» entlang der Rundung ihrer Hüfte. «Diese Kurve bedeutet *Frau.*» Sie lacht. Drei Monate zuvor, sogar noch drei Wochen zuvor, war sie noch ein Mädchen.

Das graue Spätnachmittagslicht spült über den Fußboden und das Bett. Sonntag, Seungs Zimmer. Seung hat die Stunde vor ihrem Treffen mit dem Fall eines Neuntklässlers verbracht, der unter nicht nachlassendem Heimweh leidet, der die Schule unbedingt verlassen will. «Ich fühle mich hier einfach nicht wohl», sagt der Junge ständig. Er weint nachts und weint dann noch mehr, wenn ihm einfällt, dass sein Mitbewohner allen anderen erzählen wird, dass er nachts im Bett liegt und flennt. Seung hat den Mitbewohner zu sich zitiert und ihm erklärt, dass diese Art von Verpetzen nicht geduldet wird. «Sei ein Mann; zeig etwas Mitgefühl», hat Seung gesagt. Er ist zuversichtlich, dass er zu dem Jungen durchgedrungen ist, und der Heimwehkranke hat sich bereit erklärt, es noch eine Woche lang zu versuchen. Am kommenden Sonntag werden sie sich noch einmal unterhalten.

«Du bist ein guter Tutor, ein gutes Vorbild», sagt Aviva und spreizt die Finger, um ihre Hand auf Seungs kräftigem Oberschenkel zu betrachten. Ihre weiße Haut, seine olivfarbene Haut.

«Kann sein», sagt Seung. «Die Jungs wissen, dass ich gegen mehr Regeln verstoße als sie.»

«Solange der Lehrkörper davon nichts weiß.»

«Die wissen es. Alle wissen es. Immer brav zu sein, das habe ich noch nie gekonnt, Baby. Ich habe es bloß sehr gut drauf, brav zu wirken – und mich nicht erwischen zu lassen. Es gibt da eine unausgesprochene Abmachung: Solange ich es nicht übertreibe, drücken die maßgeblichen Stellen ein Auge zu.» Er beugt sich hinab und küsst die Rundung, die er so sehr liebt. «Aber wie dem auch sei, etwas wie du kann nicht ernstlich gegen die Regeln verstoßen.»

«Rede keinen Quatsch.»

«Das ist kein Quatsch.»

Durch die alten verzogenen Fensterrahmen zieht es kühl herein. Auf den Schreibtischen liegen handgeschriebene Aufsätze und Schullektüren: Jonathan Kozol, *Marxism and Society, Die Leiden des jungen Werthers.* Sterne hat zugesagt, nicht vor sieben Uhr zurückzukommen. Sie haben Aviva nach oben ins Zimmer geschmuggelt, ohne Hemmungen. Aviva hatte im Eingang des Weld gewartet, mit Sterne geplaudert, ganz harmlos, als wäre sie bloß vorbeikommen, um hallo zu sagen. Detweiler stand im ersten Stock Schmiere und Giddings, Detweilers Mitbewohner, im zweiten Stock. Nachdem sie sich vergewissert hatten, dass in den Fluren niemand unterwegs war, haben sie Zeichen nach unten gegeben. Es war kinderleicht, zehn Sekunden, und schon war Aviva in Seungs Zimmer. Seung hat das Türschloss mit Kaugummi verstopft, nur für den Fall, dass Mr Glass, der Wohnhausleiter, verdächtige Geräusche wahrnimmt und sich mit seinem Generalschlüssel Zutritt zu verschaffen versucht. Aviva würde genug Zeit haben, sich unter dem Haufen von Mänteln und Jacken in der Ecke zu verstecken. Sagt Seung zumindest.

Ende Oktober, eine vorabendliche Stille, hin und wieder unterbrochen durch ein Schreien draußen vor dem Fenster. Aviva liegt da und gibt sich Seungs Berührung hin. Seine Finger bewegen sich langsam, loten sie aus. Seine Finger sind empfindsam, sie studieren und ahnen voraus. Ihre Adern werden überflutet. Sie ist wie geschaffen hierfür. Seung dreht sie auf den Bauch herum, streicht ihr Haar zur Seite und drückt seine Daumen fest in die Muskeln entlang ihrer Wirbelsäule und ihres Nackens, gebündelt an ihren Schultern. Sie fühlt, wie sie von ihm zusammengesetzt wird, Stück für Stück.

Sie sind jung, vergessen Sie das nicht. Seung malt sich aus, wie es wäre, in ihr zu sein, aber es ist so, als würde er sich ein Feld hinter einem weit entfernten Zaun vorstellen. Es ist ein Ort, der erst nach einiger Zeit zu erreichen ist, ein Ort, zu dem er letzten Endes gelangen wird, den er aber jetzt noch nicht deutlich sehen kann.

Sie ist weniger neugierig, was die Erkundung seines Körpers betrifft, oder zumindest weniger direkt als er. Zu berühren bereitet ihr weniger Vergnügen, als berührt zu werden. Seungs unbehaarte Brust, obwohl breit und stark, sieht empfindlich aus, wie Papier, das unter ihren Fingern zerreißen könnte. Die Wölbung zwischen seinen Beinen umfasst und küsst sie, solange sie durch den dicken Stoff seiner Jeans maskiert ist, doch wenn sie freigelegt ist, findet sie sie bedrohlich und scheut sich, sie zu berühren. Das Ding hat etwas Rohes, Unfertiges; seine Asymmetrie stört sie, wie auch der massive, gallertartige Hodensack. Der Anblick seines Glieds verunsichert sie; sie fühlt sich überfordert, genötigt. Nichts jagt ihr mehr Angst ein. Ihre Freundinnen zu Hause in Chicago hatten ein Spiel. Wenn du vor die Wahl gestellt wärest und es dir aussuchen müsstest, würdest du lieber vergewaltigt oder ermordet? Ermordet, hat sie jedes Mal geantwortet.

Sie kauert sich rittlings auf Seung, beugt sich hinab, um ihn tief zu küssen, richtet sich dann wieder auf und entzieht sich ihm. Er hebt die Hände und legt sie ihr gegen den Busen wie einen Brustharnisch. Sie streckt sich lang neben ihm aus. Er küsst ihren Hals, ihre Schultern, ihre Hüften. Er zittert vor Anstrengung bei dem Bemühen, sanft zu sein. Wenn sie zusammen in den Wald gehen, einander die Hände unter den Pullover schieben, die Reißverschlüsse ihrer Cordhosen geöffnet, füllt sich seine Unterhose immer und immer wieder mit klebrigem Ejakulat. Sie schließt die Augen, wenn sie sich küssen. Er dagegen beobachtet sie, immer. Sie machen weiter, immer weiter, und ruhen dann aus, ohne zu reden. Sie träumen lange Zeit vor sich hin, und dann fängt der eine oder andere wieder mit den Berührungen an. Der Nachmittag ist endlos. Niemand wird kommen, um sie zu stören, niemand wird an die Tür klopfen.

Seung schläft mit seiner Wange an ihrem nackten Bauch ein. Aviva lauscht seinem leisen Schnarchen eine Zeit lang und schläft dann ebenfalls ein.

11

Sogar die Lehrer haben über sie geredet. Seung Jung und Aviva Rossner waren wie behext. Vor Klassenzimmern konnten sie nicht die Finger voneinander lassen, wenn sie sich widerstrebend voneinander verabschiedeten. Sie standen da und küssten sich, während Scharen von Schülern an ihnen vorbeiströmten. Es gab etliche Pärchen auf dem Campus, bei denen klar war, dass sie alles miteinander taten, was auch Ehepaare taten, aber, und das war die Benimmregel, an die sich diese Pärchen hielten, damit gingen sie nicht hausieren. In der Öffentlichkeit achteten sie darauf, sich stets sauber und anständig zu benehmen. Aviva, hörte man mitunter sagen, wüsste es nun mal nicht besser, weil sie Jüdin war – unfein, ohne jedes Gespür für die bei Yankees übliche Zurückhaltung und Diskretion. Und sie war es, die Seung verleitete. So lästerten wir, kritisierten wir. Sogar über Mischbeziehungen haben wir uns ausgelassen, zwischen asiatisch und weiß. Im Stillen jedoch waren wir entzückt und entflammt. Die meisten von uns hatten wahrscheinlich einfach nur Spaß daran, sich verschiedene Akte vorzustellen, verschiedene Erlaubnisse, aber ich zumindest weiß heute, dass in meine eigenen Nachschöpfungen dessen, was zwischen Aviva und ihrem Liebsten vor sich ging, noch etwas Dringlicheres hineinspielte. Ich stellte mir nicht bloß vor, wie sie Dinge taten. Ich malte mir ein Feuer aus, das um sie herum loderte und sie verzehrte. Es klingt lachhaft dramatisch, aber man sollte die metaphysischen Sehnsüchte eines Siebzehnjährigen nicht unterschätzen. Das ist das Geheimnis von Teenagersex, glaube ich. Für keinen von uns ging es wirklich um Ärsche und Genitalien, ums Schwanzlutschen oder Muschilecken. Es sind Erwachsene, die so oft in diesen Begrifflichkeiten denken, mit einem solchen Mangel an Phantasie. Wir Anfänger erlebten Sex mehr als Psyche denn als Körper, als Verletzlichkeit und Macht, Ausgesetztheit und Flucht, fühlten uns dadurch gesalbt, gerettet, verklärt. Dabei zu versagen, es falsch zu machen hieß (und grinsen Sie jetzt bitte nicht; versuchen Sie sich zu erinnern, wie es einmal war, damals), den Tod der eigenen Idealseele zu erleben.

12

Der Bus nach Boston fährt nach Ende des Samstagunterrichts ab und kommt um sieben zurück. Aviva unternimmt den Ausflug mit Lena und Carlyle, die zusammensitzen. Aviva hat die Sitzbank gegenüber für sich. Sie schlägt ihren Roman auf, Hardys *Tess von den d'Urbervilles*. Der Bus schickt seine Vibrationen durch die mit Vinyl bezogenen Sitzbänke und in ihre Oberschenkel. Sie spannt sich versuchsweise an; rückt ein wenig herum. Ihre Jeans schmiegt sich enger um ihren Schritt, und sie spürt, wie sie sich zu einem spitzen, Funken sprühenden Punkt hin zusammenzieht. Während sie eine Seite umblättert, ohne zu lesen, träumt sie vor sich hin. Ein Junge, nicht Seung, streichelt mit seinem Finger im Kreis um ihre Möse herum, die offen ist, ungeschützt, ängstlich. Der Junge hat kein Gesicht, blonde Locken, starke Hände. Eine Zunge schleckt an der Öffnung herum. Ihre Brüste summen an dem dichten Gewebe ihrer Oxfordbluse. Es ist so einfach, sich innerlich sachte zusammenzuziehen, als wollte sie ihren Harndrang zurückhalten, und dabei die Erschütterungen des fahrenden Busses aufzunehmen. Ein Mann – der Junge ist fort – platziert sie auf allen vieren, stößt seine Steifheit rhythmisch in sie hinein. Sie ist ganz, eine köstliche Mattigkeit macht sich in ihren Armen breit. Dabei sitzt sie völlig reglos auf der Sitzbank, kein Mensch könnte je erraten, was sie gerade geschehen lässt.

Zum Schein blättert sie eine Seite weiter. Am Ende, als sich das tief krampfende Lustgefühl einstellt, tut sie so, als würde sie sich strecken – ach, Lesen im Bus ist ja so anstrengend, es macht einen ganz hibbelig!

Carlyle kennt einen Getränkemarkt in der Nähe des Bahnhofs, der auch an Minderjährige Alkohol verkauft. Letztes Schuljahr hat sie das dauernd gemacht, sagt sie, es ist ein Kinderspiel. Bacardi 151 ist am besten – der bringt's mit jedem Schluck. Lena und Aviva warten auf der anderen Straßenseite. Lena ist wie Aviva neu auf der Schule und lernt, wie alles geht. Das Gebäude neben dem Getränkemarkt hat keine Fenster, keine Eingangstür. Die Treppe ist mit Abfall übersät. Die Mädchen reichen einander die abgeflachte Flasche in einer Papiertüte weiter, während sie nach der U-Bahn suchen. Avivas Parfüm heißt Opium, Carlyle trägt einen Duft mit blumiger, süßerer Note, Lena benutzt weder Parfüm noch Make-up. Sie hat ein ziemlich schiefes Gesicht und trägt eine Brille, aber Aviva bewundert ihren üppigen, hohen Busen und ihre eleganten Beine. Sie ist griechischer Abstammung, mit einem wunderschönen Nachnamen, Joannou. Carlyle ist äußerlich ein ganz anderer Typ, aus Virginia, mit dickem blondem Haar, ausladenden Hüften und einem strahlenden, schneeweißen Südstaatenlächeln.

«Es gibt sogar Länder, in denen dieses Zeug nicht verkauft werden darf», erzählt Carlyle ihnen. Das hat sie von dem Typen hinter dem Verkaufstresen gehört. Er hat mit ihr geflirtet. Erwachsene Männer flirten oft mit ihr.

«Welche denn?», fragt Lena.

«Hat er nicht gesagt.»

Aviva trinkt ein Schlückchen, wartet ein paar Augenblicke, um zu sehen, wie die Wirkung ist, verlangt dann wieder nach der Flasche. Habe ich schon erwähnt, dass sie ein Mädchen ist, das sich vor dem fürchtet, was in ihr ist? Sie möchte, dass ihr schwindelig wird, möchte albern und selbstvergessen sein – ein Zustand, den sie seit ihrem neunten oder zehnten Lebensjahr nicht mehr erlebt hat. Gleichzeitig möchte sie nichts sagen, das nicht mehr rückgängig gemacht werden kann, oder irgendetwas tun, das schwer zu vergessen sein wird. Sie möchte nicht umkippen oder sich übergeben, sich irgendwie lächerlich machen.

Ihr Kopf bleibt kühl und klar. Sie trinkt noch mehr.

In Beacon Hill gehen die Mädchen in einen kleinen Laden mit bunten Schals und Hüten auf verschnörkelten Regalen. Lena und Carlyle haben nicht genug Geld, um sich etwas zu kaufen. Die Sachen entsprechen ohnehin nicht Carlyles Geschmack. Sie bevorzugt eher konservative, gediegene Kleidung: Rollkragenpullover, robuste Blazer, Burlington-Socken. Aviva wickelt sich einen violetten Schal aus Mohair um den Hals. Dazu setzt sie sich einen Hut auf, einen dunklen Fedora, der von einer steifen violetten Feder gekrönt wird, zieht ihn sich tief ins Gesicht, sodass die Krempe ihre Augen überschattet.

Die beiden anderen sind begeistert. «Nimm ihn, nimm ihn», sagen sie immer wieder.

Aviva bezahlt den Hut mit der Kreditkarte ihres Vaters. Zu dem Zeitpunkt hat er noch nicht sämtliche Konten gesperrt; das wird erst später passieren, als er sicherstellen will, dass ihre Mutter von seinem Geld nichts mehr ausgeben kann. Den hübschen Schal legt sie wieder ins Regal zurück. Sie kann nicht alles haben. Sie gestattet sich Extravaganzen, indem sie sich andere Extravaganzen versagt. Die Gleichung gibt ihr das Gefühl, sie halte Maß. Der Hut kostet siebzig Dollar. Auf der Straße spürt sie ein Kribbeln in den Gliedmaßen, vor Aufregung über ihren Kauf atmet und redet sie schnell. Sie schnappt sich die Flasche und genehmigt sich einen weiteren großen Schluck Rum. Jetzt sollten wir etwas essen, ruft sie. Sie merkt, wie ihr unter ihrer Kapitänsjacke langsam warm wird.

«Du siehst aus wie ein todschicker Gangster», sagt Lena.

Sie ziehen weiter zur Faneuil Hall, gehen an den Ständen mit Schmuck und Töpferwaren vorbei, angezogen von einem Duft nach etwas Heißem, Frittiertem. Eine stämmige Frau formt mit einem Löffel große Teigscheiben und gibt sie in einen Topf voll brodelndem Öl. Der Teig wird wieder herausgenommen, mit Papiertüchern abgetupft, dick mit Puderzucker bestreut. Die Mädchen nehmen jede eine Portion.

Es ist köstlich, das fettige Blätterteiggebäck und der Zucker, die im Mund zu einer süßen Pampe verschmelzen. Das Papiertuch, das jede von ihnen als Serviette dazubekommen hat, ist am Ende ganz ölig, schmuddelig. Die Mädchen kaufen sich Erdnüsse und gießen ihren Rum in Dosen mit 7 Up.

In der Nähe des Ausgangs bleiben sie vor einem Häagen-Dazs-Stand stehen. Carlyle sagt, sie darf nicht, nicht nach dem frittierten Teig. Sie muss abnehmen, vier Kilo mindestens. Lena hat kein Geld mehr. Aviva zögert, während sie das Geld für sie beide über den Tresen reicht. Was ist das für ein Zögern? Zwei großzügig überkragende Kugeln ragen aus zwei gebräunten Eiswaffeln. An dem Stand duftet es intensiv nach Sahne und geröstetem Zucker. Die Eiscreme ist mit Schokoladenstückchen durchsetzt wie mit protzigen Edelsteinen. Etwas packt Aviva, flüstert ihr zu, dass sie zu weit gegangen ist. Eine Eistüte wird, bereits tropfend, an Lena weitergereicht. Aviva nimmt die zweite Tüte wie in Hypnose in Empfang. Die Transaktion ist abgeschlossen, jetzt wird sie das Eis verspeisen müssen. Der erste Bissen ist so köstlich, dass sie die Augen schließt. Sie lutscht auf den Schokoladenstückchen herum, die in ihrem Mund zurückbleiben, nachdem sich die süße Eiscreme aufgelöst hat.

Sie nimmt einen weiteren Bissen, und noch einen, voller

Ungeduld, den Genuss zu wiederholen. Sie wartet darauf, sich satt zu fühlen, dass sie genug hat, dass sich der Genuss verringert, aber das geschieht nicht. Sie isst hastiger, als könnte sie den Genuss auf diese Weise irgendwie überholen und damit hinter sich lassen. Mit einer jähen, spastischen Bewegung wirft sie die halb verzehrte Eistüte in einen Abfalleimer. Erleichterung durchströmt sie.

«Das hätte ich noch genommen!», ruft Lena.

Aviva ist jetzt in Sicherheit. Ihre Angst ist wieder vorbei. Sie hebt die Hand und streicht über die Feder an ihrem Hut. Es ist alles in Ordnung.

Am Bahnhof nehmen sie ein paar letzte Schlucke aus der Flasche, ehe sie sie in der Tasche von Lenas Daunenweste verschwinden lassen. «Bist du betrunken?», fragen sie sich gegenseitig. Carlyle nickt lächelnd. Lena summt vor sich hin, sie schwankt ein wenig. Ihre Finger fangen an, *Rhapsody in Blue* zu spielen; immer wenn sie gut drauf oder irgendwie high ist, bewegt sie sie zu den Noten Gershwins.

«Ich fühle gar nichts», jammert Aviva.

«Du bist zu vorsichtig, Baby», belehrt Carlyle sie.

13

Anfang November, tief hängende Himmel, trübes Licht, es wird früh dunkel. In den Wohnhäusern ist es kalt. Am Montag findet Aviva in ihrem Postfach einen Brief vor, der sie auffordert, sich zu einer Unterredung beim Präfekten einzufinden.

Der Präfekt fragt, ob Miss Rossner weiß, warum sie herbestellt worden ist. Das verneint sie.

«Der Tanzabend am Samstag ...», erklärt er.

Der Abend wurde vom afroamerikanischen Schülerclub gestaltet, es lief vor allem Disco. Aviva mag diese Musik nicht besonders, aber sie und Seung lassen sich keine Gelegenheit zum Tanzen entgehen. Ehe sie zum Schülerzentrum aufgebrochen sind, hat Aviva Tequila getrunken, aus einer Flasche, die Seung in einem seiner Winterstiefel aufbewahrt. Sie ließ sich die Flüssigkeit in langen Strömen in den Mund laufen. Sie und Seung haben sich auf der Tanzfläche eng aneinandergepresst und lange geküsst. Nach einer Weile haben sie das Schülerzentrum verlassen und sich zu den Sportanlagen entfernt. Hinter den Tennisplätzen haben sie sich ins Gras gelegt, ihre Jacken ausgezogen und ihre Hemden aufgeknöpft. Das sind die Einzelheiten, an die Aviva sich noch erinnert. Sie erinnert sich nicht daran, wie die Menge ringsherum auf der Tanzfläche zurückgewichen ist, um sie beide zu beobachten, ihre Münder und ihre Hände. Sie weiß nicht, dass ihnen eine Anzahl Schüler nach draußen zu den Tennisplätzen gefolgt ist, um sie aus einiger Entfernung weiter zu beobachten. Darüber muss Präfekt Ruwart sie aufklären.

Aviva runzelt die Stirn, verschränkt die Arme vor der Brust, senkt den Blick. Dieser dumme Mensch mit seinem Bürstenschnitt, den babyhaften Wangen, der sich aufführt, als hätte sie etwas verbrochen. Scham und Angst steigen in ihr auf, aber es ist die Scham darüber, beobachtet worden zu sein, ohne es zu bemerken, und die Angst davor, für Jungen nicht etwa zu einem mysteriösen Objekt der Begierde zu werden, sondern zu einer Pointe in ihren versauten Witzen. Was sie und Seung da draußen getan haben – was das betrifft, lehnt sie die Vorstellung ab, dass sie sich für irgendetwas zu entschuldigen hätte. Hat sie bei einer Klassenarbeit geschummelt? Hat sie etwas aus dem Chemielabor gestohlen? Sex ist natürlich, Sex ist ihr Geburtsrecht, das Tun, mit dem sie sich endlich beschäftigen kann, um aus ihrer Welt schlau zu werden.

Der Präfekt erklärt ihr, dass sie beide unter Restriktionen gestellt werden. Was im Klartext bedeutet, dass sie sich abends bis zwanzig Uhr in ihren Wohnhäusern einzufinden haben, nicht anders als die Neunt- und Zehntklässler, auch samstags. Elftklässler haben sonst bis einundzwanzig Uhr Ausgang, Seniors bis zweiundzwanzig Uhr. Ein weiterer Verstoß gegen die guten Schulsitten in diesem Zeitraum würde eine Bewährung nach sich ziehen. Und jenseits der Bewährung, das braucht Ruwart nicht hinzuzufügen, droht der Schulverweis. Versteht sie, warum diese Maßnahme ergriffen wird?

«Nein», sagt sie.

Sie erzählt der einen oder anderen Freundin von diesem Gespräch, wie sie die Frage des Präfekten mit «nein» beantwortet hat und wie er daraufhin nur den Kopf geschüttelt und gesagt hat, sie könne jetzt gehen. Daraus entwickelt sich eine kleine Geschichte, die die Runde macht: Aviva hat dem alten Ruwart die Stirn geboten, hat sich nicht einschüchtern lassen. Hat sich nicht entschuldigt. Im Stillen aber wird Aviva noch lange Zeit von der Vorstellung gepeinigt, wie all diese Körper auf der Tanzfläche um sie und Seung herum einen Kreis bilden, sie in der Dunkelheit begaffen, während das Stroboskoplicht in Abständen auf ihre feuchten, betrunkenen Gesichter fällt. Dann all jene Augen, die gierig nach dem Aufblitzen einer nackten Brust im Gras Ausschau halten.

Die Restriktionen schränken sie nicht weiter nennenswert ein. Sie und Seung können nach dem Abendessen immer noch im Gemeinschaftsraum sitzen und schmusen, können nachmittags im Wald spazieren gehen. An Samstagen verstecken sie sich in der Toilette der Bibliothek, wenn dort abends um sechs abgesperrt wird, und haben danach das Gebäude ganz für sich, die geräumigen Betontreppenhäuser, die luftigen Säle voller Bücherregale. Sie betrachten Hand in Hand den Himmel, der sich nach und nach verdunkelt. Sie knien zwischen den 900er-Regalen – Bücher über Marokko, Tunesien und Algerien – und küssen sich, während sich die Heizanlage abschaltet und die Temperatur in dem Gebäude langsam zurückgeht. Um zehn vor acht halten sie nach Passanten Ausschau und verlassen das Gebäude, erst Aviva, dann Seung. Die Tür, erklärt Seung ihr, ist nicht mit einem Alarm gesichert, und sie fragt sich im Stillen, woher er all diese Dinge weiß, die er weiß. Wann war er schon einmal hier, und mit wem?

Als der Monat herum ist, sehen sie sich zur Feier des Tages einen Film im Guignol an: *All That Jazz – Hinter dem Rampenlicht* mit Ann Reinking in Netzstrümpfen und mit einer Melone auf dem Kopf, dem süffisanten Roy Scheider, Jessica Lange mit einem weißen Schleier und porzellanweißer Haut als der Tod. Aviva wäre gerne sie alle: Reinking, Scheider, Lange, sogar das kleine Mädchen – Roy Scheiders Tochter in dem Film – mit den beiden Zöpfen in dem Gymnastikanzug, das sich mit den Beinen an ihm festklammert, als ihr Besuch bei ihm vorüber ist. Sie würde sich gern so bewegen können wie Reinking; würde gern ihr Leben in einer Folge musikalischer Nummern austanzen: die sexy Nummer, die traurige Nummer, die wütende Nummer, die flehende Nummer, die feiernde Nummer, die Todesnummer.

Später an jenem Abend berichtet Carlyle Aviva, dass Señora Ivarra, ihre Wohnhausleiterin, um acht Uhr, als sich die Neunt- und Zehntklässlerinnen bei ihr ordnungsgemäß zurückmeldeten, einen Blick auf ihre Tabelle geworfen und gesagt hat: «Ah, die überaus gesellige junge Dame hat also wieder länger Ausgang.»

«Das hat sie gesagt? Vor allen anderen?»

«Gehört haben das vermutlich nur die, die vorne standen. Ich bin früher zurückgekommen, weil Gene Kopfschmerzen hatte. Viele der Lehrer mögen dich nicht, Aviva. Sieh dich lieber vor. Die können dir das Leben schwer machen. Ich bin schon länger hier als du, ich weiß, wovon ich rede. Ich sage nicht, du sollst dein Leben nicht leben. Sei einfach nur vorsichtig, okay?»

Aviva fühlt sich tief gekränkt, sie versteht die Welt nicht mehr. Lehrer sollen sie nicht mögen? Aus welchem Grund denn? Sie haben sie doch sonst immer gemocht! Sie ist eine gute Schülern. Sie beteiligt sich rege am Unterricht. Vielleicht übertreibt Carlyle ja. Aber wie dem auch sei, was hat sie schon zu befürchten? Sie hat die Botschaft verstanden – es gibt Mächte da draußen, die ihr und Seung Grenzen aufzeigen wollen –, und sie wird sich fortan fügen. So weit wie erforderlich.

14

Jemandes Geschichte zu erzählen – sie mit reinen Absichten zu erzählen, meine ich, in dem Bestreben, die wirklichen Begierden und Leiden der betreffenden Person zu erfassen – ist zugleich ein Akt der Hingabe und ein Ausdruck von Sadismus, das ist mir im Lauf der Jahre klar geworden. Man selbst ist es schließlich, der die Körper umherbewegt, ihnen Worte in den Mund legt, sie tun lässt, was man gerade für notwendig hält. Man besteht auf etwas, sie unterwerfen sich.

Ich bin dem Theater treu geblieben, auch nach Auburn. Vom Herumdirigieren der Körper in meinem Boot, denen ich zuschrie, *bewegt eure Ärsche an die Hacken, strengt euch an, bis ihr Blut und Pisse schwitzt*, bin ich zu dem vermeintlich zivilisierteren Dirigieren von Schauspielern auf der Bühne gewechselt. Am College habe ich, entgegen den Wünschen meines Vaters, im Hauptfach Theaterwissenschaften studiert und danach in Yale meinen Master in Fine Arts gemacht. Seither arbeite ich als Regisseur an verschiedenen kleinen Bühnen in New York City und im weiteren Umland. Gehört haben Sie vermutlich noch nicht von mir; ich bin bloß einer der vielen Namenlosen, die auf den Unterböden der Kunst schuften, während wir uns einreden, dass unsere Zeit schon noch kommen wird …

Nach Seungs Tod, nach dem Schulabschluss, habe ich von

Carlyle einiges erfahren. Sie und Lena stellten für Aviva ein Erinnerungsbuch über Seung zusammen. Sie wollten es mit Anekdoten füllen, von jedem, den sie auftreiben konnten, der eine Verbindung zu Seung hatte: Mitschüler, Lehrer, alte Freunde aus Jordan. Alle aus seinem Jahrgang im Weld. Am Ende haben Carlyle und ich ziemlich lange telefoniert. Kummer – oder die Unterstellung von Kummer – reißt zwischen Menschen manche Barrieren nieder. Carlyle war dabei, die Bilder zu sammeln, die Seung immer zeichnete und anderen schenkte – hatte ich auch eines? Eine dieser Zeichnungen mit den komplizierten Kreuzschraffuren, die er mit diesen dünnen Stiften anfertigte? Nein, hatte ich nicht.

Ich lenkte das Gespräch auf Aviva. Stellte die in einem solchen Fall üblichen Fragen: Wie schlug sie sich, wie kam sie klar? und so weiter. Daraufhin nahm unsere Unterhaltung eine unvermutete Wendung. Carlyle war zum Reden aufgelegt, ließ sich dazu hinreißen, eine Spur zu offen aus dem Nähkästchen zu plaudern. Aviva, behauptete sie, war es nie vorherbestimmt, glücklich zu sein. Schon vor der Sache, die Seung zugestoßen ist. Sie war immer schon verspannt und ängstlich. Ängstlich? Wovor hatte sie Angst? Vor so vielem. Vor Süßigkeiten und Alkohol, davor, die Kontrolle zu verlieren. Carlyle hatte oft mitbekommen, wie Aviva sich in Spiegeln anguckte, ganz dicht herantrat und dann ein Stück zurückwich, immer und immer wieder, als hätte sie irgendwie Schwierigkeiten, sich erscheinen zu lassen. Seung tat ihr gut, ermutigte sie dazu, etwas abenteuerlustiger zu sein, etwas lockerer. Woraus sich natürlich auch brenzlige Situationen ergaben, mitunter. Mit seinen Drogen, könnte man sagen, hat Seung es schon ein bisschen übertrieben. Und das eine Mal in New York, als die beiden im Treppenhaus eines Hotels erwischt wurden, praktisch verhaftet wurden, das war auch so eine Geschichte …

15

Es gibt Nächte, da weint Lena und sagt, sie hat Angst davor, als alte Jungfer zu enden. Aviva und Carlyle reden ihr gut zu, versichern ihr, dass sie eines Tages einen Freund finden wird, dass sie geliebt werden wird. Insgeheim sind sie weniger großzügig: Lena ist nicht hübsch. Vielleicht wird sie tatsächlich nie einen Freund finden. Sie sind froh, dass sie nicht Lena sind, mit ihren fahrigen Gesten, stets hoffnungslos verknallt, unsicher und voller Ängste. Sie können zu der Zeit noch nicht absehen, dass Lena später, in ihren Zwanzigern, mehr Liebhaber und mehr Vergnügen haben wird als sie beide zusammen.

Lena hat eine üble Woche hinter sich. Ihre Tante hat angerufen und ihr mitgeteilt, dass ihre Mutter einen weiteren Nervenzusammenbruch erlitten hat und im Krankenhaus liegt.

«Tut mir leid wegen Thanksgiving», sagt Lena zu Aviva. Ihre Tante wird das Haus voller Gäste haben, es sind jetzt schon mehr, als sie eigentlich bewältigen kann.

«Unsinn. Es braucht dir nicht leidzutun. Was kannst du denn dafür? Außerdem, Seung möchte, dass ich mit zu ihm nach Hause komme. Er wird seine Eltern deswegen fragen.»

«Und wenn sie Nein sagen?»

«Dann kann ich immer noch hier im Wohnhaus bleiben.»

«Nein, tu das bloß nicht», sagt Carlyle. «Das ist superdeprimierend. Du hockst abends mit den Lehrern beim Thanksgiving-Dinner, die ebenfalls hierbleiben, und nachmittags musst du in der Suppenküche in Portsmouth singen.»

«Ich kann nicht singen», sagt Aviva.

«Das macht nichts.»

Carlyles Freund ist Gene Murchie, ein Senior, groß, kräftig, zottelhaarig, kurz angebunden. Er und Carlyle sind seit über einem Jahr zusammen; in den Sommerferien, als sie getrennt waren, hat er sich einen Schnauzer stehen lassen. Er spielt Lacrosse in der Schulauswahl und will Bildhauer werden. Bei warmem Wetter zieht er bei jeder Gelegenheit sein Hemd aus, um den anderen Jungen seine durchtrainierten Brustmuskeln vorzuführen und sie neidisch zu machen. Er bekommt oft Wutanfälle, behauptet, dass Carlyle mit seinen Freunden flirtet, dass sie ihm Geld stiehlt, dass sie ihn in Briefen an seine Lehrer anschwärzt, um seine Noten zu drücken. Das ist der Grund, sagt er, dass er statt in Stanford an der University of Vermont landen wird. Er ist eindeutig geistesgestört, und niemand scheint es zu bemerken oder etwas deswegen zu unternehmen. Er hat Carlyle auch schon geschlagen, mehr als einmal. Tagelang schluchzt sie und redet davon, sich umzubringen, und dann berichtet sie, dass ihre Liebe nie stärker war, dass alle Schwierigkeiten bereinigt sind und hinter ihnen liegen.

Carlyle raucht Pall Mall, Lena aus Indonesien importierte Nelkenzigaretten, Aviva die leichteste Sorte, die sie finden kann, in der Regel Carlton. Sie spielt mit dem Gedanken aufzuhören; sie hat Angst, was das Rauchen mit ihrem Inneren anstellt, und pafft mitunter nur, ohne zu inhalieren. Lena kann Rauchringe pusten, und sogar Ringe innerhalb von Ringen. Es gibt noch andere, die regelmäßig in den Raucherraum kommen: Kelly Finch und Dorota Noel, die ein Einzelzimmer im zweiten Stock hat. Dorota ist aus London. Sie hat ein bellendes Lachen und reißt mit Vorliebe das Gespräch an sich. Aviva sagt selten etwas in dem Kellerraum voll eingerissener und fleckiger Möbel, seit Jahrzehnten die Zuflucht der Möchtegernrebellen von Auburn. Sie liebt Seung nicht auf dieselbe Weise, wie Carlyle Gene liebt; zu solcher Selbsterniedrigung wäre sie nicht imstande. Sie pflegt keine Obsessionen wie Lena, stürzt sich nicht in Abenteuer wie Dorota. Also schweigt sie, aus Furcht, dass ihre Gefühle gewogen und für zu leicht befunden werden, falls sie etwas sagt.

Seungs Zimmer ist sonnig und duftet nach frischgewaschener Wäsche. Er legt eine Schallplatte von Jean-Pierre Rampal auf. Er und Aviva knien sich auf sein Bett, fahren einander mit den Händen über die Haut, legen ihre Kleidung ab, Stück für Stück. Drei Stunden Küssen, damit haben sie kein Problem. Sie haben sonst keine weiteren Verpflichtungen. Die Sonne versinkt draußen am Himmel. Sie dösen ein und wachen wieder auf. Mit seinen Berührungen ruft Seung Aviva erneut ins Sein zurück, sie ist hier, groß, am Leben. Ihr Glück ist unermesslich. Seung ist nach wie vor hingerissen von ihrer weiblichen Figur: die tiefe Einbuchtung ihrer Taille und dann die weit aufspringenden Hüften. Die Brüste, die ausgebreitet sind wie riesige Münzen. Sie sind auf dem Fußboden; sie bittet ihn, in sie hereinzukommen. Mehr und mehr möchte sie diese Sache hinter sich bringen, diese Jungfräulichkeit loswerden, die sie von dem ultimativen Vergnügen fernhält, von dem ultimativen Wissen, der ultimativen Macht.

Seung lässt sich auf die Hacken zurücksinken, zögert. Es kann doch unmöglich so simpel sein: einfach so darum gebeten zu werden, es einfach so zu tun. Er bekommt Angst: *Was, wenn …* Er weiß nicht, worauf dieses *was, wenn* genau abzielt. Eine Art Schatten huscht kurz dunkel über sein Gesichtsfeld. Er hätte nicht gedacht, dass Aviva, bei all ihrer Direktheit, ihn so sachlich und so bald schon darum bitten würde. Er dachte, dass es ihm vorbehalten sein würde, sie zu bitten.

Bitte, sagt sie. Sie lächelt.

Er umfasst ihr Gesicht, jetzt ebenfalls glücklich, mit beiden Händen, küsst sie überschwänglich und drückt seine Stirn kurz an die ihre.

«Ich habe Kondome», flüstert sie. Sie hat sie bereits in Chicago besorgt, in einer Drogerie in einem fremden Stadtviertel, hat der älteren Frau hinter dem Tresen dabei direkt in die Augen gesehen. Sie würde vorbereitet sein, wenn sich die Gelegenheit ergab. Sie möchte nicht, dass etwas schiefgeht. Sie weiß, dass ein Mädchen Vorkehrungen treffen muss, um sich zu schützen.

Seung reißt die Folienverpackung auf. Aviva hat bereits selbst ein, zwei Exemplare aus ihrem Vorrat ausgepackt, um zu sehen, wie sie aussehen und wie sie funktionieren. Sie mag den Geruch der rutschigen, fleischfarbenen Gummihülle, ein industriemäßiger Geruch, der sie an gewisse Spielsachen aus Plastik erinnert, die sie als Kind hatte. Seung wendet das Kondom in den Händen herum, betrachtet es eingehend, als wollte er mit seinem technisch orientierten Verstand ergründen, wie es hergestellt wurde. Dann stülpt er es oben über seinen Penis und fummelt es herunter. Aviva schlägt die Augen nieder; der Anblick ist zu krass. Sie streckt sich lang aus, schiebt einen angewinkelten Arm unter den Kopf, um sich nicht so steif und wehrlos vorzukommen. Seung legt sich auf sie, und sie spreizt unsicher die Beine. Er rückt hin und her, stößt und stochert herum, als könnte er sie nicht recht finden. Nach unten zu greifen und ihm behilflich zu sein kommt ihr nicht in den Sinn. In den schmutzigen Büchern, die sie gelesen hat, und auch in ihren Phantasien, dringt der

Mann ein, und damit hat es sich. Seung drückt sich gegen sie; endlich ist es so weit. Sie hebt die Arme, um seine Schultern zu umklammern. *Jetzt geschieht es*, denkt sie. Jetzt wird sie sich auflösen, sich erweitern. Sie wird erfahren, was es heißt, zu leben, voll und ganz. Die Empfindung von Druck lässt nach; Seung ist nun doch nicht dort. Sie spürt, wie er sich noch einige Male gegen sie bewegt, und ist verwirrt. Schließlich setzt sie sich auf, um den Rhythmus zu ändern, und umarmt ihn.

Sie sitzen engumschlungen da und küssen sich tief. So könnte sie den ganzen Nachmittag verbringen, mit ihrem leicht geöffneten Mund an dem seinen, dem Gefühl seiner Lippen an den ihren, in denen jeder Nerv zum Leben erwacht. Sie spürt an ihrem Oberschenkel, wie er wieder hart wird. Er legt ihr die Hand an die Möse, hält sie umfasst, als würde er sie wiegen. Sie seufzt. Er rollt sie wieder auf den Rücken und nähert sich ihr von Neuem. Sobald sein Schwanz mit der Spitze die lockigen Härchen berührt, zieht sich wieder etwas in ihm zurück; er schrumpft erst innerlich und dann auch äußerlich zusammen. Er kann nicht fassen, was hier geschieht. Sein Herz klopft wie wild, halb vor Verlangen, halb vor Wut. Er versteht es nicht. Er drängt sich an sie, stößt sich unbeholfen gegen ihre Möse, er, der sonst nie unbeholfen ist. Sie rückt unbehaglich unter ihm herum. Ihre Pobacken tun weh; sie spürt einen Schmerz in der Seite und windet sich, um den Druck zu verringern. Seung beginnt zu keuchen, nicht vor Erregung, sondern vor Frustration, vor verbissener Entschlossenheit. Aviva fühlt sich unter ihm wie ein Ding, wie ein Gegenstand, den er zu erobern trachtet. «Hör auf», sagt sie. «Hör einfach auf.» Sie setzt sich auf. Ihre geöffneten Beine beschämen und deprimieren sie. Sie schließt sie. Dann beginnt sie zu weinen.

Dorota bringt sie im Fall Marvin Geohagen auf den neuesten Stand. Marvin Geohagen wiegt knapp einhundertdreißig Kilo. Er ist Kugelstoßer; seine Hände sind riesig, so groß wie Baseballhandschuhe. Er ist einer dieser Athleten, fast ausschließlich Jungen, die nach Auburn kommen, nachdem sie bereits die High School abgeschlossen haben. Die meisten von ihnen sind nicht besonders helle im Kopf, aber solange sie mit Erfolg die Abschlussklasse absolvieren und sportlich weiter Leistung bringen, könnten sie es schaffen, zum Studium in Notre Dame oder sogar Dartmouth angenommen zu werden. Sie sitzen in der Mensa für sich, zusammen an einem Tisch, blödeln mit ihren tiefen Stimmen herum und begaffen die Mädchen, die einen sichtbaren Busen haben. Dabei ist ihnen klar, dass sie bei keiner von denen eine Chance haben, nicht wirklich; die Mädchen sind sich alle zu schade für diese tumben Typen.

Letzte Woche hat Marvin Geohagen Dorota angesprochen und gefragt, ob sie Lust auf einen Spaziergang hätte. Tief im Wald ist er stehen geblieben und hat sie angeschaut. Ich möchte dich gern als Freundin haben, hat er gesagt.

Auf einmal fand sie sich auf den Knien wieder, während er mit seinen Pranken ihren Kopf umfasst hielt. «Was hätte ich denn tun sollen?», fragt Dorota. Sie legt den Kopf zurück und pustet Rauch aus, hinauf zu der moderfleckigen Decke.

Kurz und gut, jetzt ist Marvin jedenfalls in sie verliebt. Er folgt ihr aus der Mensa, wartet draußen vor den Klassenzimmern, um sie nach dem Unterricht abzufangen. Sie müssen zusammen sein, sagt er; sie ist die Liebe seines Lebens. Sie passen nicht zueinander, hat sie ihm erklärt («weil du ein dummer Ochse bist, Marvin» – das hätte sie zu ihm sagen sollen, aber sie hat es sich verkniffen); sie hat einen festen Freund erfunden, daheim in England. Aber er lässt nicht locker. Heute hat sie ihm endlich gesagt, dass sie ihn nicht liebt. Dass sie ihn sogar abstoßend findet.

«Er hat gesagt: ‹Du Fotze. Das wirst du mir büßen.› Und dann ist er abgezogen.» Dorota legt eine kurze Pause ein und bricht dann in kreischendes Gelächter aus.

Aviva liegt auf Seungs Bett und weint. Weint, wie sie seit Kindertagen nicht mehr geweint hat, hicksend und krampfhaft um Atem ringend, während sie von Schluchzen geschüttelt wird. Sie verbirgt ihr Gesicht. Der Schock ist die Bestätigung, dass sie nicht geliebt werden kann. Sie jammert, schlägt mit der Faust auf die Matratze. Erwartet hat sie den Beweis schon seit Jahren, hat damit gerechnet, unvorbereitet davon getroffen zu werden, obwohl sie zugleich die Hoffnung hegte, das Schicksal irgendwie austricksen und diesem Schlag ausweichen zu können. Und da ist er nun, der Beweis. Er kann nicht in sie eindringen. Etwas an ihr stößt ihn ab. Sie wusste es, sie wusste es. Seung glaubt, dass er sie begehrt, aber sein Körper bringt die Wahrheit ans Licht. Sie gräbt sich die Fingernägel ins Gesicht, zerrt an ihrem Haar, aber nicht einmal zu dieser Art Hemmungslosigkeit ist sie imstande; sie will sich keine Narben zufügen. Noch im Zustand der Verzweiflung denkt sie daran, sich selbst zu schützen.

Seung hält sie im Arm. Die Schande liegt bei ihm; er kann nicht verstehen, warum sie sich nicht beruhigen will. Er hat versagt. Es ist ein Gefühl, das ihm bestens vertraut ist. Dieses Niedersinken, als würde er mit den Fingern im Dreck grabbeln, ohne je festen Halt zu finden. Der Geschmack von Stiefeln und Kies. Er hatte einmal einen Hund, ein Tier, das nie ganz gesund war. Sein Vater hat ihn in einem Moment der Schwäche auf einem Jahrmarkt gekauft. Der Hund erbrach sich immer wieder auf den Teppich im Wohnzimmer, bis sein Vater die Entscheidung traf, ihn einschläfern zu lassen. Ehe es so weit kommen konnte, war das verwirrte Tier auf die Straße hinausgetapst und von einem Auto überfahren worden. Ein Knochen, so sauber wie ein Knochen auf einem Essteller, ragte in Kniehöhe aus dem Bein des Hundes heraus. Seungs Mutter ist mit Seung und seinem Bruder und dem jaulenden Hund zum Tierarzt gefahren, der ihm eine Spritze gab, die sowohl dem Schmerz wie auch seinem Leben ein Ende setzte. Seung erinnert sich an das Gefühl des totalen Versagens: des Versagens, Trost zu spenden, des Versagens, ein Leben zu bewahren, des Versagens dabei, ein normaler amerikanischer Junge mit einem normalen amerikanischen Hund zu sein, der umhertollt und spielt und Stöckchen holt.

Dorota zündet sich eine weitere Zigarette an. Sie raucht unaufhörlich, sogar in ihrem Zimmer, in dem sie hinterher ihr Parfüm versprüht. Wenn Aviva Pullis von Dorota trägt, riechen sie nach Rauch und Chanel No. 5. Sie sind Aviva viel zu groß, schlottern lang an ihr herab wie Männerpullis; sie muss die Ärmel mehrmals aufkrempeln.

«Das mit Marvin solltest du jemandem erzählen, finde ich», sagt Aviva. «Ihn melden, meine ich.»

Die anderen sehen sie erstaunt an.

Das Licht vor Seungs Fenster schwindet nach und nach. Aviva redet. Es ist ein einziger Wortschwall, endlos. Sie ist völlig außer sich, von ihrer gewohnten Anmut und Selbstbeherrschung fehlt jede Spur; ihr Gesicht ist verschwollen, ihre Stimme schrill. Sie jagt Seung regelrecht Angst ein. Du liebst mich nicht, ich bin ein Monster, du liebst mich nicht wirklich, ich wusste, dass das passieren würde, hast du das Gefühl, ich würde dich nicht lieben?, du liebst mich nicht.

«O Gott», beschwört er sie.

Irgendwann schlafen sie erschöpft ein, Hand in Hand.

«Seung, Seung.» Sie schüttelt ihn. «Da ist jemand an der Tür.»

Jemand klopft leise, wiederholt, wie um ein Signal zu geben. Seung zieht eilig ein Hemd über und öffnet die Tür einen Spaltbreit.

«Es ist Viertel vor neun», sagt Sterne zu ihm. «Du musst sie hier rausschaffen, Mensch.»

16

Jahre später wird Aviva sicherlich wissen, dass das öfter vorkommt. So oft, dass es schon fast komisch ist: dass der Mann bei jener ersten Annäherung erschlafft. Eine Frau flößt einem Mann beim ersten Mal immer eine gewisse Furcht ein. Jahre später, wenn ein Mann bei ihr versagt, wird sie ihn vielleicht in den Arm nehmen und sagen, ist schon gut, halb so wild, wir haben es ja nicht eilig … Und später klappt es dann, und er vergisst diese anfängliche Demütigung, seine Ängste, seine Anlaufschwierigkeiten.

Vielleicht hätten sich alle folgenden Ereignisse auch dann zugetragen, wenn Aviva an jenem Abend in Seungs Zimmer nicht so hemmungslos geweint und sich aufgeregt hätte. Vielleicht glaubte Seung tief in seinem Inneren, dass, falls er sie besäße, sie seiner bald überdrüssig sein und sich einem der anderen Jungen zuwenden würde, die nur zu gern etwas mit ihr angefangen hätten. Vielleicht spürte er, dass er sie dauerhafter an sich binden konnte, wenn er ihr ihre Befriedigung vorenthielt. Oder vielleicht ahnte er auch, mit seinem außerordentlich feinen Gespür, dass Geschlechtsverkehr ihr keine Befriedigung bringen würde, dass der Gipfel für sie bereits erreicht war. In ihren Körper einzudringen würde sie aus dem Gleichgewicht bringen und letztlich erzürnen. Hat er also Aviva eigentlich vor sich selbst geschützt? Mit Gewissheit kann ich das natürlich nicht sagen, es ist nur eine Vermutung.

17

Dak-ho Jung liest täglich sowohl die *New York Times* wie auch die Tageszeitung aus Seoul: den Nachrichtenteil, den Wirtschaftsteil, die Todesanzeigen. Die Zeitung aus Seoul kommt erst mit zehn Tagen Verspätung an, deshalb nimmt er sich die zuerst vor. Dann wendet er sich der *Times* zu. Eine Stunde oder länger verbringt er mit der Zeitungslektüre, während dazu auf dem Plattenspieler Wagner läuft. Wenn er seinen Kaffee ausgetrunken hat, streckt er wortlos die Tasse aus, ohne die Zeitung sinken zu lassen, in die er gerade vertieft ist. Seine Frau, die in Korea Medizin studiert hat, eilt sofort herbei, um ihm Kaffee nachzuschenken.

Sie drücken Aviva zur Begrüßung herzlich die Hand, beide, aber Seung hat ihr vorab erklärt, dass sie sie nie akzeptieren werden. Sie werden lächeln, ihr Speisen auf den Teller häufen, alles tun und keine Mühen scheuen, damit sie sich bei ihnen wohlfühlt, doch tief in ihrem Herzen werden sie sie ablehnen.

Seungs Bruder Chaz (Taufname Chin-hua) ist ebenfalls für Thanksgiving nach Hause gekommen. Er studiert in Cornell. Dort hat er eine Vereinigung mit dem Namen «Freunde Koreas» gegründet. Die Mitglieder diskutieren über koreanische Politik und sammeln Spenden für Reisen in das geteilte Land. Chaz war im vergangenen Sommer das erste Mal dort. Die Verwandten, bei denen er wohnte, machten sich über seinen amerikanischen Akzent und seine mangelnde Trinkfestigkeit lustig.

Seine Eltern sind stolz auf Chaz, erzählt Seung Aviva, so stolz, wie sie auf einen Sohn eben sein können, den sie als Mischlingskind betrachten, geboren als Amerikaner, aber mit bräunlicher Haut und koreanischen Augen. Chaz ist ein guter Student, benimmt sich untadelig – ein geraderer Pfeil als Seung. Er hat eine koreanisch-amerikanische Freundin, die den Feiertag zu Hause bei ihrer Familie in Binghamton verbringt. Außerdem ist er etwas, als was man geboren wird, ein Sohn Nummer eins, das Kind, das eigentlich nie etwas falsch machen kann. Wohingegen Seung mit seinen guten Noten und seinen Talenten als Sportler, der vom Beratungslehrer seiner früheren Schule eine Empfehlung dafür erhalten hat, sich um die Aufnahme in Auburn zu bewerben … Seung schnalzt mit der Zunge, es klingt bitter.

Das Haus ist bescheiden und nur unzureichend beheizt. Mrs Jung trägt eine dicke Strickjacke (vielleicht ja die Jacke, die Seung für sie bei Lands' End bestellt hat?) und Flanellpantoffeln.

«Sollen wir fragen, ob wir in der Küche helfen können?», erkundigt sich Aviva.

«Bloß nicht. In ihrer Küche will sie uns bestimmt nicht haben», sagt Seung.

Sie unternehmen einen Spaziergang. Die Bäume sind bereits kahl, aber hie und da liegen noch dicht gehäuft die Blätter herum, scharlachrot und braun. Die Luft ist lau und feucht. Sie kommen an stillen Gärten vorbei, in denen Väter Laub zusammenrechen, an Kindern, die sich einen Football zuwerfen oder auf Skateboards Tricks einüben. Haustüren stehen offen, Mittelschichtvertrauen und Milde liegen über allem. Seung zeigt auf das Freibad der Stadt, wo er im Sommer als Bademeister jobbt. Er erzählt Aviva davon, wie er einmal eine Frau herausgezogen hat, die im Wasser ohnmächtig wurde und in die Tiefe gesunken ist. Er war vierzehn, und als er, noch vor dem Eintreffen der Rettungssanitäter, seinen Mund auf den ihren drückte, wurde ihm zum ersten Mal bewusst, wie sehr er Frauen begehrte. Sie war etwa Mitte dreißig und nicht mal sonderlich attraktiv, kein Mädchen mit Zahnspange und eben erst entsprossenen Brüsten. Er träumte davon, ins Haus dieser Frau einzubrechen, ihren Schmuck zu berühren, ihre Haarbürste, ihre Kleidung. Aviva merkt, wie ihr warm wird, als sie sich diesen erotischen Einbruch vorstellt, fragt sich im Stillen, ob Seung ihr wohl wirklich die ganze Geschichte erzählt hat. Sie hat mitunter das Gefühl, dass er ihr, nun ja, nicht direkt Unwahrheiten erzählt, aber Teilwahrheiten. Er lässt Dinge ungesagt und verheimlicht sie.

Sie kommen an der Middle School vorbei, die Seung besucht hat. Es ist ein altmodisches, behaglich wirkendes Steingebäude mit einem hässlichen Anbau aus Beton. Seung gibt sich wortkarg. «Ein Pferch», lautet sein Kommentar. «Eine Mastparzelle.» Oberhalb der Stadt und der langen Straßen, die die Vororte von New Jersey mit Newark verbinden, ziehen sich meilenweit Wälder dahin, die früher von den Lenape-Indianern bewohnt wurden. In den Wäldern gibt es schlicht gezimmerte Unterstände, vom Bundesstaat verwaltete Zeltplätze, einen Ort, wo sich Pfadfindergruppen treffen. Ja, Seung war früher mal Pfadfinder.

Jetzt versteht Aviva, warum Seung auf den Spaziergang einen Rucksack mitgenommen hat. Er nimmt eine dicke Wolldecke heraus, die er auf der Erde ausbreitet. Sie lassen sich darauf nieder, liegen einander Auge in Auge gegenüber. Er fährt mit den Fingern über ihr Gesicht, am Haaransatz entlang, über die kleinen Ohren, das spitze Kinn. Sie lächelt, lässt sich treiben. Ihre Münder treffen sich. Sie fühlt sich von

Zeit und Raum enthoben; sie werden ewig hier liegenbleiben. Er küsst ihren Hals, öffnet den Reißverschluss an ihrem Sweater. Sie schlagen die Ränder der Decke über sich, um sich warm zu halten.

Eine lange Zeit später sagt er, dass sie jetzt nach Hause aufbrechen müssen. Seine Cousins, die am Thanksgiving-Dinner teilnehmen, werden inzwischen eingetroffen sein, und sie können den Tisch decken.

Die vorübergehende Wärme des sonnigen Mittags hat sich verflüchtigt. Es ist kalt jetzt, um vier Uhr; die Sonne hängt hinter einem grauen Dunstschleier. Seung gibt Aviva seine Strickmütze und seine Handschuhe. Er will ihr auch seine Jacke geben, die schwerer ist als ihre, aber das lehnt sie ab.

Im Wohnzimmer der Jungs brennen Steh- und Tischlampen, es geht lebhaft zu. Jetzt läuft gerade Schubert. Sobald eine Platte zu Ende ist, springt Mr Jung auf und legt eine neue auf. Ein junges Pärchen sitzt auf der Couch; der Mann, der einen Kinnbart hat, drückt ein Baby an seine Schulter, dem er liebevoll auf den Windelpopo klopft.

«Das ist Vincent, mein Neffe, der Sohn meiner Schwester Chan-sook», sagt Mr Jung, aber er spricht mit so starkem Akzent, dass Aviva nicht immer versteht, was er sagt. Mr Jung schenkt Gläser mit Sherry ein, für sich, für den jungen Vater, seinen älteren Sohn und – mit aufgesetzt wirkender Missbilligung – seinen jüngeren. Von den Frauen wird offenbar erwartet, dass sie nichts trinken. Seung zwinkert Aviva zu, er wird ihr etwas übriglassen. Ihr ist es einerlei. Seit dem Abend mit dem Tequila, den Tennisplätzen und den Augen, die sie beobachtet haben, ist ihr die Lust auf Alkohol vergangen.

Beim Essen ermuntert Seung sie, Kimchi zu probieren, das traditionelle koreanische Gericht aus in scharfen Gewürzen und Knoblauch eingelegtem Kohl. «Es ist sehr scharf», warnt er sie. Die Familie lacht, als sie sich ein kleines Stück abschneidet und in den Mund schiebt. Alle warten auf die unvermeidliche Reaktion, das entsetzte Geschrei, den Ekel. Dann können sie weiterlachen, über die geheimnisvollen Dinge, die einige Völker von anderen trennen. Aber sie findet den Kohl köstlich, gerade weil er so scharf ist. Sie bittet Seung um eine weitere Portion. Die Familie lacht vor Freude und Entzücken, drängt sie, noch eine dritte Portion zu nehmen, eine vierte.

«Du bist eine Ehrenkoreanerin!», ruft Mr Jung. «Du bist eine von uns!» Er ist nicht mehr ganz nüchtern. Seung sieht sie an und schüttelt leicht den Kopf: *Lass dich nicht täuschen.*

Hochzufrieden mit ihrem Gast, diesem kleinen weißen Mädchen, einer Jüdin sogar, lassen sie es sich nicht nehmen, ihr einige Wörter Koreanisch beizubringen. *Bap* heißt Reis, *cha* Tee. Chaz ist Seungs *hyeong*, das heißt sein älterer Bruder. Sie schafft es nicht, die richtigen Laute zu produzieren. In ihren Mündern haben die Wörter etwas Bellendes, Schnappendes, das sie nicht nachzuahmen vermag. Irgendwann schreitet Chaz ein und fordert seine Eltern auf, das arme Mädchen nicht weiterzuquälen.

«Aviva wird langsam müde», pflichtet Seung ihm bei.

Die Männer ziehen sich mit Mr Jung ins Fernsehzimmer zurück, um weiterzubechern. Aviva hält das schläfrige Baby des jungen Pärchens auf dem Arm, verblüfft darüber, wie schwer so ein kleines Kind sein kann. Sie hält den Kleinen auf dieselbe Weise wie sein Vater, hofft, dass sie ihn nicht zu fest drückt oder ihm sonst wie Unbehagen bereitet. Sie streichelt ihm über das dichte, weiche Säuglingshaar, während er sich sämtliche Finger außer dem Daumen in den Mund schiebt.

«Er tanzt aus der Reihe», sagt die Mutter des Kleinen mit einem Lächeln. Sie hat den ganzen Abend nichts gesagt, aber jetzt fällt Aviva auf, dass aus ihren Augen Intelligenz spricht, und ein frecher Humor.

Die Cousins brechen nach Hause auf, und Aviva und Seung helfen beim Abwasch. Mr Jung döst im Sessel vor sich hin. Sohn Nummer eins hört National Public Radio. Seung lässt Spülwasser ein und reinigt die Geschirrteile erst unter laufendem Wasser vor, ehe er sie routiniert sauberschrubbt. Aviva trocknet ab, ständig in der stillen Sorge, etwas fallenzulassen und kaputtzumachen. Mrs Jung räumt alles in die altmodischen Schränke mit den Glastüren ein. Sie sagt jetzt nichts mehr; vager Unmut geht von ihr aus, während sie ihnen den breiten Rücken zukehrt.

Das Gästezimmer ist oben im Dachgeschoss, mit einer Schräge und einem großen Bett. Aviva ist zu müde, um ihren Koffer auszupacken. Seung zieht ihr die Schuhe aus, massiert ihr die Füße. «Warum können wir nicht zusammenbleiben?», fragt sie vorwurfsvoll.

Sein Blick erteilt ihr einen Tadel. «Weil meine Eltern Koreaner sind», sagt er.

Das findet sie dämlich; sie sollten sich dagegen zur Wehr setzen. Seine Eltern behandeln sie beide wie kleine Kinder. «Warum sollten wir ihnen etwas vorlügen?», fragt sie.

«Koreanische Söhne lügen nun mal, das ist eben so», erwidert er.

Am Tag darauf zerstreut sich die Familie. Mrs Jung hat Einkäufe zu erledigen, Mr Jung geht ein paar Stunden zur Arbeit. Chaz trifft sich mit alten Freunden. Jetzt liegen Aviva und Seung zusammen in dem Bett unter der Dachschräge. Er knöpft ihre Bluse auf, die zerknittert ist und nach ihr riecht, weil sie sie schon am Vortag getragen hat, streift sie ihr vom Leib und fordert sie auf, sich auf den Bauch zu drehen, damit er ihr den Rücken massieren kann. Er hat ein untrügliches Gespür dafür, wie viel Druck er ausüben muss, um die kleinen Schmerzen hervorzurufen, die dann, wenn sich ihre Verspannungen lösen, in Wohlbehagen übergehen. Er arbeitet sich an der vorspringenden Wirbelsäule hinunter, die sie von seinem Blickwinkel aus so zart wirken lässt, so zerbrechlich, knetet ihre Seiten durch. Er will keinen Fingerbreit von ihr auslassen. Er zieht ihr die Jeans aus, um auch ihre Beine zu massieren. Dann sind ihre Arme an der Reihe, und zum Schluss wendet er sich wieder ihrem Nacken zu, der jetzt ganz weich ist, schlaff wie eine Stoffpuppe. Er versteht sich darauf, sie aufzuschließen.

Später – sie sind beide nackt, verschwitzt, halten sich eng umschlungen – bittet sie ihn erneut, in sie einzudringen. Er antwortet nicht sofort. Dann rückt er etwas von ihr ab, runzelt die Stirn. Sie streckt sich auf dem Rücken aus, hat bereits entschieden, nicht nach den Kondomen zu kramen, die sie in ihrem Rucksack dabeihat, oder die Dinger auch nur zu erwähnen. Sie will ihren Rhythmus nicht unterbrechen, deswegen. Möglicherweise war das ja der Grund, warum er letztes Mal versagt hat. Er wird in sie reinkommen, das große Ereignis wird sich vollziehen, und dann kann sie ihn kurz unterbrechen und dazu bringen, den Schutz überzustreifen. Es wird schon nichts passieren. Seung stößt sich gegen sie. Er ist zwar steif, aber, sogar ihrem unerfahrenen Empfinden nach, womöglich nicht steif genug. Je mehr er sich gegen sie stößt, desto mehr scheint er von ihr abzuschmelzen, desto weniger kann sie ihn spüren. Sie nehmen eine neue Stellung ein, und er wird kurz wieder steif, aber letzten Endes nützt es auch nichts. Zorn steigt in ihr auf: Was fällt ihm ein, sich ihr schon wieder zu verweigern? Bietet sie sich ihm nicht dar? Was genau stört ihn an ihr, das er sich weigert anzunehmen? Die Laken sind schon ganz feucht nach dem langen Nachmittag ihrer Bemühungen. Ein einsamer Vogel, Aviva weiß nicht, was für einer, und wird es auch nie erfahren, ruft draußen vor dem Fenster. Sie rollt sich von Seung fort, mit noch immer unfreiwillig versiegeltem, unerschlossenem Körper, kehrt ihm den Rücken zu. Er streckt sich hinter ihr aus, legt ihr den Arm um die Taille, wird von trockenem Schluchzen geschüttelt. Sie hat keine Lust, ihn zu trösten; die Schande brennt zu tief in ihr. Es ist, als hätte er sie vor einer Menschenmenge bloßgestellt. Sie liegt brettsteif da; der schöne, sonnige Tag ist wie ein Angriff. Seung löst sich von ihr und geht aus dem Zimmer. Sie hört Wasser rauschen, eine Etage tiefer. Es rauscht eine ganze Zeit lang. Er kommt zurück und setzt sich gegenüber von ihr aufs Bett, mit gekreuzten Beinen. Er trägt verwaschene Jeans und ein locker sitzendes weißes T-Shirt. Sein Haar ist noch feucht und zurückgekämmt.

«Schlag mich», sagt er.

«Wie bitte?»

«Sch-schlag mich. Mitten ins Gesicht.»

Er spinnt; so etwas würde sie nie tun.

«Ich h-hab's verdient. Dann wird's mir bessergehen.»

Manchmal jagt er ihr Angst ein. Sie schüttelt den Kopf. Sie überlegt, ob sie aufstehen und einfach rausgehen soll, aber wo soll sie hin, hier in diesem Haus oder draußen, kann sie auf ihn verzichten? Keines der Zimmer ist ihr vertraut, ist ein Ort, an den sie gehört und wo sie das Recht hätte, sich hinzusetzen, Dinge zu berühren. Das einzige Zimmer, das für sie Sinn ergibt, ist dieses Zimmer, der einzige Ort, der sich anfühlt, als würde er ihr gehören, ist dieses Bett. Bald schon wird Mrs Jung mit ihren Einkäufen zurückkehren, Mr Jung wird sich zur Zeitungslektüre niederlassen und sich einen Drink einschenken. Sie werden versuchen, mit ihr ein Gespräch zu führen, aber das Gespräch wird bald erlahmen, da beide Seiten nicht wissen, wie sie es in Gang halten sollen. Aviva greift in ihren Rucksack und holt ein Buch heraus, das Mr Salter, ihr Englischlehrer, einmal erwähnt hat. Er war so voll des Lobes, hat so begeistert davon geschwärmt, dass sie einfach losgehen und es sich im Buchladen der Academy besorgen musste. *In Swanns Welt* von Marcel Proust. Sie ist heilfroh, dass ihr diese Lösung eingefallen ist, die Lösung, sich in Geschichten zu flüchten. Proust zieht sie Zeile für Zeile in seinen Bann, zwingt sie zu äußerster Aufmerksamkeit, während er seine Sätze auswirft und wieder zurückspult, sie zittern und verschlungene Schleifen bilden und schließlich zur Ruhe kommen lässt. Die Sätze geben ihr Halt und beruhigen sie. Sie rollt sich auf der Seite zusammen, schlägt das Buch auf der Seite auf, auf der sie die Lektüre letztes Mal unterbrochen hat. *Aber er fand nicht den Mut, Paris einen einzigen Tag zu verlassen, wenn Odette da war. Es war jetzt warm, die schönsten Tage des Frühlings hatten eingesetzt …* Innerhalb von Sekunden hat sie mit der traurigen Welt gebrochen und sich ihr zugleich wieder neu angeschlossen; sie ist frei.

Um vier Uhr unterbricht Seung sie. Wo war er, was hat er gemacht? Vielleicht war er spazieren; sie fragt ihn nicht danach. Es geht aufs Abendbrot zu, und er sagt, sie müssten ihre Hilfe anbieten, das gehöre sich so. Vielleicht müssen sie zum Supermarkt fahren, um ein vergessenes Getränk oder Gemüse zu besorgen. Aviva hat keinen Führerschein; Seung wird sich ans Steuer setzen. Zur Schlafenszeit wird sie ihn wieder leidenschaftlich küssen; sie kommt nicht dagegen an. Er wird seine Schande vergessen, während er sich dem puren Vergnügen hingibt, ihren Mund zu erkunden, mit den Händen über ihren flachen, glatten Bauch und ihre geschwungenen Hüften zu fahren, die ebenso üppig gerundet wie hart sind, ein wenig bestürzend, weil man die Knochen darin ertasten kann.

Am letzten Morgen fährt Seung in die Stadt und besorgt, Aviva zu Ehren, Bagels, Frischkäse und Tomaten. Ich habe ihn gesehen dort, bei Benny's Bagels, er hat Bagels mit Mohn, mit Sesam und ohne alles verlangt. Wir begrüßten uns, stellten fest, dass wir mit demselben Zug nach Boston zurückfahren würden. Wir Kids nannten ihn auch den Party-Express; man konnte ungehindert rauchen und trinken, die Amtrak-Schaffner sagten nie ein Wort. Seung erzählte mir, dass Aviva bei seiner Familie zu Gast sei. Wenn er es eilig hatte, verunsichert oder glücklich war, stotterte er immer ein bisschen. Bei unserer Begegnung schien alles zusammen vorzuliegen. Ich wohnte auf der anderen Seite des Tals, das die Stadt in zwei Hälften teilt, auf der Seite, wo die größeren Häuser stehen. Ich stellte mir vor, wie Aviva sich durch die Zimmer von Seungs Zuhause bewegte, ihr dickes Haar, in dem die Gerüche des Tages hafteten: die Kochgerüche aus der Küche, ihr Parfüm, verrottendes Laub.

Meine Freundin, Lisa Flood, war über Thanksgiving auch bei uns zu Gast; das erwähnte ich, damit er nicht etwa dachte, durch Avivas Gegenwart bei ihm zu Hause irgendwie die Oberhand über mich zu haben. Ich sah ihm nach, als er zum Wagen seiner Eltern trabte, der in zweiter Reihe geparkt war. Habe ich schon darüber gesprochen, was Seung für einen Gang hatte? Er war ein wenig plattfüßig; sein Schwerpunkt lag tief, und seine Füße zeigten leicht auswärts. Es war mir ein Rätsel, warum niemand in Auburn diesen offensichtlichen Makel zu bemerken schien, so wie wir seinerzeit in der Middle School.

Bei mir zu Hause teilte sich meine Mutter nicht länger das Schlafzimmer mit dem Richter. Sie schlief jetzt im Gästezimmer; sie hatte es neu tapezieren lassen, mit roten und schwarzen Rosen, kräftige, blutige Farbtöne. Lisa war im alten Zimmer meines Bruders Dan untergebracht, inmitten seiner

Hockeypokale und Urkunden über besondere schulische Leistungen. Der Drecksack ließ es sich nicht nehmen, jede einzelne davon einzurahmen und an die Wand zu hängen; es sah aus wie im Büro eines Arztes. Gegen neun, zehn Uhr, wenn meine Mutter bereits betrunken und zu Bett gegangen war, während der Richter in die Biografien berühmter Juristen und Politiker vertieft war, ging ich in Lisas Zimmer und legte mich auf sie. Vor unserer Ankunft bei meinen Eltern hatte ich entschieden, dass ich diesen Kurzurlaub vom Campus (denn Lisa hielt sich immer strikt an Vorschriften; sie hätte sich niemals darauf eingelassen, eine Tür zu schließen, die offen zu bleiben hatte, oder sich verbotenerweise irgendwohin zu stehlen, wo man ungestört war) dazu nutzen würde, sie endlich zu entjungfern. Und mich gleichzeitig von ihr entjungfern zu lassen, was ich ihr gegenüber jedoch nie so direkt hatte durchblicken lassen. Im Jahr davor hatte ich mich ritterlich, wenn auch ein wenig missmutig Lisas Bitten gebeugt, dass wir noch warten sollten, sie fühle sich noch nicht so weit ... ich war mir sicher gewesen, wie jeder Trottel, dass sich meine Geduld letzten Endes auszahlen würde.

Jetzt aber, nach der Sache im Bootshaus, mit meinen Erinnerungen daran, wie es sich angefühlt hatte, als ich mich an Aviva presste und nur noch das Verlangen verspürte, in sie einzusinken, wollte ich Lisa nicht länger vögeln, um dabei zu genießen, was es zu genießen gab, und zu nehmen, was es zu nehmen gab, oder auch nur, um mich endlich als Mann fühlen zu können. Nein. Ich wollte Lisa, damit ich die Augen schließen und so tun konnte, als wäre sie Aviva, um mir vorstellen zu können, wie ich mich Stück für Stück verlor und schließlich unterging. Vielleicht begehrte ich sogar keine von beiden und hatte es bloß darauf abgesehen zu spüren, wie mein Selbst abgeschält wurde, bis nichts mehr davon übrig war. Ich beschwatzte und bedrängte Lisa so lange, bis sie schließlich nachgab, am Abend von Thanksgiving. Sie lag sehr still unter mir, bemühte sich immer wieder, mir aufmunternd, wenn nicht gar begeistert zuzulächeln, wenn sie nicht gerade unwillkürlich das Gesicht verzog. So geduldig, so tapfer. In der dritten Nacht war ich so weit, dass ich ihre Beine anhob und um mich wickelte, sodass sie fast senkrecht zusammengekrümmt war, damit ich tiefer in sie eindringen, weiter verschwinden konnte. Aber irgendwie *kam* ich nicht weiter, vermochte weder mich noch sie auszulöschen, und das frustrierte mich zunehmend. Ich fing an, sie zu hassen. Das arme Mädchen. Ein nettes Mädchen, kein umwerfend hübsches Mädchen, mit sprödem blondem Haar und blasser, etwas unreiner Haut. Ihr Hintern, der bereits schwer war wie in mittleren Jahren, wirkte in ihren hellbraunen Cordhosen mutlos und resigniert. Sie wird sich gefragt haben, warum ich so wild und hemmungslos zur Sache ging. Ich redete mir ein, dass sie denken würde, es wäre ihretwegen, dass ihr Freund von ihren Reizen oder vor Liebe zu ihr schier zur Raserei getrieben wurde, aber dafür, da bin ich mir sicher, war sie zu intelligent. Sie war ein sehr intelligentes Mädchen. Sie ist Ärztin geworden – Endokrinologin, wie es sich trifft –, hat geheiratet und vier Kinder bekommen. Vier Kinder! Ich war richtig erschrocken, als sie, im regelmäßigen Abstand von zwei Jahren, auf den Seiten des *Auburn Bulletin* einzutreffen begannen. Sie ist bestimmt eine vorbildliche Mutter, und ich bete, dass sie einen Ehemann hat, der sie respektiert und bewundert und sie auch körperlich begehrt, mitsamt ihrem matronenhaften Hintern und Busen. Und ich denke mal, so einen Mann hat sie. Ich habe immer schon gespürt, dass sie über genug Würde und Selbstachtung verfügte, um sich für jemanden zu entscheiden, der großherziger war als ich.

Seung fährt mit seinen Einkäufen zurück nach Hause. Chaz hat sich schon am Vorabend verabschiedet, um seine

Freundin in Binghamton abzuholen und mit ihr zur Uni zurückzufahren. Die Stimmung an dem Tisch mit der rotkarierten Frühstücksdecke ist festlich. Jetzt, da Seung und Aviva bald wieder abreisen, haben die vier keinen Mangel an Gesprächsstoff. Die Jungs mögen Bagels ebenso gern wie jede gute jüdische Familie. In dem Forschungsinstitut, an dem Mr Jung beschäftigt ist (Virologie; später wird er einer der ersten Forscher sein, die das neue Virus namens HIV isolieren), bringen Leute an Geburtstagen und zu anderen festlichen Anlässen regelmäßig Tabletts voller Bagels mit. Seung schneidet die Tomaten in Scheiben – «nichtjüdischer Lachs», sagt er – und richtet sie auf einem Teller hübsch an. Aviva muss zugeben, dass die Tomaten als Belag auf dem Frischkäse sehr schmackhaft sind. Sie und die Jungs plaudern über die Zugfahrt zurück nach Boston. Sie fragen sie aus. Hat sie genug Geld für den Speisewagen, hat sie ein gutes Buch zum Lesen (ihnen ist aufgefallen, wie oft sie die Nase in einen Roman steckt; liest sie auch ernsthafte Bücher wie etwa die neue Biografie über Nikola Tesla?), um wie viel Uhr kommt der Pendelbus in Auburn an? Und sind Avivas Eltern mit ihren schulischen Leistungen zufrieden? Es gibt so vieles, worüber man sich unterhalten kann; warum ist das bisher keinem von ihnen aufgefallen? Mrs Jungs rundes Gesicht strahlt Wohlwollen aus, Mütterlichkeit geradezu. Mr Jung nimmt das Mädchen freundlich auf die Schippe: Sein Sohn muss dafür sorgen, dass sie genug isst und etwas zunimmt, wenn sie wieder an der Schule sind; sie ist zu dünn! Nimmt sie auch jeden Tag eine Portion Fleisch zu sich? «Du musst Kimchi essen!», ruft er, heftig gestikulierend, als er die beiden jungen Leute am Bahnhof absetzt. «Das wird dich stark machen!»

18

An der Penn Station in New York, auf der Rückreise zur Schule, treffen wir zufällig Voss, Lisa und ich. Er wohnt mit seiner Mutter in einem großen Penthouse an der Upper East Side, in den East Eighties. Sein Vater ist gestorben, als er noch klein war, an einem Herzinfarkt; er hat keine Geschwister. Ich durfte dieses Penthouse bisher ein einziges Mal betreten, das war's. Obwohl ich angeblich einer von Voss' engsten Freunden bin, ist er in den Ferien irgendwie immer zu sehr mit seinen früheren Mitschülern von St. Albans und deren Freundinnen, Tussen von der Spence und der Brearley School, ausgelastet, um sich daran zu erinnern, mich zu einer seiner rauschenden Partys einzuladen, bei denen es Alkohol und Koks bis zum Abwinken gibt. Das Lustige daran ist, dass Voss' Mutter eine wirklich eingefleischte Abstinenzlerin ist. Das weiß ich, weil ich bei meinem einzigen Besuch bei ihnen überall Krimskrams der Anonymen Alkoholiker gesehen habe – das Blaue Buch, sowohl in der Küche wie im Wohnzimmer, das Gelassenheitsgebet im Badezimmer. Voss erklärte mir, dass seine Mutter schon seit Jahren bei den Anonymen Alkoholikern aktiv war, als Sponsorin viele andere Mitglieder betreute und sogar eine Funktion als sogenannte Gemeinsame Dienstvertreterin ausübte, was bedeutet, dass sie an Konferenzen überall im Lande teilnahm. Diese Reisen sind der Grund dafür, warum Voss regelmäßig über ein leeres Apartment verfügt, in dem er seine Bacchanalien veranstalten kann. Man muss sich schon fragen, ob seine Mutter davon wirklich nichts mitbekommt. Die unvermeidlichen Spuren an der Einrichtung, selbst nach gründlichstem Aufräumen und Putzen, die zurückbleibenden Gerüche … Vielleicht bereitet es Mrs V ja eine Art perverse Befriedigung, wenn sie ihren Sohn die Exzesse ausleben lässt, denen sie selbst abgeschworen hat.

Voss sieht fertig aus, als hätte er seit einer Woche nicht mehr geschlafen. Wer weiß, zuzutrauen wäre es ihm. Seine alten Freunde träumen daheim in ihren behaglichen Betten verkaterte Träume, kehren bald in ihr Leben als Tagesschüler zurück, deshalb ist er auf einmal gewillt, mit meiner minderwertigen Gesellschaft und Konversation vorliebzunehmen. Es ist die Sorte Morgen, an der ich mir wieder einmal die Frage stelle, wieso Voss sich mir eigentlich so wahnsinnig überlegen fühlt. In der Middle School gehörte ich einer der cooleren Cliquen an; etwas an meiner Familie, die in unserer Stadt schon sehr alteingesessen ist, sorgte dafür, dass ich akzeptiert wurde, obwohl die Mädchen in der Clique oft die Ansicht äußerten, ich sei «so negativ». Ich rechnete eigentlich damit, dass es in Auburn so weitergehen würde. Letzten Endes kann ich auf eine bessere familiäre Abstammung verweisen als Voss oder viele seiner Tagesschulfreunde. Man sollte meinen, dass so etwas an einer Schule wie Auburn etwas zählt, und über Generationen hinweg zählte es auch etwas, doch zu der Zeit, als ich dort hinkam, zählte es eben nicht mehr so viel.

Teilweise ist vermutlich die Dramag schuld, schon klar. Sich hin und wieder an den Produktionen zu beteiligen ist in Ordnung, solange man das Ganze nur als Spaß auffasst oder ein Mädchen ist. Wenn man aber ein Typ ist und die Sache wirklich ernstnimmt … Meine Theaterleidenschaft rückte mich in die Kategorie des etwas suspekten Sonderlings, den man nach Lust und Laune von oben herab behandeln kann.

Lisa kann Voss absolut nicht leiden. Sie findet ihn grob und rüpelhaft, und wer kann ihr da ernsthaft widersprechen? Cort geht ihr nicht ganz so sehr gegen den Strich; er versucht zumindest, sie in seine Witze mit einzubeziehen und ab und zu nach ihrer Meinung zu fragen. Voss wiederum bemüht sich nicht sonderlich, die Tatsache zu kaschieren, dass er Lisa, sozial betrachtet, für noch nebensächlicher hält als mich. Sie ist zu ernsthaft, zu vernünftig, zu intelligent – lauter Eigenschaften, die Voss komplett abgehen, was er im Stillen auch wissen dürfte. Sie fragen sich vielleicht, wie es sein kann, dass ich selbst bei einem so ernsthaften und vernünftigen Mädchen landen konnte. Und was ein solches Mädchen an mir finden könnte. Aber uns verbindet mehr, als man auf den ersten Blick vermuten könnte. Lisa begeistert sich aufrichtig fürs Theater, das ist das eine. Und für mich ist es eine Wohltat, mit jemandem zusammen zu sein, dem mein hervorstechendster Wesenszug, Verdrießlichkeit, völlig zu fehlen scheint. Zu der Frage, was Lisa unsere Beziehung bedeutet – da kann ich nur sagen, dass sie es sich nicht leisten kann, allzu wählerisch zu sein, genau wie ich. Weder sie noch ich können behaupten, dass uns in Auburn die Herzen nur so zufliegen.

Lisa sagt nichts, während wir Voss im Zug in einen der hintersten Waggons folgen. Je weiter hinten sich ein Waggon befindet, das ist ein feststehendes Axiom, desto lauter geht es dort zu und desto mehr wird dort getrunken. Ich kann sehen, wie sehr Lisa das raue Gelächter zuwider ist, und sie reagiert immer angespannter auf Voss, der sie andauernd auffordert, auch einen Schluck von seinem Wild Turkey zu trinken. Als ein Junge, der den Tag wohl mit einem Cocktail begonnen hat, sich kurz hinter Stamford übergeben muss, hält sie es nicht mehr aus und sagt, wir sollten uns jetzt lieber woanders hinsetzen. Und auch ich hätte gegen ein ruhigeres Plätzchen nichts einzuwenden. Die Kopfschmerzen, die mich jedes Mal befallen, wenn ich zu Hause auf Besuch bin, halten jetzt den fünften Tag in Folge an und sind so heftig, dass dagegen nicht einmal mehr die Schmerztabletten helfen, die ich eingenommen habe, Tylenol extrastark.

Wir suchen uns Plätze vier Waggons weiter vorne. Wir sitzen bereits, als ich Aviva und Seung entdecke, ein paar Reihen weiter vorn, und es ist zu spät, mir einen Vorwand einfallen zu lassen, warum wir uns noch einmal umsetzen sollten. Aviva sitzt am Fenster und lächelt, während sie draußen Connecticut vorüberziehen sieht. Die beiden halten Händchen: sehr süß. Es verblüfft mich, die beiden hier zu sehen, weit weg von der Partyatmosphäre, die Seung sonst so sehr liebt, aber vielleicht hat Aviva ja heute die Platzauswahl getroffen, wie Lisa. Nach einer Weile reicht Mac MacMillan, ein Typ, der anscheinend gerne hin und wieder allein und meditativ einen durchzieht, Seung einen Joint hinüber; er nimmt einen kurzen Zug und bietet ihn dann Aviva an, die wortlos den Kopf schüttelt. Er beugt sich an ihr Ohr und pustet ein wenig Rauch hinein. Sie schüttelt sich und versetzt ihm einen scherzhaften Klaps. Ihre Blicke treffen sich. Er neigt sich vor, um sie zu küssen. Sie verschlingen sich nicht gegenseitig und keuchen herum wie andere Pärchen, die man im Zug sieht, und ihre Diskretion versetzt mir einen tieferen Stich, als wenn sie ungeniert herumgeknutscht hätten. Sie vermitteln ein bisschen den Eindruck der schon lange liierten Liebenden, die es so oft miteinander treiben, dass sie damit nicht mehr herumprotzen müssen. Zwischendurch lösen sie sich immer wieder kurz voneinander, um sich tief in die Augen zu schauen, und Aviva hebt die Hand, um Seung über die Wange zu streicheln. Sie lächelt; er nicht. Seine

Empfindungen sind zu stark, zu intensiv, um zu lächeln. «Na, du spannst wohl gerne, was?», sagt jemand gegenüber von mir, irgendein Wicht aus der Neunten oder Zehnten, ich weiß nicht mal, wie der Penner heißt. Ich starre ihn direkt an, fixiere ihn durchdringend; er schnaubt bloß und wendet den Blick ab. Lisa, die in ihr Biologiebuch vertieft ist, tut so, als hätte sie nichts mitbekommen.

19

Seung hat etwas Neues in die Finger bekommen. Quaaludes, erklärt er ihr, auch bekannt unter der wissenschaftlichen Bezeichnung Methaqualon. Er zeigt ihr vier mittelgroße weiße Tabletten, die in weißes Seidenpapier eingewickelt sind; Klebeband umschließt das Päckchen. Seung geht regelmäßig in die Bücherei – die öffentliche Bücherei, nicht die Bibliothek auf dem Schulcampus –, um sich näher über das Zeug zu informieren, das er und seine Freunde ihrem Körper zuführen. Nicht aus Sorge um seine Gesundheit allerdings. Es macht ihm einfach Spaß, sich die Moleküldiagramme mit ihren langen, bindestrichgespickten Namen anzuschauen, sich die chemischen Formeln einzuprägen und herauszufinden, dass LSD-Moleküle bei Kontakt mit Chlor zerstört werden. Nützlich ist dieses Wissen nicht, aber es interessiert ihn, womöglich ebenso sehr wie die Erfahrung der Bewusstseinsveränderung. Wenn er diese Privatforschungen anstellt, kann man in ihm den Sohn erkennen, den sein Vater gerne großgezogen hätte, den Sohn, der versteht, dass die Naturwissenschaften für ihn die einzig wahre, einzig anständige Berufung darstellen. In Chemie erzielt Seung nur deshalb Bs, weil er Dinge gut auswendig lernen kann. Er hat das Fach bloß belegt, weil sein Vater darauf bestanden hat. Warum das alles so vordringlich sein soll, entzieht sich seiner Kenntnis und interessiert ihn auch nicht.

Die Poesie eingenommener Substanzen aber fesselt ihn: *Bioverfügbarkeit. Metabolismus. Halbwertszeit.*

«Was macht es mit mir?», will Aviva wissen.

Wenn das Zeug gut ist, erklärt er ihr, gerät man in eine Art Trance, in der einem die ganze Welt gut und freundlich und lustig vorkommt. Man liebt jeden.

Und wenn es nicht gut ist?

Dann fühlst du dich nur entspannt, beruhigt er sie.

Es ist ein Samstag Anfang Dezember. Sie sind in seinem Zimmer. Er wollte eigentlich zum Sumpf gehen, aber das hat sie abgelehnt; es ist viel zu kalt, und sie ist ungern in Gesellschaft anderer, die irgendwas genommen haben und halb von Sinnen sind. Er nimmt seine Tablette zuerst, um ihr Mut zu machen. Sie fragt nicht, wo er die Drogen herhat. Seung, Sterne, Giddings, Detweiler – sie alle sind aus den Thanksgiving-Ferien mit neuen Vorräten zurückgekehrt. Sie haben daheim Kontakte. In Auburn ist es schwieriger. Man weiß nicht, ob man den Einheimischen trauen kann, bei denen immer eine gewisse Abneigung vorausgesetzt werden muss; Schüler der Academy sind schon übel aufs Kreuz gelegt worden. Und Auburn, das Städtchen, ist sehr klein, hier lässt sich kaum etwas geheimhalten. Polizisten, die im Büro des Präfekten aufkreuzen, um Fragen zu stellen – das ist das Letzte, was sie gebrauchen können. Also ist es am besten, sich in den Ferien neu einzudecken.

Warum sollte ein Junge wie Seung, Tutor in seinem Wohnhaus, ein tüchtiger Schüler, Musiker, Schwimmer, der es an eine der weniger namhaften Ivy-League-Universitäten oder ein gutes, kleines, geisteswissenschaftlich orientiertes College schaffen dürfte, warum sollte er seine Zukunft derart aufs Spiel setzen, warum beschäftigt er sich so eingehend mit illegalen Substanzen? Wonach sucht er? Oder, was will er vermeiden? Ist es ein ungesundes Bedürfnis nach Aufregung, das ihn motiviert? Minderwertigkeitsgefühle? Ein Hang zur Selbstzerstörung? Nein, nein, die ältere Generation hat das völlig falsche Vokabular; sie sind verblendet von Begriffen wie *Illegalität* und *Sucht* und vielleicht sogar *Sünde.* Seungs Leidenschaft für Rauschzustände aller Art hat etwas damit zu tun, dass er bei jenem allerersten Mal, als ein älterer Junge ihm bei einem Footballspiel an der Middle School einen Joint reichte, die Entdeckung gemacht hat, dass es noch etwas hinter oder jenseits der normalen Wahrnehmung der Wirklichkeit gibt, etwas, das er für sich *das Innere* nennt. Dieses Innere offenbart sich nur selten; meistens neckt es ihn mit einem flüchtigen Aufglimmen strahlender Energie auf einer Rasenfläche, im Hecheln eines Hundes, in dem stummen Mund einer Türöffnung. Wenn es sich ihm jedoch ganz offenbart, hat er das Gefühl, die Wirklichkeit zu berühren oder eine Wirklichkeit zumindest, die wirklicher ist als die, die ihn tagtäglich umgibt. Dann hört das Unbehagen auf, sein Gefühl, niemals richtig zu Hause zu sein. In diesen Phasen der Erleuchtung sieht er sich selbst als komische Figur, aber nicht im negativen Sinn, sondern eher zustimmend. Er hat keine Familie, keine Treuepflichten, die ihn einengen; er ist einfach ein goldenes Kind des Universums. Er kann das Leiden jedes seiner Mitgeschöpfe sehen wie einen glitzernden Dampf, der aus den Poren aufsteigt, ein Nimbus, der zugleich schrecklich ist und exquisit. Es ist das Leiden, das jeden Menschen schön macht, wie ein Armband, wie ein Käfig. Er hat ungeheures Mitgefühl für jeden und alle, und die Tatsache, dass das Leiden weitergehen wird, dass er nichts dagegen unternehmen kann, beunruhigt ihn nicht übermäßig. Das ist einfach die normale Ordnung der Dinge.

Es sind solche Gelegenheiten, bei denen Seung, sei es in der Höhlung seines Handtellers oder verborgen in einer

Baumgruppe, die Dinge sieht, die er später produzieren muss – die Zeichnungen von Leoparden mit goldenen Augen, die aus Holz geschnitzten perfekten Kugeln.

Seungs Worte führen Aviva in Versuchung. Auch sie würde gern in eine andere Sphäre gelangen, Einblick in die Natur der Dinge nehmen. Sie hätte gern, dass sich ihr Herz öffnet; sie würde gern die erstaunlichen Farben sehen, von denen Seung spricht. Sie hätte gern, dass Schönheit an die Stelle von Furcht tritt.

Aber sie fürchtet sich. Sie hat die leise Vermutung, dass in der Honigwabe ihres Unbewussten keineswegs Höhlen voller Wohlwollen und Mitgefühl verborgen liegen. Vielmehr rechnet sie damit, dass dort allerlei Böses lauert, Zorn, Eroberungslust, Grausamkeit. Warum sollte sie die Ketten freiwillig lösen wollen? Sie ist jemand, der mitunter nicht einmal die Phantasmen in Spielfilmen zu ertragen vermag. Sie hat gelernt, dass Thriller und Gangsterfilme nichts für sie sind, ebenso alles, was mit Aliens oder übernatürlichen Kräften zu tun hat. Alles in dieser Richtung versetzt sie in Angst und Schrecken, bringt sie dazu, ihren Kopf panisch mit beiden Händen zu umklammern, als bestünde die Gefahr, dass die Selbstbeherrschung und Vernunft darin herausgesaugt würden.

Seung leiht ihr Bücher zum Lesen, um ihr seinen Standpunkt nahezubringen: Aldous Huxleys *Die Pforten der Wahrnehmung*, Albert Hofmanns Aufzeichnungen zu LSD.

«Es kann nichts passieren», verspricht Seung. «Ich bin doch die ganze Zeit bei dir.»

Aber das genügt nicht, denkt sie. Weil er nicht *in ihrem Kopf* sein kann, wo die Höhlen verborgen sind. Sie könnte sich da unten von ihm entfernen, bis sie außerhalb seiner Reichweite ist und er sie nicht mehr beschützen kann. Sie – ihr gesamtes Sein – könnte gestohlen werden.

Es tut ihr leid, sagt sie, wirklich, wirklich leid, aber, nein. Keine Quaaludes. Kein gar nichts.

Er versucht sie noch eine Weile umzustimmen, ist enttäuscht und düsterer Stimmung und lässt dann die Sache auf sich beruhen.

20

Als ich anfing, diesen Bericht zusammenzustellen, wollte ich einfach nur aus den Bruchstücken, die nach Seungs Tod zurückgeblieben waren, ein einleuchtendes Ganzes erschaffen, um aufzudröseln, was geschehen war. Später, als ich meine Aufzeichnungen immer mehr erweiterte und ausschmückte (jedes kleine Detail, jede Einzelheit, die ich hinzufügte, schien mich der Wahrheit näherzubringen), sah ich meine Erzählung langsam als eine Art Wiedergutmachung an, die einzige Art von Buße, die ich damals Aviva gegenüber leisten konnte. Ein Versuch, sie zu verstehen – oder vielmehr zuzulassen, dass ihre Komplexität sich so weit entfaltet, dass sie sich meinem Verständnis entzieht. Und auch Seung schuldete ich – nun ja, alles. Solange Aviva bloß war, wofür ich sie hielt (Seungs Betthäschen, eine, die einen zum Spaß scharf macht, das Mädchen, das mir von jenen gestohlen wurde, die sich für etwas Besseres hielten als ich), und solange Seung bloß war, wofür ich *ihn* hielt (der Dieb, der Goldjunge, der die Tiefen einer Frau ausgelotet hatte und in der Lage war, das beliebig oft zu wiederholen), konnte ich mir immer noch sagen: *Sie haben bekommen, was sie verdient haben.* Ich musste erkennen, *wer sie waren*, musste sie ihres Mythos entkleiden, und genau darum habe ich mich bemüht, Jahr für Jahr, Stück für Stück.

Doch da gibt es noch einen anderen Aspekt. Erst sehr spät

im Zuge meiner Konstruktionsbemühungen ist mir aufgegangen, dass es zwischen Aviva und mir eine Affinität gab, die über das hinausging, was immer ich auch von ihr und sie von mir hatte bekommen wollen. Ich erkannte, dass ihr Dilemma in gewisser Weise mit dem meinen übereinstimmte. Ich habe nie vorbehaltlos an die Liebe geglaubt, und das erklärt womöglich, warum sich die Frauen über die Jahre in meinem Leben die Klinke in die Hand gegeben haben. Manchmal ist es schnell vorbei, manchmal bleiben sie lang genug, dass von Heirat die Rede ist, von einer gemeinsamen Zukunft (woraus letzten Endes glücklicherweise nie etwas wird). Ehe sie mich verlassen, nehmen sich diese Frauen die Zeit, viel Zeit, mir haarklein zu erläutern, was es an mir alles auszusetzen gibt, vor allem meine, wie sie es wahrnehmen, Gefühllosigkeit. Wie soll ich ihnen erklären, dass dieser Befund nicht den Kern der Sache trifft? Ich könnte ihnen von einer Zeit erzählen, als ich entschieden zu viel fühlte – zu viel Verlangen, zu viel Zorn. Wenn ich das täte, würde ich dann eine Art Mitleidsbonus erhalten? Offen gesagt, erschien mir auch keine dieser Frauen je gut und lieb und gefühlvoll genug, um ihr meine Geschichte anzuvertrauen. Eines Tages hoffe ich die richtige Zuhörerin zu treffen, die Frau, der ich mich voll und ganz offenbaren kann. Vielleicht ändert sich dann alles, oder mir wird verziehen, dass ich unfähig bin, mich zu ändern.

Warum vertreten Frauen immer dieselben Ansichten, wenn es um Männer geht? Es sind ja nicht bloß meine enttäuschten Partnerinnen. Wenn es gesprächsweise um Liebe geht, sagen viele meiner Kolleginnen gern: *Ach, so sind Männer eben*, womit sie meinen, auf Abwehr bedacht, in gewisser Weise, wenig kommunikativ. Aber ich weiß, dass sie sich irren. Ich weiß, dass gewisse Männer, wie Seung, sich nicht wehren, obwohl es besser wäre, wenn sie das könnten. Und gewisse Frauen, wie Aviva, sind nicht zu der rückhaltlosen Hingabe fähig, die sie ihrer Überzeugung nach glücklich und ganz machen würde. Vielleicht haben die Jahre, die inzwischen vergangen sind, Aviva in dieser Hinsicht beruhigt, haben ihr jene seelenerschütternde Vereinigung beschert, oder vielleicht hat sie gelernt, dass es andere Möglichkeiten des Fühlens gibt, die eher ihrem Naturell entsprechen und es verdienen, durch das Wort *Liebe* geadelt zu werden. Aber ich frage mich, ob das tatsächlich möglich ist. All die Jahre lang hat Aviva sicherlich geglaubt, dass Seung ihretwegen gestorben ist. Was hat das mit ihr angestellt?

21

Ein Briefumschlag von Avivas Bruder trifft ein, vollgestopft mit seinen Zeichnungen. Dargestellt sind Figuren auf Skateboards, Jungen mit Wolfsköpfen, die die Reißzähne fletschen, und Flügeln. Sie tragen dieselben T-Shirts, die auch Marshall trägt: dunkel, mit Bandnamen wie Jethro Tull oder Grateful Dead in schnörkeliger Schrift. In der Haltung der Figuren hat Marshall auf gelungene Weise seinen Traum von hoher Geschwindigkeit dargestellt. Sie fliegen, überschlagen sich in der Luft, mit lang hinter ihnen herwehendem Haar. Den Zeichnungen ist ein kurzer Brief beigefügt. Marshall berichtet Aviva, dass er sich jetzt das Haar lang wachsen lässt. *Mom hat nichts gesagt.* Dann erwähnt er, dass er von drei älteren Mitschülern verprügelt worden ist, Neuntklässlern. Es ist im Park passiert; er wollte noch ein bisschen spazieren gehen, ehe er den Bus nach Hause nahm. Er war völlig in Gedanken, hat sie gar nicht kommen sehen. Er dachte gerade über ein Skateboardmanöver nach, einen sogenannten Bert Revert, ging den Bewegungsablauf im Kopf durch. Sein Arm ist gebrochen, aber ansonsten fehlt ihm nichts. Der Schuldirektor wollte die Namen der Jungen wissen, aber er hat nichts gesagt. Wie dem auch sei, jetzt ist alles wieder in Ordnung; er und die drei Jungen haben sich ausgesprochen, von nun an wird nichts mehr passieren. Bei Marshall hat Aviva immer den Eindruck, als würde sie eine Fremdsprache lesen, in der die Wörter nicht ihre gewohnte Bedeutung haben. Was nicht daran liegt, dass Marshall irgendwie ausweichen oder die Unwahrheit sagen würde. Er meint genau das, was er sagt. Außerdem lernt man mit der Zeit, ihm zu glauben. Irgendwie hat dieser Junge von zwölf Jahren – so, wie sie Marshall kennt – ein nicht weiter spektakuläres, sogar angenehmes Gespräch mit seinen drei Angreifern geführt, und nun ist alles in freundschaftlichem Einvernehmen geklärt und geregelt. Es *wird* nichts mehr passieren, und kein Erwachsener wird je erfahren, was sich tatsächlich abgespielt hat.

Aviva nimmt den Brief mit in die Mensa. Sie isst eher spät zu Mittag, um auf Seung warten zu können, während er seinen Küchendienst beendet. Er arbeitet an drei Tagen in der Woche, mit Jobs wie diesem können sich Schüler aus finanzschwachen Familien etwas dazuverdienen. Er reinigt Geschirr vor, belädt die zwei riesigen Spülmaschinen, säubert Tresen, wischt den Fußboden. Wenn Mr Carlton, der in der Mensa die Aufsicht führt, nicht da ist, folgt Aviva dem Förderband, auf dem die Tabletts abgestellt werden, in die Küche und besucht ihn. Sie sieht gern dabei zu, wie Seungs muskulöse Arme in dem schaumig gelben Wasser zugange sind. Die eher weibliche Tätigkeit lässt seine Männlichkeit umso deutlicher hervortreten. Mit seiner Haut – seidenweich, unbehaart – ist es ähnlich, sie modelliert seinen prallen Bizeps und die kräftigen Handgelenke umso nachdrücklicher. Seine Arme, die so tüchtig sind, sich so gewissenhaft seiner Aufgabe widmen, rühren sie zutiefst. Sie tritt auf ihn zu und schlingt ihm von hinten die Arme um die Taille. Der Gedanke, dass die anderen Küchenhelfer an dieser Zurschaustellung Anstoß nehmen könnten, gefällt ihr. Sollen sie nur; sie ist glücklich. Sie schmiegt ihre Wange an Seungs Rücken. Wenn Mr Carlton da ist, sitzt sie stattdessen in der leeren Mensa und trinkt eine Tasse wässrigen Kaffee nach der anderen. Bei ihrer Mahlzeit isst sie nicht genug: vielleicht eine Scheiblette, eine Scheibe Fleischwurst, einen Klecks Senf. Sie kann nicht sagen, warum. Es ist der Kaffee, der sie sättigt, aber nach einer Weile wird sie zittrig davon. Sie fühlt sich schwindelig, desorientiert.

Als Seung fertig ist, begleitet sie ihn zum Schwimmen. Sie treten aus dem düsteren, wolkenverhangenen Nachmittag in den hell erleuchteten Eingang der Sporthalle. Die Halle ist sehr breit und hoch, und durch die Dachfenster scheint selbst an bewölkten Tagen Sonnenlicht hereinzuströmen. Man kann hohl klingende Schläge von der Hockeyarena her hören, das gedämpfte Plätschern von Wasser an Beckenrändern, Trittgeräusche und Rufe von den Basketballplätzen. Wer hat das Geld für all diese Weite gegeben? Es kostet so viel mehr, unvorstellbar mehr, ein Gebäude nicht nur zweckmäßig zu gestalten, sondern auch solide und optisch ansprechend. Jemand war der Ansicht, dass sich der finanzielle Aufwand lohnt. Zum Dank ist sein Name über dem Eingang eingemeißelt: Arthur J. Eggleton IV.

Gleich nebenan steht die alte Turnhalle, ein schummrig beleuchtetes Gebäude mit von der Decke hängenden Netzen, in denen Footballs und Basketbälle aufbewahrt werden, einer Galerie, die in eine Laufbahn umfunktioniert worden ist. Man meint die Jungen früherer Zeiten förmlich vor sich zu sehen, mit ihren Footballhelmen aus Leder und der mit scharfer Seife geschrubbten Haut, Reihen von Jungen, die sich gegenüberstehen und sich mit grimmigem Blick niederstarren, die sich im Ringkampf messen: eine dumpfere, feuchtkältere Zeit, eine Zeit ohne Mädchen oder Frauen. Der Wettstreit zwischen Jungen muss damals noch reiner gewesen sein, weniger verhüllt und zugleich höher wertgeschätzt.

Aviva sitzt auf der Zuschauertribüne und liest Julio Cortázars Roman *Rayuela. Himmel und Hölle*, in dem die Kapitel in jeder beliebigen Reihenfolge gelesen werden können. Eine schelmische Idee, die ihr großartig gefällt. Beim Lesen reißt sie unbewusst die Ecken der Buchseiten ab, steckt sie sich in den Mund und kaut darauf herum wie auf Kaugummi. Ihre Bücher sehen alle so aus, als hätten Mäuse daran herumgeknabbert. Seungs Mannschaftskameraden schauen zu diesem Mädchen hinauf, das so sinnlich wirkt, so selbstvergessen, so unbeeindruckt. Sie rätseln, wie um alles in der Welt ein solches Mädchen bei einem Schlitzauge wie Seung landen konnte.

Wie die anderen Kinder an unserer Middle School Seung immer drangsaliert haben. «Hintern schnuppern» hieß das bei uns: um herauszufinden, wer die Alphas sein würden. Ich hatte Seung vorher noch nicht gekannt. So viele Asiaten gab es nicht in unserer Stadt, und die meisten entsprachen dem klassischen Klischee: schmächtig, Brillenträger, sehr eifrig in Mathe und Naturwissenschaften. Mit einem Namen wie Jim oder John hatte man vielleicht eine Chance, aber wenn man Li-Yu oder Seung hieß ... Ich erinnere mich daran, wie Seung in den Schulfluren gepackt wurde, als hinterhältiges Schlitzauge beschimpft wurde. Irgendeiner drehte dann immer seine Taschen auf links, nahm ihm sein Essensgeld und seine Pfefferminzbonbons weg. Lehrer waren damals noch nicht so wie heute, kümmerten sich nicht darum, was in den Fluren los war, wer dort Dresche bezog. Ohne meinen familiären Hintergrund wäre ich selbst vermutlich auch öfter verdroschen worden. Es ist nicht so, als hätten die anderen Sechstklässler wirklich gewusst oder etwas darauf gegeben, dass die Bennett-Joneses schon im achtzehnten Jahrhundert zur Klasse der begüterten Landbesitzer gehörten, dass einer meiner Ururgroßväter Richter am Supreme Court gewesen war und ein anderer Vizegouverneur von Rhode Island. Und doch verfügen Kinder irgendwie, wer weiß, wie, über ein intuitives Gespür für Kastenzugehörigkeit. Obwohl ich also eher dicklich war, mit einem komischen blonden Lockenkopf, und obwohl ich sportlich nicht viel draufhatte, abgesehen von Frisbee, sofern das überhaupt als Sport durchging, wurde ich mehr oder weniger in Ruhe gelassen. Ich hatte meine Clique und achtete darauf, meine fragwürdigeren Vorlieben, für Dungeons & Dragons etwa und für New-Wave-Musik, geheim zu halten. In der Hackordnung stand ich weit über Seung. Als wir nach Auburn kamen, wir beide, war es mir ein Rätsel, wie er so hoch aufsteigen konnte, so unbelastet von seinem Namen und seinem Aussehen, wie er zu einem Anführer werden konnte, während ich bloß irgendein Typ aus dem Witzbundesstaat New Jersey war.

Seung kommt in der scharlachroten Speedo-Badehose seiner Mannschaft in den Schwimmbereich. Seine Hauptdisziplin ist Schmetterling. Es ist eine Schwimmtechnik, die auf Aviva irgendwie widersinnig wirkt: weil der Schwimmer sich dabei beinahe ebenso sehr nach hinten wie nach vorne zu befördern scheint. Der Startpfiff ertönt, und Aviva sieht zu, wie sechs Jungen gleichzeitig ins Wasser schnellen. Aalglatt und keuchend tauchen die Schwimmer auf, schnappen nach Luft und knallen wieder nach unten. Dann wieder hoch. Seungs Arme bewegen sich wie die Räder an einer verbogenen Achse. Es ist ein schnelles Rennen, nur eine Bahn, zu kurz für sie, um den Blick abzuwenden. Sie behält seinen schwarzen Kopf im Auge, der mal an der Spitze ist, mal zurückfällt. Wieder ertönt die Trillerpfeife; Seung schlägt als Zweiter an. Der Sieger federt aus dem Wasser hoch. Er lässt keinerlei Anzeichen von Erschöpfung erkennen. Wasser läuft ihm in Strömen am Körper hinunter. Er hat schlanke Beine für einen Schwimmer, einen kleinen Po, der sich unter der braun-weiß gestreiften Badehose abzeichnet. Ein Schwimmer nach dem anderen hievt sich aus dem Wasser hoch.

Seung wird mit seinem zweiten Platz hochzufrieden sein. Er rechnet weder mit einem Sieg, noch strebt er ihn an, was allerdings nicht heißt, dass er sich nicht restlos alles abverlangt. Er ist nur einfach kein Star. Er ist zuverlässig, das macht seinen Wert aus. Seine Leistung ist durchgehend stark, ohne überragend zu sein. Er beklagt sich nicht darüber, morgens um sechs trainieren zu müssen oder zu schwimmen, bis ihm die Arme brennen und zittern. Wenn der Trainer sagt, grunze, dann grunzt er. Er wird nie wütend, verliert nie die Beherrschung. Ich bin ein Teamplayer, erklärt er ihr. Genau das bin ich.

22

Meine Mutter und der Richter kommen im Wagen her, um sich die Sonntagnachmittagsvorstellung meines *Macbeth* anzuschauen. Ich habe die Rollen gegen den Strich besetzt, mit der großen, grobknochigen Janny Pettigrew mit ihren langen Zähnen und den hängenden Schultern als Lady Macbeth. Wochenlang musste ich daran arbeiten, ihr das Wiehern auszutreiben. Sie lachte zu den unpassendsten Gelegenheiten. Lady Macbeth lacht nicht, belehrte ich sie. Yreni Arsov, die es sonst gewohnt war, in den Produktionen in Auburn die Diva zu sein, die in den *Drei Schwestern* die Mascha gespielt hatte, gab ich die Rolle der Lady Macduff. Lady MacD hat, glaube ich, neunzehn Zeilen Text insgesamt. Ich beobachtete, wie Yreni mühsam all diese verletzte Eitelkeit im Zaum hielt, während sie die vernünftige, liebevolle Gattin und Mutter spielte, und ich beglückwünschte mich, ich fand das Ergebnis gelungen. Für den Macbeth nahm ich den Besten, den ich finden konnte: Peter Malkin, klein und rundlich und blondlockig wie ich, ein unscheinbarer Krieger und König. Aber Peter wuchs über sich hinaus. Ich sah, dass er aus dem gesamten Ensemble der eine war, der weitermachen würde, dass wir in künftigen Jahren noch von ihm lesen würden. Als er mit den blutigen Dolchen auftrat und sagte: «Ich hab' die Tat getan – hört'st du nicht was?», sah ich, was er aus sich selbst zutage gefördert hatte, eine echte, miese, abartige

Mordlust. Er hat Angst vor sich selbst bekommen, der Ärmste. Seine Leistung hat der Aufführung ihren Stempel aufgeprägt. Die Zuschauer rückten unbehaglich auf ihren Sitzen herum. Der Vorhang fiel; zunächst wollte niemand Peter so recht zujubeln. Es wurde Beifall geklatscht, zurückhaltend, ein wenig zaghaft. Das Ungesunde, das Böse haftete noch an ihm. Dann begannen die Zuschauer ihre Benommenheit abzuschütteln, den Schauspieler in der Rolle zu erkennen. Der Beifall steigerte sich, wurde immer lauter; Leute pfiffen und trampelten; es fehlte nicht viel, und sie hätten gejohlt vor Begeisterung. Im Aufenthaltsraum hinter der Bühne legte Peter sein Schwert auf den Tisch mit den Requisiten, fuhr sich mit den schwitzigen Händen durch das staubige Haar. Eine Zeit lang näherte sich ihm niemand, und er blieb ganz allein. Er hatte sich selbst gebrandmarkt; er war in die Kunst der Sache eingedrungen, und keiner von uns würde ihn je wieder als unschuldig wahrnehmen können.

Ich halte bei unseren drei Vorstellungen im Publikum Ausschau nach Aviva; ich entdecke sie nicht. Cort kommt am zweiten Abend, mit Voss im Schlepptau; hinterher gratulieren sie mir rasch und verschwinden wieder, nachdem sie meine Einladung ausgeschlagen haben, noch an der Ensemblefeier teilzunehmen. Meine Schauspieler loben mich bei der Feier in den höchsten Tönen, prosten mir mit zuckerfreier Cola und Sprite zu, und ich glaube, sie meinen es ehrlich; nicht alle von ihnen mögen mich, aber sie müssen anerkennen, dass ich sie, mit einfallsreichen und hinterhältigen Methoden, zu Höchstleistungen motiviert habe. Ich genieße ihre Bewunderung zwar, doch sie sättigt mich nicht, denn der Teil von ihnen, den ich verstehe und zu dem ich sprechen kann, ist mit ihren Kostümen und der Schminke abgestreift worden, und während Lisa und ich zwischen unseren aufgedrehten, angeregt plaudernden Mitschülern unsere Runden drehen, fühle ich mich nicht weniger fehl am Platze als sie vermutlich.

Am Sonntag, nach der letzten Vorstellung, führt der Richter meine Mutter und Lisa und mich zum Essen ins Auburn Inn aus, bestellt uns Clam Chowder und Roastbeef. Er fragt mich nicht, wie es um meine Collegebewerbungen steht. Es gilt als selbstverständlich, dass ich in Dartmouth studiere, seiner Alma Mater. Meine Noten sind eben noch gut genug, und den Aufnahmetest dürfte ich locker schaffen. Der Richter spendet alljährlich Tausende Dollar für den Absolventenfonds. Heimlich schicke ich auch Bewerbungen an Bard, Oberlin und die New York University, alles Colleges mit Theaterprogrammen, die ich interessant finde. Da ist noch etwas, was ich ihm bisher verschwiegen habe – im Frühjahr werde ich mich nicht mehr am Rudern beteiligen. Die Zeit, die sonst fürs Training draufgeht, will ich lieber in der Dramag verbringen. Nicht einmal Lisa habe ich davon bisher erzählt.

«Dieser Junge ...», sagt der Richter.

«Welcher?»

«Der Macbeth-Junge. Er war ein bisschen klein für die Rolle, findest du nicht? Ein bisschen dicklich?»

«Ja», sage ich.

«Das Mädchen, das die Lady Macbeth gespielt hat, war gar nicht so übel.»

«Ich fand, sie war sehr gut», sagt Lisa. Sie tastet unter dem Tisch nach meiner Hand.

Meine Mutter kippt ihren Rob Roy hinunter, noch ehe die Vorspeisen eintreffen. Sie gibt dem Kellner Zeichen, um noch einen zu bestellen.

«Ich nehme ein Glas Cabernet», füge ich hinzu, ehe der Kellner sich wieder zum Gehen wenden kann.

«Nein, tust du nicht», sagt der Richter.

Der Kellner blickt zwischen uns hin und her. Ein alter

Mann, geduldig, ein wenig krumm in den Knien. Er erlebt so etwas nicht zum ersten Mal. Meine Mutter nippt geziert an ihrem Wasser.

«Er wird erst am dritten Februar achtzehn», klärt mein Vater den Kellner auf.

«Ach, nun lass ihn doch, Malcolm», sagt meine Mutter.

«Ist schon gut», sage ich zu ihr.

«An welchen Colleges bewirbst du dich?», wendet sich meine Mutter an Lisa, nachdem sie einen Schluck von ihrem zweiten Cocktail getrunken hat. Sie befindet sich in jener Phase des Abends, wo sie noch guter Dinge ist, eine klimpernde Musik hört, die in ihrem Kopf spielt. Sie lächelt unpersönlich.

«Äh, Yale, Harvard, Brown …»

«Ah, dann seid ihr nächstes Jahr getrennt, du und Bruce.»

«Na ja, es gibt ja die Ferien», sagt Lisa. Unter dem Tisch drückt sie erneut meine Hand. Ihre Hände sind immer klamm, feucht. «Und ich bin eine gute Briefschreiberin.»

«Davon bin ich überzeugt», sagt der Richter. Ich kann sehen, dass es ihm lieb wäre, wenn das Essen bald käme, damit meine Mutter beim Trinken eine Grundlage hat. Als wäre ich eine Marionette, an deren Schnüren er gezogen hat, schiebe ich meiner Mutter beiläufig den Brotkorb hinüber.

Das Restaurant füllt sich langsam. Unser Tisch war für eine etwas frühere Uhrzeit reserviert, so hat es der Richter am liebsten. Ich sehe meinen Mathelehrer, Mr Willis, der seiner Frau gegenübersitzt. Sie heben und senken ihr Besteck in einvernehmlichem Schweigen. Von anderen Tischen zieht der Duft von Hummercremesuppe herüber. Ich hätte auch gern Hummercremesuppe gegessen. Die wird hier mit Sherry zubereitet.

«Wir fahren morgen früh nach Boston», erzählt der Richter Lisa. Jetzt, da klar ist, dass sie in einem anderen Teil des

Landes studieren wird, ist er ihr gegenüber etwas freundlicher disponiert.

«Oh, und was haben Sie vor?», fragt sie wohlerzogen.

«Wir gehen natürlich ins Fine Arts Museum, und dann haben wir Sonderausweise für die John-F.-Kennedy-Bibliothek, die wir noch nicht kennen.»

«Wirklich erstklassig sind die Museen in Boston ja nicht», kommentiert meine Mutter.

Wir unterhalten uns über Museen und Städte, und ich habe das Gefühl, dass keiner von uns, nicht mal mein Vater, so richtig weiß, wovon er redet, sich auch nur sicher ist, ob seine letzte Aussage wirklich zutrifft. Als uns zu Museen und Städten nichts mehr einfällt, reden wir über das Essen. Meine Mutter bestellt sich zwei weitere Drinks.

Der Kellner räumt unsere Teller ab und reicht jedem von uns eine Dessertkarte.

«Kirschcremetorte!», ruft meine Mutter. «Es ist so lange her, dass ich Kirschcremetorte gegessen habe!»

Ich mache mir Sorgen; ich kann den Nebel sehen, der sich über ihre Augen legt. Irgendeine Erinnerung, ein Bruchstück aus ihrer Kindheit, ist ihr plötzlich wieder in den Sinn gekommen; ich will gar nicht hören, was es ist.

Die Hand des Richters legt sich schwer auf ihre kleine, zerbrechlich wirkende Hand. «Na gut, dann bestellen wir für dich die Torte.»

Lisa bestellt ein Zitronensorbet – sie achtet auf ihre Linie. Ich sollte mir vermutlich ein Beispiel an ihr nehmen, bestelle mir aber aus schierer übler Laune einen Brownie à la mode. Der Richter bestellt sich einen Drambuie, den Likör, den er nach Mahlzeiten immer zu trinken pflegt. «Den teilen wir uns, Schatzi», sagt er zu meiner Mutter. Sie lächelt mit bebenden Lippen. Ich durchschaue ihn – wenn er sich den Likör mit ihr teilt, kann sie sich keinen Drink mehr bestellen. Ich kann mir gut vorstellen, wie der Abend der beiden weitergeht. Sie wird sich ein Bad einlassen, so siedend heiß, dass sich ihre Haut rötet, wenn sie im Wasser liegt, und die aufsteigenden Dämpfe sie in einen Zustand der Verwirrung und Schläfrigkeit versetzen, der auf beruhigende Weise an einen Rausch erinnert. Der Richter wird vom Schlafzimmer aus, wo er die *New York Times* liest, zu ihr hinüberrufen. Er wird Äußerungen von Präsident Carter und Brzezinski zitieren und ihr haarklein darlegen, was er davon hält. Dann wird er fragen, was sie von seiner Meinung zu dem, was die beiden gesagt haben, hält, aber sie wird keine Antwort geben. Alle zehn Minuten oder so wird er sich aus dem Sessel hochhieven und leise an die Badezimmertür klopfen, unter dem Vorwand, nachzusehen, ob sie Seife oder ein weiteres Handtuch benötigt, in Wirklichkeit aber, um sich zu vergewissern, dass sie nicht ertrunken ist. Und bei einer dieser Stippvisiten wird er vielleicht einen verstohlenen Blick auf das Haar zwischen ihren Beinen werfen, auf die weichen, nackten Oberschenkel. Für ihr Alter, sie ist knapp über fünfzig, ist sie noch immer gut in Form, noch immer jugendlich letzten Endes. An den Abenden, wenn sie ihn mit klarem, ungetrübtem Blick ansieht und sich daran erinnert, wer er ist, wer sie ist, ist er froh, zu ihr zurückzukommen.

23

Nach der letzten Unterrichtsstunde des Tages ist es schon dunkel, wenn die Schüler ins Freie kommen. Halb sieben, und die Mensa ist eine hell glitzernde Blase aus Glas. Aviva sitzt mit ihren Freundinnen zusammen, Seung mit seinen Freunden. Nach dem Essen gehen sie im Schnee spazieren. Aviva verträgt die Kälte schlecht, ihr schmerzen davon die Finger und Zehen. Sie trägt Stiefel mit Fellfutter, die wärmsten, die sie finden kann.

Seung zeigt ihr einen weiteren der geheimen Orte, die er kennt. Das Gebäude, in dem Naturwissenschaften unterrichtet werden, ist in einen Hang hineingebaut, und unter einer Ecke des Fundaments befindet sich ein Kriechzwischenraum. Der Auslass einer Dampfleitung sorgt dafür, dass es in dem Zwischenraum warm ist, sicher an die fünfundzwanzig Grad. Sie zwängen sich unter das abfallende Fundament, öffnen die Reißverschlüsse ihrer Jacken. Der Kiesboden ist gar nicht so unbequem. Sie können hier unbemerkt sitzen, zusehen, wie die Schneeflocken fallen, ohne Jacke, in ihren Hemden. Draußen der beleuchtete Schnee, die dunklen Gestalten, die aus den Gebäuden kommen.

«Es ist wunderschön», sagt Aviva.

Sie knöpft sein Hemd auf, wärmt ihre Hände an seiner Brust. Er lehnt den Kopf zurück, an die schmutzige Betonmauer. Diese Geste rührt sie immer wieder aufs Neue, wie er ihr seinen Hals darbietet, ungeschützt, wie ein Hund, der bei einem Kampf den stärkeren Kontrahenten anerkennt. Es beeindruckt sie tief. Sie küsst ihn, erst sanft, dann fordernd, setzt sich rittlings auf seinen Schoß und hält seine Taille mit ihren Beinen fest umklammert.

Die Wege haben sich inzwischen geleert. Der Schnee ist dicht mit Fußabdrücken übersät, die sich mal hierhin, mal dorthin überkreuzen und ineinander einmünden. Aviva und Seung treten auf ein Feld hinaus, das sie ganz für sich haben. Er steht hinter ihr in den Fußspuren, die breiten Hände auf ihre Schultern gelegt. Er macht drei große Schritte von ihr weg.

«Steh ganz aufrecht», sagt er. «Halte die Arme an die Seiten gedrückt. Wie ein Brett.»

Er weiß, dass sie seinen Anweisungen, ohne zu zögern, folgen wird. Sie vertraut ihm absolut. Gehorsam lässt sie sich nach hinten fallen. Sie sieht, wie der dunkle Himmel über ihr aufsteigt und dann wieder fortstürzt. Dann liegt sie wohlbehalten in Seungs Händen.

«Noch mal», murmelt sie.

Sie wiederholen es etliche Male. Doch sie sind sich einig, dass sie ihn nicht auffangen kann; er wiegt so viel mehr als sie.

24

Eine Woche vor den Weihnachtsferien kauft Aviva Emailbecher, für jedes Mädchen im Hiram einen, und füllt sie mit M&Ms, Hershey's Kisses, Reese's Peanut Butter Cups in der Miniversion, Karamell- und Pfefferminzbonbons, Lakritzstangen. Die aufgerissenen Verpackungen liegen auf dem Boden in ihrem Zimmer verstreut. Sie hat zu viel gekauft und weiß nicht, was sie jetzt mit den Süßigkeiten anfangen soll. Sie war sehr lange im Drugstore, um aus den schweren Beuteln aus bunt glänzender Folie die richtige Auswahl zu treffen. Zunächst ist sie bloß in den Gang mit Süßigkeiten eingebogen, weil sie den dringenden Wunsch verspürte, sich etwas zu gönnen, sich einen Beutel M&Ms zu besorgen und in ihrem Zimmer zu vertilgen, bis ihr vom Zuckerschock schwindelig wurde und die Hände zitterten. Gleichzeitig ermahnte sie sich, nein, nein, du darfst nicht, und so stand sie da wie gelähmt, außerstande, den Kauf zu tätigen, außerstande, das Geschäft zu verlassen.

Dann kam ihr der rettende Einfall. Es gab eine Möglichkeit, all diese Köstlichkeiten zu haben, ohne Ekel vor sich selbst zu empfinden, nicht nur die M&Ms, sondern auch die Kisses und Karamellbonbons und alles andere, eine Möglichkeit, die hübschen Einwickelpapiere anzufassen und ihr Zimmer mit dem Duft von Schokolade, Pfefferminze und Himbeere zu erfüllen. Die Süßigkeiten würden nicht für sie sein, sondern für andere. Wie wundervoll! Doch als sie, schwerbeladen mit Tüten und Beuteln, zur Kasse kam, sank ihr der Mut; die Kassiererin durchschaute sie, davon war sie überzeugt, erkannte nur zu deutlich ihre unersättliche Gier. Der zusammenaddierte Betrag war so hoch, dass Aviva zur Bank gehen musste, um Geld abzuheben.

An zwei Abenden bleibt sie bis tief in die Nacht auf, malt die Namen der Mädchen mit dickem, metallischem Filzstift auf die Becher. Ihre Mitbewohnerin schläft, und sie arbeitet im Schein ihrer Schreibtischlampe, die einen kleinen Lichtkreis auf ihr emsiges Tun wirft. Sie kommt sich vor wie das Mädchen, das vom Rumpelstilzchen in eine Kammer gesperrt wurde, um Stroh zu Gold zu spinnen. Sie fühlt sich wie geblendet von den Reichtümern um sie herum. Hin und wieder, wenn sie es nicht mehr aushält, wickelt sie einen Kiss aus und steckt ihn sich in den Mund, schließt die Augen und unterbricht ihre Elfenarbeit kurz. Die Schokolade in ihrem Mund löst ein so übermächtiges Verlangen in ihr aus, dass sie sich hinlegen und am Metallbein ihres Bettgestells festhalten muss, bis sich der Drang, die Verpackungen mit den Zähnen aufzureißen und sich Süßigkeiten in den Mund zu stopfen, unausgepackt, mitsamt Papier und Folie, wieder gelegt hat. Sie schafft es mit Mühe und Not durchzuhalten, zitternd und schaudernd.

In der Nacht vor dem letzten Schultag wird sie die Becher vor die Zimmertüren stellen. Die Vorstellung, wie jedes Mädchen am Morgen darauf im Nachthemd aus der Tür tritt, bewaffnet mit Zahnbürste und Gesichtscreme, und dann sein Geschenk vorfindet, bereitet ihr unbeschreibliche Freude und rechtfertigt alle Qualen bei der Vorbereitung. Um sicherzustellen, dass sie die Überreste nicht anrühren kann – alle Becher sind bis zum Überquellen gefüllt –, kippt sie die überzähligen Süßigkeiten in einen Schuhkarton, den sie für die Eichhörnchen am Fuß der kranken Ulme abstellt, die hinter ihrem Wohnhaus wächst. Binnen Stunden ist der Rasen mit bunten Schnipseln übersät, Vögel stoßen kreischend in die Tiefe und hacken nacheinander, und sogar der Karton selbst ist zernagt worden, es liegen überall Pappfetzen verstreut. Señora Ivarra, die Vorsteherin des Hiram, ist fuchsteufelswild, beruft eine Hausversammlung ein. Aviva hebt die Hand und bekennt sich freiwillig schuldig. Eine Möchtegernhure, eine Komplizin bei Drogenmissbrauch, eine Wiederholungstäterin, die sich andauernd unerlaubt in Seungs Zimmer aufhält, und wofür wird sie letzten Endes öffentlich gerügt? Für Vermüllung. Sie schämt sich aufrichtig, bricht in Tränen aus. Die anderen Mädchen starren sie fassungslos an. «Was ist denn nur in dich gefahren?», fragt die Señora. Aviva schüttelt den Kopf, wagt es nicht, die Señora anzusehen, aus Furcht, dass diese den Wahnsinn sehen könnte, der aus ihren Augen flackert.

25

Für die Weihnachtsferien miete ich mir ein Auto und fahre selbst nach Hause nach Jordan. Ich will auf keinen Fall mit dem Zug fahren, um die Möglichkeit auszuschließen, dort wieder Aviva und Seung zu begegnen. Ich weiß nicht, dass die beiden bereits unterwegs nach Chicago sind. Als ich die Staatsgrenze zu New Jersey überquere, stelle ich fest, dass ich mich noch nicht dazu in der Lage fühle, sie alle von Angesicht zu Angesicht wiederzusehen: den Richter, meine Mutter, meinen Bruder Dan – Andy und seine Frau sind bei ihrer Familie in Maine. Ich soll rechtzeitig zum Abendessen zu Hause sein. Ich fahre an meiner Ausfahrt vorbei, und meine Stimmung hellt sich merklich auf, als ich ins Warren County und dann nach Pennsylvania komme. Als ich zu den Pocono Mountains komme, muss ich mich der Frage stellen, wo ich eigentlich hinwill, was das Ganze soll. Es ist schon nach acht. Ich kehre um.

Mein Vater öffnet, als ich an der Tür klingle. «Du hättest ruhig von einer Telefonzelle aus anrufen können», sagt er. Meine Mutter taucht hinter ihm auf, sie ist schon abgeschminkt, und ihr Gesicht ist blass und ausgelaugt. Zu meiner eigenen Verblüffung entschuldige ich mich immer wieder und merke, wie ich feuchte Augen bekomme. «Aber, aber», trällert meine Mutter. «Ist schon in Ordnung. Man könnte ja glauben, du hättest irgendwas verbrochen.»

26

Die Straßen in New York sind mit grauem, schimmerndem Schneematsch gesäumt, einem Schneematsch, der dieselbe Farbe hat wie die Krawatte eines reichen Anwalts. Das Flugzeug, das sie nach Chicago bringen wird, startet erst in einigen Stunden. Sie fliegen von hier und nicht von Boston aus, weil Avivas Mutter für sie einen preisgünstigen Flug ausfindig gemacht hat, der von La Guardia aus geht. Aviva kann sich nicht entsinnen, aus dem Munde ihrer Mutter je zuvor das Wort «preisgünstig» gehört zu haben. Sie und Seung bummeln die Madison und Lexington Avenue entlang, betreten aber nur wenige Geschäfte; die hyperschlanken Verkäuferinnen und tuntigen Verkäufer in diesen hell erleuchteten, winzigen Schachteln mögen weder Avivas Secondhandhut mit der violetten Feder noch Seungs Leinenrucksack. Als sie zu Bloomingdale's kommen, suchen sie vergeblich nach einer Bank, auf der sie sich niederlassen können, damit Seung Aviva die brennenden, unzureichend durchbluteten Zehen massieren kann.

«Das bringt nichts», sagt sie. «Wir sollten woanders hingehen.»

Sie kennt den Namen eines Hotels, das Dorchester; ihre Eltern sind bei ihren Reisen in die Stadt immer dort abgestiegen, die Reisen, von denen sie jedes Mal Zellophantüten voll intensiv duftender New Yorker Bagels mit Knoblauch und

Mohn mit nach Hause brachten. Es dauert eine Weile, bis sie einen Laden gefunden haben, in dem sie einen Blick ins Telefonbuch werfen dürfen. Das Hotel steht in den East Nineties, zwischen der Madison und Park Avenue. Sie machen sich zu Fuß auf den Weg, verzichten auf ein Taxi, um ihr Geld für etwas zu essen und den Bus zum Flughafen aufzusparen.

Das Foyer ist weitläufig, hellbraun, ein wenig schäbig. Dass ihre sonst so anspruchsvollen Eltern in einem solchen Hotel abgestiegen sind, erstaunt Aviva. Vielleicht war es vor Jahren noch besser in Schuss.

Seung zieht Aviva die durchnässten Stiefel aus und legt sich ihren Fuß auf den Schoß. Sie ist sich der Pfützen bewusst, die sie auf dem gemusterten Teppich hinterlassen. Sie trägt handgestrickte Socken, mit denen sie sich zum Fest selbst beschenkt hat. Sie lagen in einem Schaufenster an der Nut Street. Es kam selten vor, dass man in diesen rein zweckmäßigen Fenstern voller Briefumschläge, Verbandskästen, Pullover mit Rundhalsausschnitt, Lacrosse-Schläger mal etwas Hübsches entdeckte. Auburn, eine Textilstadt, hat seine Tristesse noch nicht abgestreift, seine mutwillige Stillosigkeit.

Der Rezeptionist, ein hagerer Mann mit Schnauzbart, der nicht viel zu tun hat, beobachtet, wie Seung mit den Händen Avivas Zehen umfasst, Druck auf den Ballen unterhalb der Gelenke ausübt. Seung bearbeitet den Spann mit den Fingerknöcheln, reibt die Ferse. Der gleichgültige, skeptische Blick der Stadt hat Aviva mürbe gemacht; sie fühlt sich winzig, wie ein Kind, das immer wieder laut ruft, um sich während einer Parade bemerkbar zu machen. Sie ist sich bewusst, dass der Mann an der Rezeption sie beobachtet, und blickt auf. Er lächelt aufmunternd, bösartig.

«Gehen wir lieber nach oben», sagt sie zu Seung.

Sie warten, bis der Rezeptionist in ein Hinterzimmer verschwindet, und steigen dann die Treppe hinauf in den zweiten Stock, wo sie per Knopfdruck den Aufzug rufen. Sie betrachten die Etagenknöpfe, die vom Erdgeschoss bis zum neunzehnten Stock reichen. «Such du einen aus», sagt Aviva. Sie ist jetzt wieder guter Dinge.

Er entscheidet sich für die siebzehn, sein Alter. Sie gehen durch den schummrigen Korridor und gelangen in ein weiteres Treppenhaus, wo sie ihre Taschen abstellen.

«Jetzt», sagt Seung.

Sie küssen sich, reden, küssen sich wieder. Küssen ist nicht der richtige Ausdruck für das, was sie tun. Küssen – ein Wort für einen Strandpartyfilm oder ein Teenie-Blättchen. Ich habe es im Wörterbuch nachgeschlagen. *Mit den Lippen berühren, insb. als Ausdruck der Zuneigung oder zur Begrüßung; in sanften Kontakt kommen.* Als Substantiv: *eine Liebkosung mit den Lippen.* Was Seung und Aviva treiben, ist weit ausgefallener und bedeutsamer. Versuchen Sie sich an eine Zeit zurückzuerinnern, als Vögeln, der eigentliche Akt, Ihnen noch nicht widerfahren war, nicht so richtig, als Sie noch immer nicht genau wussten, was das war (auch wenn Sie womöglich der Annahme waren, es zu wissen) und was es in Ihnen heilen würde oder auch nicht. Als eine Zunge, die sich tief in Sie schob, für Sie das Höchstmaß dessen darstellte, was Gevögeltwerden bedeutet. Vielleicht war es das sogar, denke ich, mehr als alles, was später kam …

Und auch dem Reden muss hier das gebührende Gewicht beigemessen werden. Es ist genauso wichtig, auf andere Art. Ohne das Reden würden sie sich gegeneinander wenden, könnten sie die Lust nicht aushalten. Küssen und reden … ihnen geht der Gesprächsstoff nie aus, Aviva und Seung. Worüber reden sie? Worüber haben wir damals geredet, wir alle, in jener Zeit? Alles schien von brennendem Interesse. Freunde, die in Schwierigkeiten steckten, und Freunde, bei denen das nicht der Fall war. Schulstoffe, Lehrer, was man gegessen hatte oder essen würde, ein Hemd oder eine Hose, die man getragen hatte, verloren, nicht leiden konnte, betrauerte, weil sie von einem Elternteil ausgemustert worden war. Spielfilme. Schüler, die man in früheren Jahren gekannt hatte und die die Züge von Heldengestalten annahmen, Überbleibsel jenes berühmten, eben erst zu Ende gegangenen Zeitalters, für das wir ein wenig zu spät dran waren: die Sechziger, die Zeit der wahren Hippies, der reinen Drogen und der glorreichen Rebellion. Tom Petty, Peter Gabriel, Neil Young, The Band, Leonard Cohen, Joan Armatrading, Traffic, Eric Clapton, Elvis Costello. Dieser oder jener Schüler aus der Neunten oder Zehnten, um den man sich kümmerte wie ein Bruder oder eine Schwester. Eltern und Geschwister eher nicht so sehr – wobei Aviva eine Ausnahme bildete, denn sie redete häufig über Marshall.

Sie sitzen auf dem Betonboden, mit aneinandergelegten Knien, unterhalten sich schläfrig, als die beiden Männer vom Wachdienst die Treppenhaustür öffnen. Der Junge und das Mädchen werden gefragt, was sie hier machen. Sie unterhalten sich bloß, sagt Aviva. Sie haben einen Flug, der in drei Stunden geht, und wissen nicht, wo sie sonst hinsollen; sie vertreiben sich bloß die Zeit. Den Wachleuten genügen diese Wahrheiten anscheinend nicht. Sie fordern die Teenager auf, sie bitte ins Büro des Geschäftsführers zu begleiten. Das Büro des Geschäftsführers ist groß und hell; der Geschäftsführer selbst ist klein. Er will wissen, was sie dort in dem Treppenhaus gemacht haben. Aviva wiederholt ihre Erklärungen. Die Situation erinnert sie an die Unterredung im Büro des Präfekten Ruwart vor nicht allzu langer Zeit, als er sie fragte, ob sie wüsste, warum sie herbestellt worden sei. Auch jetzt wieder weiß sie es nicht, nicht wirklich.

«Dieses Hotel ist Privateigentum», belehrt sie der Geschäftsführer. Er heißt Mr Ianetti. Aviva kann mit dieser Feststellung nichts anfangen. Sie haben in einem leeren Treppenhaus gesessen, sie haben sich bloß unterhalten. Selbst wenn sie halbnackt gewesen wären, sieht sie nicht ein, wofür sie sich zu entschuldigen hätten.

Der Raum ist geschmackvoll eingerichtet, mit einem glänzend polierten Schreibtisch aus dunklem Holz, gerahmten Stichen mit botanischen Motiven und zwei Sesseln mit einem Bezug aus gestreiftem Drillich. Es sieht hier wesentlich netter aus als im Foyer oder in den Korridoren. Seung und Aviva sitzen auf den Sesseln, während Mr Ianetti hinter seinem Schreibtisch steht und die Wachleute sich an den Wänden postiert haben. Durch cremefarbene Vorhänge fällt schwaches Sonnenlicht herein. Nach ungefähr einer Stunde, als die beiden Teenager ein ums andere Mal dieselben Fragen beantwortet haben, bereitwillig ihr Gepäck haben durchsuchen lassen, Avivas Sparbuch und die Kreditkarte ihres Vaters und Seungs Führerschein vorgezeigt haben, angeboten haben, Avivas Mutter oder Vater anzurufen, um ihre Aussagen bestätigen zu lassen, kommt Aviva der Gedanke, dass diese drei Männer sie lange genug festhalten könnten, dass sie und Seung ihren Flug verpassen. Sie zeigt den Männern noch einmal ihre Tickets, erklärt, dass sie bald losmüssen. Seung sagt sehr wenig. Er versteht, dass er als junger Asiate zu schweigen hat. Nichts, was er sagen könnte, wird Vertrauen erwecken. Und Aviva begreift langsam, dass die Tür dieses Büros sich erst öffnen wird, wenn diese drei Männer es wollen. Ein mulmiges Gefühl beschleicht sie. Wäre sie schon etwas älter und weniger von der Überzeugung durchdrungen, dass es auf der Welt nach rationalen und vernünftigen Prinzipien zugeht, käme ihr möglicherweise der Gedanke, Mr Ianetti darauf hinzuweisen, dass ihr Onkel Anwalt bei einer großen Kanzlei in Chicago ist. Sie könnte ihr Erstaunen darüber äußern, dass er zwei jungen Leuten misstraut, die Schüler an der renommierten Auburn Academy sind. Sie könnte einige der teuren Ferienreisen ihrer Familie erwähnen: in die Schweiz, auf die Galapagos, nach Mexiko.

Doch vielleicht war Mr Ianetti schon von den ersten Minuten an klar, dass es keinen Grund gibt, sie beide festzuhalten, und er hatte es bloß darauf abgesehen, dieses Unbehagen in ihren Augen zu sehen, diese Furcht. Denn ganz unvermittelt erhebt er sich und fordert die beiden auf zu versprechen, dass sie dieses Hotel nie wieder betreten werden. Sollten sie sich hier noch einmal blicken lassen, lässt er sie auf der Stelle von der Polizei verhaften. Sie versprechen es. Sie raffen eilig ihre Taschen zusammen, und einer der Wachleute öffnet ihnen wie ein Lakai die Tür, um sie ziehen zu lassen.

Draußen auf der Straße sagt Seung: «Mensch, es hätte schlimmer kommen können – viel, viel schlimmer.»

«Wie meinst du das?»

In der Innentasche seines Rucksacks steckt ein Tütchen mit sieben Gramm Haschisch. Dort haben sie gar nicht nachgesehen.

Sie würde ihn am liebsten ohrfeigen – so etwas Dämliches! Was zum Teufel – sagt sie zu ihm, wortwörtlich – hat er sich dabei gedacht, wollte er das Zeug mit ins Flugzeug nehmen? Sie stellt sich vor, wie der Rucksack unter dem Röntgengerät an der Gepäckkontrolle entlanggleitet, wie der Kontrolleur das Laufband anhält und rückwärts laufen lässt. Wie jemand sagt, *Entschuldigung*, und sie um ihre Bordkarten bittet. Darüber hinaus – und auch das sagt sie zu ihm, *darüber hinaus* –, hat er erwartet, sie würde das Zeug mit ihm in Chicago rauchen? Wie kommt er darauf, dass sie sich darauf einlassen würde? Oder hatte er etwa vor, sich zu verdrücken und alleine einen durchzuziehen? Seung sieht sie nicht an, starrt auf die Straße, auf die vorbeifahrenden Autos. Sein Blick kann manchmal so hart werden. Es ist ihr egal, wie viel das Zeug gekostet hat, wie schwierig es aufzutreiben war, sagt sie zu ihm, wenn sie am Flughafen sind, muss er es ins Klo werfen und runterspülen. Sie winkt hektisch, um ein Taxi anzuhalten – anders schaffen sie es nicht mehr, rechtzeitig zum Flughafen zu kommen.

Manchmal ist er ein solches Kind, aber trotzdem, im Stillen bewundert sie ihn. Er hat die ganze Zeit so ruhig und gelassen dagesessen, als bestünde nicht die geringste Gefahr. Wenn sie doch nur so unerschrocken wäre wie er! Er hat sich nichts anmerken lassen; hat seinen Rucksack kein einziges Mal angesehen.

27

Sie sind stillschweigend übereingekommen, von weiteren Versuchen, miteinander zu schlafen, vorerst abzusehen; sie wollen keine weitere Enttäuschung riskieren, die dann in Schuldzuweisungen mündet. Ihre Stimmung ist fröhlich und unbeschwert. Sie schlafen aneinandergeschmiegt in Avivas Bett aus Kindertagen, einem Himmelbett mit Doppelmatratze. Das Himmelbett war der einzige romantische Kleinmädchentraum, der ihr je erfüllt worden ist. Es ist mit gleich zwei Vorhängen versehen; der innere besteht aus steifer weißer Baumwolle mit altmodischer Lochstickerei, während der Außenvorhang hauchdünn ist und im Sommer, wenn die Klimaanlage läuft, leise vor sich hinflattert. Der Betthimmel hat gerüschte weiße Bordüren. Die Matratze lag für ein sechsjähriges Mädchen so hoch, dass sie abends quer durchs Zimmer Anlauf nehmen musste, um mit einem Sprung hinaufzugelangen. Anya Rossner versteht bis heute nicht, wieso sie sich darauf eingelassen hat, dass sie tatsächlich den Kauf organisiert und die Vorhänge hat nähen lassen. In der übrigen Wohnung duldet sie keinen unnützen Zierrat, keine verspielte, sentimentale Ästhetik. «Du hast es dir so sehr gewünscht», sagt sie zu Aviva, wie zur Entschuldigung für sich selbst.

Aviva und Seung bleiben lange im Bett liegen und lesen die Sonntagsausgabe der *New York Times*, die Teile zumindest, die für sie übriggeblieben sind. Mrs Rossner nimmt sich immer gleich das Feuilleton heraus, und Marshall möchte den Sportteil, den sonst niemand haben will. Er liest auch die Frontsektion mit den Nachrichten, sagt aber, dass er kein Wort davon versteht. Er kommt in Avivas Zimmer, um den Nachrichtenteil auszuhändigen, und begrüßt das Liebespaar. Schon jetzt mag er Seung, und Seung mag ihn. Er zieht sich auf die Bettkante hoch, baumelt mit den Beinen.

Auf der Titelseite steht, dass die Sowjets an der Grenze zu Afghanistan weiterhin Landstreitkräfte zusammenziehen, eine Invasion rückt anscheinend immer näher. In der amerikanischen Botschaft in Teheran wurde eine zwanzig Meter große Weihnachtskarte zugestellt, adressiert an die dreiundfünfzig Geiseln dort.

«Was liegt an, Kumpel?», fragt Seung.

«Nichts. Mom sagt, wir müssen um halb vier los.»

«Gut.»

Stille. Seungs Hand fährt verstohlen an Avivas Nacken hinauf. Seine Finger graben sich in ihr Haar, ziehen anzüglich daran. Aviva rückt näher, um ihren Schenkel an Seungs Schenkel zu drücken. Unwillkürlich entfährt ihm ein leises, zustimmendes Knurren.

«Störe ich?», fragt Marshall ernst.

Seung grinst. «Später störst du vermutlich weniger.»

Aviva hat spontan aufgeschrien, als sie Marshall am Flughafen gesehen hat. Er hatte eine Glatze. Offenbar hatte er sich den Kopf eigenhändig kahl geschoren, wobei er sich blutige Kerben und Schrammen in der Kopfhaut zugefügt hat, besonders am Hinterkopf. Außerdem hat er hier und da ein paar kleine Haarbüschel stehen lassen.

«Ich dachte, du wolltest dir das Haar wachsen lassen», sagte Aviva.

Er dachte kurz nach. «Ich sah langsam echt schmuddelig aus.»

Sie fahren zur Universität. Mrs Rossner fährt wie eine ängstliche alte Frau, schleicht langsam auf Ampeln zu und tritt dann voll auf die Bremse, als hätte sie nur knapp einen Zusammenstoß vermieden. Marshall schaut missmutig aus dem Fenster. In einer solchen Verfassung hat Aviva ihn noch nie erlebt. Sie sorgt sich, ob er durch ihre Abwesenheit womöglich doch in eine zu schwierige Lage versetzt worden ist. Er ist mit seiner Mutter allein in der großen Wohnung, hat niemanden, der ihm dabei hilft, erwachsen zu werden.

Die Steingebäude der Uni kauern gedrungen im Schnee: blass, schmutzig, still. Mrs Rossners heutige Vorlesung behandelt Frauenbilder in der Werbung der vierziger Jahre. Sie trägt eine kurze Jacke mit Gürtel und eine streng wirkende schwarze Hose. Einmal wöchentlich geht sie zum Coiffeur und lässt sich die Haare legen, die in dichten Wellen ihr Gesicht umrahmen. Wenn man sie dort vorne stehen sieht, so aufrecht, so selbstsicher, mit ihrem präzisen, Autorität vermittelnden Akzent, dem Akzent, den sie als Flüchtlingskind in England erworben hat, ist einem unverständlich, wie ein Ehemann eine solche Frau verlassen konnte. Was ihr an Sanftheit fehlen mag, an Unterwürfigkeit, macht sie durch den Glamour der Souveränität wett. Sie ist eine Frau, von der man nicht den Blick abwenden kann.

«Der Avatar der Vierzigerjahrefrau in der visuellen Werbung ist ein nahezu gleichmäßiges Amalgam maskuliner und femininer Züge. Die Frisur und sichtbare Rundung an der Büste signalisieren Weiblichkeit, wie auch die langen, wohlgeformten Beine – dies sehen wir am deutlichsten in der Betty-Grable-Manie –, die Körpermitte jedoch ist in strenge und kastenförmige Linien eingeschlossen, in Kostüme, die männlichen Anzügen nachempfunden sind, die den authentischen und furchterregenden weiblichen Kern verbergen und verleugnen – die Vagina, die Möse, die Gebärmutter …»

«O Mann», sagt Aviva.

«Sie hat tatsächlich Möse gesagt», zischt Marshall. Er läuft puterrot an.

«Es ist schlimmer als sonst», sagt Aviva zu Seung. «Ich glaube, sie trägt dir zuliebe extra dick auf.»

Nach der Vorlesung umlagern Studenten in dichten Trauben das Podium. Sie alle wollen ein Wort mit Anya Rossner wechseln, möchten, dass sie von ihnen Notiz nimmt. Sie gehört zu den beliebtesten Lehrkräften auf dem Campus. Der Akzent trägt seinen Teil dazu bei. Die Fragen der Studenten sind ängstlich und entsetzlich ernstgemeint. Die Antworten sind wichtig, werden ihnen helfen, sich in dieser tückischen Angelegenheit von männlich, weiblich, Geld, Liebe, Erfolg, Scheitern zurechtzufinden.

«Als ich klein war, war ich immer so stolz auf sie, wenn ich hier oben saß», sagt Aviva. «Ich hatte ja keine Ahnung, dass sie all diese schmutzigen Wörter benutzt.»

«Du bist doch immer noch stolz auf sie», wendet Marshall ein.

«Ich weiß», räumt Aviva ein. «Ich meine, alles, was sie sagt, ist absolut wahr.»

Hinterher gehen sie in Mrs Rossners Lieblingsdiner essen, bestellen Roastbeef und Reispudding. Mrs Rossner lässt die Hälfte ihres Roastbeefs auf dem Teller liegen, stochert lustlos in ihrem Reispudding herum. Hin und wieder hebt sie den Blick und sieht Seung an, als wäre er jemand, den sie nicht recht einordnen kann, jemand, der gerade erst hereinspaziert ist. Er fand ihre Vorlesung großartig. Seine Mutter hätte Anfälle bekommen, wenn sie hier gewesen wäre. Sein Vater hätte sich vermutlich schiefgelacht. Marshall stapelt die Zucker- und Süßstofftütchen aufeinander. Draußen ist es inzwischen dunkel; keiner von ihnen möchte so recht nach Hause. Keiner von ihnen will über den kalten Parkplatz laufen, in den kalten Wagen einsteigen und die langen Straßen am See entlangfahren, bis sie wieder ankommen – bloß, wo genau?

«Wir sollten morgen ins Kino gehen», sagt Mrs Rossner. «Im Filmforum läuft ein Film von Satyajit Ray.»

«Warum nicht», sagt Aviva.

«Ja, machen wir das», sagt Seung begeistert.

«Wenn das ein Film mit Untertiteln ist, will ich nicht mit», sagt Marshall.

Als sie in die Tiefgarage unter der Wohnung fahren, ist es schon fast neun; der Garagenmensch hat schon Feierabend gemacht. Mrs Rossner lässt den Wagen im mittleren Gang stehen, mit dem Schlüssel im Zündschloss; John wird ihn morgen früh für sie parken. Aviva und Seung ziehen sich nach oben zurück. Sie werden bis ein, zwei Uhr wach bleiben, sich streicheln, reden, zwischendurch schweigen, wieder reden. Mrs Rossner kocht sich eine weitere Tasse Kaffee. Ihre Tassen lässt sie überall in der Wohnung herumstehen, wenn sie sie leergetrunken hat, mit braunen Rändern darin, die wie offene Münder wirken. Dotty, das Hausmädchen, wird sie am nächsten Morgen einsammeln.

«Wie wär's mit einer Partie Schach?», fragt Marshall.

Seung reißt ungläubig die Augen auf. Marshall steht seelenruhig da, an der Tür von Avivas Zimmer, mit seinem übel zugerichteten Kopf, seinen klaren, wissenden, unschuldigen Augen.

«Ja, gut, eine Partie», willigt Seung ein.

28

Das Schwimmbecken des Fitnessclubs befindet sich in einem großen, hohen, feuchtwarmen Raum und hat sieben abgetrennte, pedantisch beschriftete Bahnen: *langsam, mittel langsam, mittel schnell, Wettkampf, Familien* und so weiter. Vorerst kann Avivas Mutter den Club weiter nutzen; später, als Avivas Vater die Mitgliedschaft in dem Club aufkündigt, wird es damit vorbei sein.

Das Becken ist heute fast menschenleer. Seung nimmt eine der langsamen Bahnen. Aviva hat ihm vorgejammert, dass sie beim Schwimmen schnell aus der Puste gerät, und er hat zugesagt, sich ihre Technik anzusehen und ihr, wenn möglich, zu helfen. Sie trägt einen schlichten schwarzen Badeanzug, in dem ihre Haut bläulich weiß wirkt. So eitel sie sonst ist, was ihre Garderobe betrifft, so gern sie vor allem tief ausgeschnittene Sachen trägt – Bikinis mag sie nicht und findet, dass ihr ein schlichter, klassischer Einteiler besser steht. Wie üblich aber kann sie es nicht riskieren, unsichtbar zu sein, deshalb behält sie ihre goldenen Ohrringe an und hat am Morgen darauf geachtet, wasserfeste Wimperntusche zu verwenden.

Sie stellt sich ziemlich zimperlich an, als sie die Leiter am flachen Ende ins Wasser hinuntersteigt, ruft *oh* und *ah*, als würde sie ihre Zehen in Trockeneis stecken.

«Los, auf einmal!», ruft Seung ihr zu.

«Das kann ich nie», behauptet sie. Sie macht Anstalten, sich in die Fluten zu stürzen, hält dann hilflos kauernd über dem Wasser inne. Sie sieht aus wie ein Kleinkind, das gleich seine Notdurft verrichtet. Seung lacht sie aus.

«Na schön», sagt sie beleidigt und lässt sich ins Wasser sinken. Gleich darauf taucht sie kreischend wieder auf und schüttelt sich wie ein Hund. Ihr nasser Pferdeschwanz klatscht ihr ins Gesicht.

«Ist doch besser so, oder?»

«Ja», sagt sie. «Aber das wusste ich vorher schon.»

Er erklärt ihr, dass sie die Kraft ihrer Arme und Beine vergeudet, weil sie sich im Wasser hin- und herwiegt, das kostet zu viel Energie. Er bringt ihr bei, ihre Arme in einem Bogen zu heben und gezielt durchs Wasser zu stoßen, in einer sauberen, kraftvollen Bewegung. Die Beine müssen sich kaum bewegen, wenn sie gerade gehalten und leicht angespannt werden. Sie übt zunächst langsam und bewegt sich dann schneller. Sie kann den Unterschied spüren.

«Mein Gott, ist das schön», sagt sie. Sie ist hellauf begeistert. Ausnahmsweise fühlt sie sich einmal körperlich stark, leistungsfähig.

Sie schwimmt Bahnen, bis sie erschöpft ist, und sitzt dann, zufrieden und durchgewärmt, am Beckenrand und sieht ihm zu. Er legt die Strecke in dem Becken mit ein paar wenigen kräftigen Schwimmzügen zurück, krümmt sich an der Beckenwand und wendet wie ein Zirkusakrobat. Als er aus seinem Purzelbaum wieder auftaucht, befindet er sich bereits in der Mitte des Beckens. Seine Armen wirken gewaltig, wenn er sie aus dem Wasser hebt. Er schwimmt und schwimmt, ohne nachzulassen. Schließlich steht sie auf und geht zu ihrer Tasche, um sich ein Taschenbuch zu holen.

«Kannst du mir diese Wende beibringen?», fragt sie, als er sein Pensum beendet hat. Er verspricht es ihr. Er kann ihr auch Hechtsprünge beibringen; dazu braucht sie nur ein bisschen Mut.

In der Umkleide gibt es flauschige weiße Bademäntel, Bedienstete, Gesichtspeelings und wohlriechende Handcremes, die auf einem langen Tisch unter beleuchteten Spiegeln aufgereiht liegen. Frauen lassen sich Zeit hier, föhnen ihr Haar, cremen sich sorgfältig ein, betrachten sich im Spiegel, während sie sich ankleiden. Aviva und Seung verspeisen im Café, das zu dem Club gehört, extradicke Dreifachsandwiches, bestellen sich Limonade, das Glas zu drei Dollar. Sie unterschreiben die Rechnung mit einer Mitgliedsnummer. Jemand wird sie begleichen. Avivas Vater vermutlich, überlegt Seung.

29

Ein eigenartiger, trockener Weihnachtsnachmittag. Es hat seit dem zehnten Dezember nicht mehr geschneit; davon zurückgeblieben sind verharschte, zusammengeschmolzene Schneeaufschüttungen, gelb gesprenkelt von Hundepisse. Seung und Aviva fahren im Bus zur neuen Wohnung ihres Vaters; Marshall verbringt den Tag mit ihrer Mutter. Die Leute draußen auf den Straßen, die von einer familiären Verpflichtung zur nächsten unterwegs sind, wirken blässlich und müde. Die Luft ist knochentrocken; die zwischen den Laternenpfählen aufgehängten Kränze und Lichterketten schaukeln in dem scharfen Wind, der vom See her bläst.

Mr Rossners neue Wohnung befindet sich in der Gegend zwischen Lincoln Park und dem Water Tower District in einer der kleinen Straßen, gesäumt von alten noblen Villen, die von Bankern aus der weißen, angelsächsischen, protestantischen Oberschicht und reichen Erben aus Industriellenfamilien bewohnt werden. Die Gebäude machen einen gepflegten Eindruck, sind drei bis fünf Stockwerke hoch, mit handbetriebenen Aufzügen und Türstehern, die weiße Handschuhe tragen.

In der Wohnung ist alles mit schweren Stoffen behängt und geschmückt: Samt, Chintz und Satin, bedruckt mit Blumen, Vögeln und Paisleymustern. Manche Zimmer scheinen doppelt vorhanden zu sein, oder, besser gesagt, es herrscht überall dieselbe Überfülle eleganter Stühle und Tische, sodass Aviva nicht ganz klar ist, welche Bereiche zum Essen genutzt werden und welche, vielleicht, für Gäste bestimmt sind. Mr Rossner begrüßt sie mit einem trockenen Kuss und streckt Seung die Hand entgegen. Er geleitet sie in ein Zimmer mit mehreren Sofas und einem großen Baum, der mit Lametta und schimmernden Kugeln geschmückt ist. Am Boden vor dem Baum stehen und liegen bunt verpackte Geschenke. In der Wohnung herrscht eine wahre Treibhaushitze, und es duftet künstlich nach Blumen, als wäre in alle Ecken Parfüm gesprüht worden.

«Da kommt Edith», sagt ihr Vater.

Edith hat noch feuchte Haare vom Duschen, und sie ist außer Atem, als wäre sie in aller Eile aus dem oberen Stock heruntergerannt. Sie ist barfuß und trägt einen Bademantel. Sie hat einen großen, rot geschminkten Mund, große braune Augen und wunderschöne Haut. Avivas Mutter sagt, dass sie aus einer reichen Familie in New York State stammt, die mit Pferderennsport zu tun hat.

Mr Rossner hantiert an der Stereoanlage herum. Sie ist neu, und er kommt noch nicht so recht damit klar.

«Wenn es um Technik geht, haben Juden schon zwei linke Hände», sagt Edith. Ihr Lachen ist schrill, abgehackt.

«Nun, meine Liebe, dann komm her, und stell du alles richtig ein», sagt Mr Rossner in mildem Tonfall. Edith beugt sich vor und füllt ihr Weinglas, bietet auch Seung und Aviva Wein an. Sie stoßen an und plaudern kurz, darüber, wie ihr Flug von New York hierher verlaufen ist und übers Wetter. Aviva findet, dass der Wein sämig und süß schmeckt. In dem Zimmer ist es wirklich drückend warm.

Mr Rossner hat es jetzt geschafft; der Klang ist kristallklar, der Bass richtig eingestellt, die Musik kommt aus beiden Lautsprechern. Es laufen Weihnachtsklassiker, gesungen von

Ella Fitzgerald: «Jingle Bells», «Let It Snow», «Have Yourself a Merry Little Christmas».

«Larry, bring uns doch mal diese beiden Einkaufstüten dort. Nein, die da.» Edith deutet auf zwei große Tüten, die seitlich neben dem Baum stehen, etwas weiter hinten. An ihren Händen funkeln etliche Gold- und Diamantringe.

Aviva wird mit Schrecken klar, dass sie keine Geschenke mitgebracht haben. Dass Weihnachten hier bei ihrem Vater auch Geschenke bedeuten könnte, ist ihr gar nicht in den Sinn gekommen. Edith stellt Aviva eine Tüte vor die Füße, die zweite ist für Seung. «Na los, packt aus!», trällert sie.

Aviva nimmt die oberste Schachtel aus der Tüte und zieht an einem breiten silbernen Geschenkband, das seidig zu Boden rieselt. Die Schachtel ist von Magnin; sie enthält einen schokoladenbraunen Rollkragenpullover aus Kaschmir. Härchen bleiben an Avivas Fingerspitzen haften, als sie über das weiche Gewebe streicht; es erinnert an eine Edelkatze, die Haare verliert.

«Danke», murmelt sie. Seung hält sich ein schneeweißes Polohemd an die Brust und nickt, zur Bestätigung, dass es anscheinend die richtige Größe hat.

«Macht weiter!», ruft Edith. Neben den Sachen in den Tüten gibt es offenbar noch weitere Geschenke für sie, die eingepackt auf dem Sofa liegen. Edith springt auf, um die Schachteln zu holen, klatscht jedes Mal, wenn sie den Eindruck hat, dass ein Geschenk gut ankommt, wild in die Hände. Sie scheint in unaufhörlicher, hektischer Bewegung zu sein, auch wenn sie mal still dasitzt, wie ein Kolibri, der Tausende Male in der Minute mit den Flügeln schlagen muss, um reglos in der Luft zu verharren.

Hinterher liegt das bunte Geschenkpapier achtlos am Boden verstreut, in Fetzen gerissen oder zusammengeknüllt. Meterweise Geschenkband, makellose, aufwendig von Hand gebundene Schleifen, die riesigen Hortensien ähneln und gleich morgen früh in den Abfall wandern werden. Aviva möchte am liebsten all die teuren Kleidungsstücke am Boden ausbreiten, um sie zu bewundern und immer wieder zu berühren. Neben allem anderen hat sie auch eine große Schachtel gefüllter Pralinen bekommen, eine Handtasche von Coach aus seidenweichem Leder und zwei Schallplatten, die eindeutig ihr Vater ausgesucht hat: Louis Armstrong und Marian McPartland. Seung hat zwei Hemden bekommen, eine Krawatte, ein Sakko aus Seersucker, zwei erstklassige Zigarren, einen Pullover, eine Brieftasche aus Leder.

Die drei – Aviva, Seung und Edith – lassen sich schlapp auf die Couchen sinken, wie Menschen, die nach einem wilden, ausgiebigen Liebesspiel völlig ausgelaugt sind. Edith streckt die langen Beine von sich, und Aviva hat Angst, dass gleich ihr Slip zu sehen ist, wenn Edith sich nicht aufrichtet. Oder vielleicht trägt sie gar keinen Slip. Mr Rossner steht weiterhin, nippt sparsam an seinem Weinglas. Und welche Fächer hat Seung in der Schule belegt?, fragt er nach langem Schweigen, als würde er einen Satz aufsagen, den er mit Erfolg in einer Sammlung antiquierter Redewendungen ausfindig gemacht hat. Er hat eine von Avivas Platten aufgelegt: Louis Armstrongs dunkle Reibeisenstimme erfüllt das Zimmer.

Chemie, antwortet Seung. Bei Eltern kommt Chemie als Fach immer gut an.

Avivas Vater hört anscheinend gar nicht zu. Er hockt schon wieder vor der Anlage, setzt seine Brille auf, um stirnrunzelnd die Leuchtanzeigen und Regler zu studieren.

Draußen auf der Straße empfängt Aviva und Seung wieder der eisige Wind, der vom See her weht. Sie knöpfen eilig ihre Jacken zu, streifen hastig ihre Handschuhe über. Sie sind beladen mit Tüten voller Sachen, die sich, Aviva zumindest geht es so, bereits jetzt befleckt und beschämend anfühlen, entwendet irgendwie, und sie haben alle möglichen unbeschreiblichen Dinge gegessen: Bällchen aus sahnig geschlagenem Frischkäse, in Brotflocken gewälztes nussartiges Dies-oder-das. An der Tür hat Edith ihnen erzählt, dass sie Avivas Vater beibringe, endlich Freude am Leben zu haben. «All diese jüdische Ernsthaftigkeit», hat sie gesagt. «Ist zwar süß, aber auch sehr einengend.» Sie ließ ihr hohes, abgehacktes Lachen vernehmen. Ihre Hand ließ sich flatternd auf Mr Rossners Schulter nieder, ihre roten Fingernägel berührten sein Schlüsselbein.

«Sag mir lieber nicht, wie du es fandst», sagt Aviva. Das Taxi befördert sie über den dunklen Outer Drive. Kein Mensch ist auf der Straße, jetzt sind alle zu Hause, sitzen an einem knisternden Kaminfeuer oder schauen sich vor dem Schlafengehen noch einen Film im Fernsehen an. Der See ist zu einem grauen Laken gefroren. Sie legt ihren Kopf an Seungs Schulter. Ein enormer Druck lastet auf ihrer Brust und ihrer Kehle.

«Es war doch gar nicht so übel», erwidert Seung.

«Es war schlimmer, als ich gedacht habe», sagt Aviva.

30

Januar, der Schulbetrieb geht weiter, das unregelmäßige Klopfen und Klappern der Heizkörper, mittags ein wenig Sonnenschein, nachmittags das langsame Einsickern der Kälte in die Klassenzimmer. Es ist vier Uhr nachmittags; die Schüler haben sich ihre Mäntel und Daunenjacken um die Schultern gelegt und überfliegen stirnrunzelnd, was sie in ihre Spiralblöcke geschrieben haben. Aviva kann sich nicht auf den Unterricht konzentrieren. Mr Lively erklärt gerade etwas über den Textilarbeiterstreik von 1912 in Lawrence. Aviva hat die Augenzeugenberichte in ihrem Geschichtsbuch gelesen: Frauen, die mit Schlagstöcken niedergeknüppelt wurden, kleine Kinder, die ins Gefängnis gesperrt wurden. Ihr Mittagessen hat aus einem Löffel Erdnussbutter und einer Handvoll Rosinen bestanden. Und Kaffee selbstverständlich, drei Tassen voll. Unter dem großen ovalen Klassenzimmertisch rollt sie in einer Hand unaufhörlich die glatte Holzkugel herum, die Seung für sie angefertigt hat. Als er sich bis zum Kern des Holzes vorgearbeitet und es auf Hochglanz poliert hatte, kamen wunderschöne Streifen zum Vorschein, rötlich und bräunlich golden schimmernd wie eine Goldader. Am Vorabend hat Seung sie im Fisherman's End zum Essen eingeladen. Sie haben französische Zwiebelsuppe gegessen, dazu dicke Scheiben Mehrkornbrot. Außerdem stand eine Schale Popcorn auf dem Tisch, von dem Aviva bedachtsam einige Handvoll geknabbert hat. Seung hat ihr Handgelenk an seinen Mund geführt und das Salz und das Öl von ihrem Handteller abgeleckt.

«Miss Rossner.»

Aviva sieht auf.

«Würden Sie bitte die Frage beantworten?»

Mr Lively sieht sie abwartend an, nicht unfreundlich. Er hat ein jungenhaftes Gesicht, rötliches Haar, die schlaffe Haut eines heimlichen Trinkers. Alle wissen, welche der Lehrer dieses Problem haben. Niemand macht ihnen daraus einen Vorwurf; selbst mit fünfzehn oder sechzehn haben sie Verständnis dafür. Die Erwachsenen leben hier in Auburn auf einer Insel der Jugend, in einem Nimmerland à la Peter Pan. Für einen richtigen Erwachsenen gibt es in dieser winzigen Arbeiterstadt keinerlei Zerstreuung, kein Theater, keine Kunstgalerie, keine Singlebar, keine Buchhandlung, keinen Park, in dem man abends unbesorgt spazieren gehen kann. Die Lehrer verbringen die Abende in ihren Apartments in den Wohnhäusern, wo sie den Geräuschen um sich herum lauschen, Schluchzen, Streitigkeiten, Brechlauten aus den Toiletten. Die letzte Vorstellung im Guignol ist um halb zehn zu Ende. Man kann verstehen, warum manche unter diesen Umständen zur Flasche greifen.

«Entschuldigung, Mr Lively, ich habe gerade nicht aufgepasst.»

Mr Lively wägt seine Optionen ab. Aviva Rossner ist ein intelligentes Mädchen, eine seiner besten Schülerinnen sogar, sie schreibt ausgezeichnete Aufsätze, erledigt ihre Aufgaben stets pünktlich. Ihre Wortbeiträge im Unterricht sind immer wohlüberlegt. Sie hat ganz ordentliche Manieren. Aber in letzter Zeit gleitet sie zusehends davon. Man kann sehen, wie dieser Prozess bei manchen Schülern anfängt – irgendetwas beschäftigt sie, eine Familienangelegenheit oder ein innerer Sturm, und ehe man sich's versieht, sind sie einem vollkommen entglitten, geistig gesprochen, und manchmal schaffen sie es nicht mehr zurück. Sie sehen einfach nicht ein, warum sie sich noch anstrengen sollten. Und Aviva Rossner hat eine Arroganz an sich, die ihm, offen gesagt, immer schon missfällt, sie vermittelt einem das Gefühl, dass sie sich bloß deswegen an die Regeln hält, weil sie ihr zufällig in den Kram passen. Außerdem ist sie zu sexy, mit ihren enganliegenden Pullis, ihrem klimpernden Schmuck. Sie lenkt ihn ab.

Eine andere Schülerin hätte wohl gesagt: «Das habe ich gerade nicht mitbekommen, Mr Lively.» Oder: «Ich habe Sie akustisch nicht verstanden.» Dieses Mädchen sagt: «Ich habe gerade nicht aufgepasst.» So felsenfest von ihrem Recht überzeugt, immer die unverblümte Wahrheit sagen zu dürfen.

Er brummt ihr zur Strafe auf, einen Aufsatz zusätzlich zu schreiben, über den Konflikt zwischen den Gewerkschaften während des Streiks in Lawrence, den United Textile Workers, UTW, auf der einen und den Industrial Workers of the World, IWW, auf der anderen Seite. Sie verzieht missmutig das Gesicht, wirkt in sich gekehrt. Er hat die richtige Entscheidung getroffen. Künftig wird sie im Unterricht wieder besser aufpassen.

31

Diese langen, trüben Winternachmittage. Weder Cort noch ich treiben irgendeinen Wintersport – Cort hat früher Basketball gespielt, sich aber in der zehnten Klasse das Handgelenk gebrochen und danach nie wieder an seine alte Form anknüpfen können. Voss und sein Kamerad aus der Ringermannschaft, Phil Hurston, der aus dem McHenry-Wohnhaus ist, haben einen Tag trainingsfrei. Wir sitzen in dem Zimmer, das Cort und Voss sich teilen, und spielen Black Jack. Phil, ein eigenartig proportionierter Typ mit breiten Schultern, die für seine schmalen Hüften viel zu wuchtig wirken, ist am liebsten Kartengeber. Warum auch nicht? Wer die Karten gibt, hat bessere Gewinnchancen. Mich stört das nicht; so ernst nehme ich dieses Spiel auch wieder nicht. Ich bin nur halbherzig bei der Sache, weil ich über ein Stück nachdenke, das ich gern in der Black Box inszenieren würde, der zweiten Bühne hier in Auburn. Die großen Produktionen, wie *Macbeth* und *Endstation Sehnsucht*, die auf der Hauptbühne aufgeführt werden, werden vom Fachbereich Theater ausgewählt und pädagogisch begleitet, in der Black Box aber kann jeder ein Stück aufführen, sofern er die Schauspieler aufbieten und einen Slot in der Programmplanung ergattern kann. Ich würde gern eine Bühnenversion von *Das Siebente Siegel* inszenieren. Mr Boras hat uns den Film früher im Jahr in meinem Wahlfach

Filmgeschichte vorgeführt, und ich war tief berührt von der Schönheit der Gesichter – dem Gesicht des Ritters, des Knappen, des Todes –, fast so, als hätte Bergman Statuen aus Stein oder Marmor in bewegten Bildern nacherschaffen. Das Spiel der Schauspieler war feierlich, ohne ins Pompöse auszuarten. Ein ganzer Film darüber, wie sehr wir uns alle vor dem Sterben fürchten! Zu jener Zeit übt der Tod und alles, was damit zu tun hat, auf mich, wie auf so viele junge Menschen, eine große Faszination aus – weil ich ihn nie aus der Nähe erlebt habe, rein gar nichts darüber weiß und törichterweise glaube, mehr darüber wissen zu wollen. Und besonders gefällt mir natürlich, dass die Figuren, die in dem Film die Pest überleben, die Theaterleute sind, die vor Gesundheit strotzende Bibi Andersson mit ihrem runden Gesicht und der üppigen Figur, ihr kindlicher Ehemann. Eine solche Familie, denke ich, hätte ich eines Tages auch gern, das nackte Kleinkind, die schlichte Freude an der Sonne, am Wind, am Gras, an einer Schale Erdbeeren. Wer, überlege ich, könnte wohl am besten den Tod spielen? Ich gehe meinen geistigen Rolodex durch, wobei ich mich wieder von dem Prinzip leiten lasse, die Rolle möglichst gegen den Strich zu besetzen. Derart von diesen Überlegungen in Anspruch genommen, bitte ich Phil Hurston um eine weitere Karte, obwohl ich besser halten sollte, und erhalte zu meinem König und meiner Sieben eine Pik Zehn dazu. Irgendwie habe ich gar nicht mitbekommen, wie die anderen entschieden haben, dass wir um Geld spielen, und jetzt stehe ich mit zwanzig Dollar in den Miesen, was mich beunruhigt. Der Richter ist geizig, und ich bin diesen Monat bereits knapp bei Kasse, nachdem ich den größten Teil meines Weihnachtsgeldes für Platten und einen Pulli für Lisa verschleudert habe.

Hurston und Voss kichern hämisch, weil ich so schlecht

spiele, worauf Cort ebenfalls mitkichert. «Wovon träumst du denn, Süßer?», fragt Voss in tuntigem Tonfall. «Was geht in deinen kleinen erotischen Tagträumen vor sich?»

«Bist du immer noch mit Lisa Flood zusammen?», fragt Hurston.

Ich grunze bestätigend.

«Hat sie dich schon rangelassen?», will Voss wissen. «Hast du sie endlich entjungfert? Arbeitest du da nicht schon seit, äh, zwei Jahren dran?» Früher mal, es ist schon länger her, habe ich Voss solche Dinge anvertraut, da ich damals noch nicht ahnte, dass alles, was man ihm erzählte, letzten Endes die Ohren anderer erreichte.

«Du bist der Letzte, der das erfahren würde, Donald», sage ich. Der Typ hasst seinen Vornamen.

«Oooh, aua. Das war aber ein harter Konter, Bennett-Jones. Du weißt, wie man einen Typen fertigmacht. Dieser Witz. Diese Schlagfertigkeit.»

«Schon gehört, dass Cherie Calkins und Archie Davenport Schluss gemacht haben?» Auf Cort ist Verlass, er greift immer rettend ins Geschehen ein, wenn Voss und ich uns zu ernsthaft in die Wolle zu kriegen drohen, was dieser Tage immer öfter vorkommt. Ich verstehe einfach nicht, warum der Typ mich so sehr zu hassen scheint. Offen gesagt, ich bin mir nicht sicher, ob wir uns je wirklich gemocht haben, aber immerhin verbindet uns eine lange Zusammengehörigkeit. In der neunten und zehnten Klasse teilten wir uns nämlich ein Zimmer, bis er sich enger mit Cort anfreundete und sie darum baten, ab der elften Klasse in ein Zimmer zusammengelegt zu werden, was auch der Grund ist, warum ich mich seither mit David Yee herumschlagen darf. Die beiden und ich hätten uns vermutlich schon längst zerstritten, aber wir haben einen ähnlichen Musikgeschmack, und sie haben mich gern als dritten Mitspieler beim Frisbee.

«Echt jetzt?», sagt Voss in plötzlich verändertem Tonfall. «Und, willst du sie angraben?»

«Ich?», fragt Cort nervös. «Keine Ahnung – hast du Interesse?»

Voss denkt kurz nach. «Nee. Die hat so eine nervige Lache.» Voss sieht gut aus, das muss man ihm neidlos lassen, aber mit seinen Freundinnen ist er selten länger als einen Monat zusammen. Immer findet er irgendetwas auszusetzen: ihr Lachen, ihre Essgewohnheiten, ihre Freundinnen.

«Bei der Figur könnte sie meinetwegen auch wiehern wie ein Pferd», sagt Hurston.

«Na, dann versuch du doch mal dein Glück bei ihr», sagt Voss.

«Mal sehen. Warum nicht.»

Im Zimmer über uns geht Musik an.

«O Gott, diese weinerliche Kacke», stöhnt Voss. Es ist Seung oder einer seiner Freunde, es hört sich nach Chick Corea an, möglicherweise, begleitet von einer nervtötenden Flöte. Diese Sorte entspanntes, elektronisch-psychedelisches Gedudel mit der Botschaft, das Leben ist cool, Mann, ist uns allen ganz besonders verhasst.

«Mensch, ist ja nicht zum Aushalten. Bennett-Jones, leg irgendwas auf.»

Das lasse ich mir nicht zweimal sagen. Ich suche Devo aus Corts Plattenstapel heraus, drehe die Lautstärke voll auf. *Yeah yeah yeah yeah, yeah-yeah-yeah-yeah-yeah-yeah*, singt Mark Mothersbaugh ungefähr eine Million Mal. *Got an urge, got a surge and it's outta control / Got an urge I wanna purge 'cause I'm losing control.* Die schroffe, eintönige, abgehackte Musik führt uns zusammen, versetzt uns in wilde Hochstimmung. Wir schwenken die Fäuste wie durchgedrehte Roboter und verlangen schreiend nach unseren Karten, und es wundert mich nicht, als ich zu meinen fünfzehn eine Herz Sechs dazubekomme und mit einem Schlag das Geld zurückgewinne, das ich gerade verloren habe.

Ein dumpfes Wummern an der Decke: Seung oder einer seiner Kumpels pocht auf dem Zimmerboden herum, mit einem Besenstiel vermutlich. Als Reaktion drehen wir die Musik noch lauter. Nachdem es oben kurz still geblieben ist und wir schon beinahe glauben, wir hätten das Scharmützel für uns entschieden, geht auf einmal ein unglaubliches Gepolter los; es hört sich an, als würden drei oder vier Paar Hände gerade gleichzeitig Schreibtische und Betten umkippen, auch eine Lampe kracht scheppernd zu Boden. Als sich der erste Schreck gelegt hat, bin ich hellauf entzückt. Ich fange an, wie ein Irrer zu schreien und herumzuspringen, und dabei grinse ich Cort und Hurston an, die sich von meiner Euphorie anstecken lassen und ebenfalls anfangen herumzuspringen, und dann muss auch Voss mitspringen, und so zucken wir alle wild herum und skandieren über die laute Musik hinweg: «*Are we not men? We are Devo! Are we not men? We are Devo!*» Cort läuft zum Schrank, holt seine Wanderstiefel und wirft sie gegen die Wand, immer wieder, mit voller Wucht. Voss und Hurston und ich holen uns die übrigen Schuhe und folgen seinem Beispiel. Wir schleudern sie gegen die Wand und bewerfen uns gegenseitig damit, schreien und brüllen und fluchen, um die Geräusche über uns zu übertönen.

Es klopft laut an der Tür. So endet jede gute Idee in Auburn, immer. Das war uns allen klar, von Anfang an.

Es ist nicht Mr Glass, sondern Mr Leonov, ein anderer Lehrer, der auch hier im Haus wohnt, weniger freundlich und umgänglich als Glass. Er ist nicht groß, aber furchterregend muskulös, und es würde mich nicht wundern, wenn er es in seinem Alter, er wird um die fünfzig sein, noch immer locker mit einem Typen wie Voss aufnehmen könnte.

«Dreht die verdammte Musik ab, setzt euch auf eure Betten, und haltet die Klappe!» Mehr sagt er nicht. Wir folgen eilig seiner Aufforderung, und als es still ist, merken wir, dass es auch oben still ist. Eine friedliche, entspannte Stille, durchsetzt mit halblauten Stimmen und dem Geräusch von Schritten, nicht unser kleinlautes, wie vom Donner gerührtes Schweigen. Den Unterschied merkt man immer sofort. Während wir uns wie Geisteskranke aufgeführt haben, haben Seung und seine Jungs anscheinend ihre Möbel wieder richtig hingestellt und sich brav hingesetzt wie kleine Engel. Vielleicht haben sie sogar angefangen, zusammen deutsche Konjugationen zu üben. Mr Leonov ist an ihrem Zimmer einfach vorbeigegangen und direkt zu uns gekommen. Wie konnten wir nur so dämlich sein?

«Ihr seid unter Restriktionen gestellt, alle vier», sagt Mr Leonov. «Einen Monat lang.» Voss und Hurston stöhnen auf. Ich fluche im Stillen; gerade die Abende hätte ich dazu nutzen wollen, Schauspieler anzuwerben und mit den Proben für *Das Siebente Siegel* anzufangen. Dass ich nun einen Monat lang ab acht Uhr unter Ausgangssperre stehe, versetzt meinem Vorhaben so ziemlich den Todesstoß; ab Anfang März werden sich alle auf die große Frühjahrsproduktion der Dramag oder die beginnende Sportsaison einstellen und sich zeitlich nicht mehr zusätzlich binden wollen. Und es wird einen Brief geben, der nach Hause an meine Eltern geschickt wird. Genau das fehlt mir noch. Cort sieht aufrichtig zerknirscht aus, als würde er sich für sein Vergehen gern entschuldigen; ich würde ihm am liebsten eine runterhauen und ihn auffordern, etwas mehr Rückgrat zu zeigen.

Als Mr Leonov wieder gegangen ist, wendet sich Voss mir zu. «Du bist so ein Schwachkopf», sagt er. «Was stimmt bloß nicht mit dir?»

Ich mache mir nicht mal die Mühe, ihm zu antworten, ihn

darauf hinzuweisen, dass er genauso im Zimmer herumgetobt und sich die Seele aus dem Leib gebrüllt hat wie wir anderen. Weil er recht hat. Ich bin ein Schwachkopf. Ein erstaunlicher Hass steigt in mir auf: auf Voss, auf Cort, auf den großen, unproportionierten Phil Hurston, auf Mr Leonov und Seung und Detweiler und Giddings und Sterne. Auf meinen Vater und meine Mutter. Auf meine beiden Brüder und meinen Mitbewohner und jeden einzelnen Lehrer, den ich an dieser verdammten Schule je gehabt habe, und auf meine Trainer und den fetten Kartenabreißer im Guignol, die Kassiererinnen im Drugstore, die Telefonistinnen, die mich bei meinem allmonatlichen Zwangs-R-Gespräch nach Hause verbinden. Auf Voss' nicht vollkommene Freundinnen und die hübschen, unerreichbaren Mädels auf dem Campus und die hässlichen, die man nicht anrühren will, und auf Lisa Flood. Auf Aviva, die Seung gehört. Und vor allem auf mich selbst, natürlich.

32

Jetzt stapfen wir jeden Abend pünktlich um acht Uhr ins Wohnhaus zurück, sei es aus der Bibliothek oder aus der Sporthalle oder aus der Stadt, sogar samstags. Hurston muss einen Besuch in Boston abblasen, den er geplant hatte. Wir wechseln kaum ein Wort miteinander, jeder gibt den jeweils anderen die Schuld an seiner misslichen Lage. Ich versuche, die Zeit zum Lernen zu nutzen, um meine Noten in Mathe und Naturwissenschaften zu verbessern, aber es fällt mir schwer, mich zu konzentrieren. Ich decke mich mit Süßigkeiten ein, Snickers und tütenweise Weingummi; gut, dass ich dieses Frühjahr nicht mehr am Rudern teilnehmen werde.

Nach zwei Wochen unter Restriktionen bessert sich das Wetter, es wird wärmer, wie um uns unsere eingeschränkte Bewegungsfreiheit noch schmerzlicher zu Bewusstsein zu bringen. Immerhin, zumindest tagsüber dürfen wir das Wetter ja genießen. Die Luft wird milder, es weht ein leichter Wind, der nach Erde und Flusswasser duftet. Der Himmel ist weißlich blau. Ich spüre trotz allem eine innere Heiterkeit und trage zu meinem Blazer und der Krawatte kurze Hosen. Die Mädchen sind in flattrigen, gestuften Bauernröcken aus leichter Baumwolle und Sandalen unterwegs. Es mag dreizehn, vierzehn, fünfzehn Grad warm sein. Ein solches Zwischenspiel von zwei, drei ungewöhnlich milden Tagen gibt es immer im Januar oder Februar, dann scheint sich die Jahreszeit wieder ihrer selbst zu erinnern, und es wird erneut bitterkalt.

Cort und Voss und ich spielen Frisbee. Wenn es ihm in den Kram passt, vergisst Voss vorübergehend die Feindschaft, die zwischen uns aufgeflammt ist, und auch ich werfe alle Prinzipien über Bord, wenn es um Frisbee geht; einer Einladung dazu kann ich einfach nicht widerstehen. Ich bin ziemlich gut im Frisbee; es kommt selten vor, dass ich einen Wurf nicht fange, und während ich heute über den Rasen vor dem Weld springe, spurte und hechte, es irgendwie schaffe, die Scheibe jedes Mal sauber aus der Luft zu fangen, stelle ich mir unwillkürlich vor, dass Aviva mir jetzt zusieht und staunend die körperliche Anmut und Gewandtheit bewundert, über die ich anscheinend nur bei diesen Gelegenheiten und ausschließlich bei diesem speziellen Tun verfüge. Es fühlt sich so herrlich an, so seltsam und außergewöhnlich, sich an diesem lauen Nachmittag Mitte Februar im Freien zu tummeln, dass ich zu hoffen wage, dass Träume wahr werden könnten.

Dabei weiß ich nur zu gut, dass Aviva unmöglich in der Nähe sein kann. Sie und Seung werden in den Wald losgezogen sein, mit einem Rucksack, in dem sich eine Decke befindet, ein billiges Tischtuch, eine Flasche Wein. Es werden noch andere Pärchen dieselbe Idee gehabt haben, aber der Wald ist groß, es gibt dort genug Platz für alle. Carlyle und Gene Murchie sind auch dort. Gene knüllt Carlyles Hose zu einem dicken Bündel zusammen, drängt ungestüm seinen wilden Strubbelkopf zwischen ihre Beine. Wenn man am Bach entlangspaziert, kann man die leeren Rum- und Whiskeyflaschen sehen, die benutzten Kondome, hin und wieder eine einzelne Socke, ein Feuerzeug, einen alten Bleistift. Was müssen sie für eine Verachtung für den Liebesakt haben, die

Pärchen, die solche Dinge zurücklassen. Selbst ihre Lustschreie werden sie wohl als Verschmutzung ansehen. Aviva und Seung, davon bin ich überzeugt, lassen nie irgendetwas zurück. Sie falten das Tischtuch und die Decke zusammen. Sie stecken die Flasche, in der noch etwas Wein ist, zurück in den Rucksack. Aviva vergewissert sich, dass sie noch beide Ohrringe trägt, dass ihre Halsketten vollzählig sind. Seung fährt trotzdem noch einmal mit der Hand durchs Gras, nur für alle Fälle. Sie schlendern gemächlich zurück zu den Sportanlagen, ohne dass ihnen irgendetwas leidtäte.

Carlyle erscheint nicht zum Abendessen. Vielleicht ist sie in der Bibliothek oder übt ein Lied für den Chor ein. Aber Lena und Aviva sind beunruhigt. Sie sorgen sich um sie. Carlyle kommt ihnen oft vor wie ein großes, argloses Kind; pummlig, gesund und viel zu gutmütig. Sie brockt sich selbst Ärger ein, weil sie Leuten vertraut, Leute ermuntert, ihre Hilfe anbietet.

Sie entdecken sie in ihrem Zimmer, im Bett, wo sie mit angewinkelten Knien *Die Dornenvögel* liest. Sie trägt ihr Nachthemd und einen großen Schlapphut. Sie alle wissen sofort, was geschehen ist. Sie steigen zu ihr aufs Bett, drängen sich an sie. Sogar Dorota hält ausnahmsweise den Mund und verzichtet darauf, sich wie üblich in den Mittelpunkt zu drängen. Carlyle hebt den Kopf und nimmt den Hut ab. Ihre linke Wange ist tief rötlich violett verfärbt. Das Violett scheint wie silbrig überpudert, als hätte ein Maler diese Glanzpunkte nachträglich hinzugefügt, um der Komposition etwas Mystisches zu verleihen.

«Wenigstens hat er nicht das Auge getroffen», sagt Carlyle.

Ja, natürlich, Herrgott, fährt sie die anderen an, sie hat die Stelle schon mit Eis gekühlt, halten sie sie denn für blöde? Sie betastet die Prellung vorsichtig mit den Fingern. Dorota sagt, sie wüsste da etwas. Sie hat eine kühlende Creme, Noxzema, damit schmiert sie ihr die Stelle ein. Noxzema heilt einfach alles, Ehrenwort.

Sie umsorgen sie zusammen auf dem Bett, drei Mädchen in Nachthemden, die nach Zahnpasta und Wella Balsam und Seife duften. Sie haben junge, zarte und weiche Hände. Jede für sich heckt im Geist brutale und erniedrigende Bestrafungen für den Übeltäter aus, aber diese Gedanken behalten sie vorerst für sich. Diesmal ist es schlimmer als jemals zuvor, diesmal ist Gene zu weit gegangen. Und Carlyle darf sich von ihm nichts einreden lassen, darf ihm nicht glauben, wenn er ihr wieder einmal weismachen will, es sei allein ihre Schuld. Carlyle schüttelt den Kopf. Wenn sie nur wüssten, sagt sie, wenn sie nur verstehen könnten, wie egoistisch sie ist, wie gedankenlos.

«Und selbst wenn es so wäre, das gibt ihm trotzdem nicht das Recht …», sagt Aviva.

Carlyle blickt ihre Freundinnen der Reihe nach an, sie wirkt aufgebracht. Warum hört ihr nie jemand richtig zu? Durch die Schwellung wirkt ihr linkes Auge kleiner als das rechte. «Nicht nur egoistisch, nicht nur gedankenlos …» Sie verstummt, weiß nicht weiter. Sie kann dieses Wissen einfach nicht in Worte fassen, dieses tiefe innere Wissen, was mit ihr nicht stimmt.

«Bitte», fleht Lena. «Mach Schluss mit ihm. Wir stehen dir bei.»

Carlyle nickt, wischt sich die Nase am Handrücken ab. Sie wird ihnen einen Abend lang zuhören, zwei Abende, sie wird ihnen alle möglichen Versprechungen machen, danach verlieren sie sie wieder an ihn.

33

Seungs Briefe bringen Aviva in Verlegenheit. Er steckt sie ihr heimlich in den Rucksack, hinterlässt sie in ihrem Regalfach, oben auf ihrer Mütze und ihren Fäustlingen, während sie in der Mensa sitzt und isst. Sie sieht die winzige, zackige schwarze Handschrift auf dem Umschlag, ihren Namen, umgeben von Ozeanen aus weißem Papier, und eine Art Depression überkommt sie. Er kann mit der englischen Sprache nicht umgehen. Das ist die schlichte Wahrheit. Seine Sätze sind hölzern und schwülstig, voller Abstraktionen. Er ist «von einem Blitz getroffen» worden. Die Erfahrung, mit ihr zusammen zu sein, «erfüllt seine Adern mit Feuer». Seine Worte ärgern sie und regen sie auf. Sie hat diese Dinge, die er gefühlt hat, nie gefühlt. Sie hat oft Sehnsucht nach Seung, sie verlässt sich auf ihn, ihr Herz aber ist nicht von einem tödlichen Pfeil durchbohrt worden. Sterben würde sie für ihn nicht, unter keinen Umständen. Sie hatte mal eine Brieffreundin, es ist Jahre her; gefunden hatten sie sich über die Mädchenzeitschrift *Teen*, die landesweit Brieffreundschaften vermittelte. Das andere Mädchen schickte ihr ein Foto von sich zu. Sie hatte toupierte blonde Haare und sah aus wie eine typische Kleinstadtpomeranze. Sie sei verliebt in Donny Osmond, schrieb sie in ihrem Brief. *Es ist wahre Liebe,* schrieb sie. *Nicht bloß eine dieser Schwärmereien.* Wie war noch mal der Name der Brieffreundin? Ach ja, Sherri.

Mit einem i am Ende, und einem Kringel statt einem Punkt über dem i.

An einem sonnigen, verschneiten Sonntag verlasse ich mein Zimmer im zweiten Stock des Weld. Wo ich hinwollte, weiß ich heute nicht mehr, vielleicht wollte ich bloß ein bisschen an die frische Luft. Als ich auf dem Treppenabsatz im ersten Stock ankomme, kommt mir aus der Richtung von Sternes und Seungs Zimmer eine Gestalt entgegen, ein Mädchen, klein, mit einem blauen Schal um den Hals und kniehohen Schneestiefeln. Die Schnürsenkel an den Stiefeln, das weiß ich noch, waren nicht zugebunden.

Ich bin so perplex, dass ich stehen bleibe und Aviva an mir vorbeigehen lasse. Ich lächle. Sie streift mich mit einem Blick, aber ich kann sehen, dass sie keine Angst hat. Ich bin niemand. Für sie bin ich schon vor langer Zeit zu einem Niemand geworden. Sie hat jetzt einen Beschützer, einen Jungen, der so gut wie ein Mann ist. Ihr kann nichts Schlimmes passieren, das lässt er nicht zu. Es ist völlig ausgeschlossen, denkt sie, dass ich sie in irgendeiner Weise von ihren Vergnügungen abhalten könnte.

Sie huscht die Treppe hinunter, nahezu lautlos. Das macht sie nicht zum ersten Mal, so viel ist klar. Sterne hält schon die Eingangstür auf, gibt ihr aber mit erhobener Hand Zeichen, kurz stehen zu bleiben. Er sieht noch einmal nach draußen, nach drinnen, nach draußen. «Hau ab», sagt er zu ihr.

Als sie fort ist, kommt Sterne die Treppe hinauf auf mich zu. Ich habe mich nicht von der Stelle gerührt. Er geht bewusst langsam, mit einem geschmeidigen Rollen der Hüften, damit ich tief in meinem Magen spüren kann, wie straff und stark und reaktionsschnell seine langgezogenen Muskeln sind. Auch auf dem Tennisplatz bewegt er sich wie ein Panther. Die Rückhand ist seine Stärke. Und jetzt bemerke ich, dass noch jemand anderes in der Nähe ist: Detweiler, der wohl an dem Tag im ersten Stock Schmiere gestanden hat. Er wirkt verlegen. Er hatte Aviva weitergewinkt, ehe er mich die Treppe hinunterkommen hörte. Seung, stelle ich mir vor, ist noch in seinem Zimmer, tupft sich mit einem Handtuch die Achselhöhlen trocken, zieht ein frisches Hemd über.

Sterne beendet seinen langsamen Aufstieg die Treppe hinauf und kommt dicht auf mich zu, sehr dicht. Es ist genau wie in einem Film. «Du hältst schön die Klappe, sonst verpassen wir deiner Freak-Flagge einen neuen Anstrich, und zwar mit deiner Hirnmasse», sagt er.

«Oh … klar», sage ich, noch immer einfältig lächelnd. Zu mehr als diesem kläglichen Gestammel bin ich nicht imstande. Hätte ich ein bisschen mehr Zeit, könnte ich mich vielleicht zusammenreißen, mich gerade aufrichten und etwas würdevoller ausdrücken. *Ist alles cool, Sterne.* Oder: *Schon gut, Mann, reg dich ab.*

«Klar, du erzählst niemandem was, oder klar, du bist dir da noch nicht so sicher und ich sollte dir gleich hier und jetzt den Schädel einschlagen?» Sterne will die Sache in die Länge ziehen, will mich zwingen, bei meiner Demütigung eine aktive Rolle zu spielen.

Ich lächle noch immer, lächle und verwünsche mich im Stillen dafür. «Warum sollte ich irgendwem was erzählen?», frage ich.

34

Was ich als Nächstes tue:
Ich drehe mich um und trete den Rückzug an, zurück nach oben in mein Zimmer, während ich weiter Sternes Blick auf meinem Rücken spüre. Ich schließe meine Tür ab, nicht weil etwa damit zu rechnen wäre, dass mich jemand besuchen kommt, aber ich will für alle Fälle vorsorgen. Ich weiß, dass David noch in Boston ist, zu Besuch bei einem Cousin, bei dem er übernachtet hat.

Ich lege mich ins Bett, decke mich leicht mit dem Laken zu. Sollte David aus irgendeinem Grund doch früher zurückkehren, könnte ich mich blitzschnell auf die Seite drehen, behaupten, dass es mir nicht gut geht, dass ich mich übergeben musste, dass ich gerade geschlafen habe. Ich schiebe die Hand in meine Boxershorts, das erste Bild aber, das sich vor meinem inneren Auge einstellt, ist meine Faust, die Sterne mit solcher Wucht von unten am Kinn trifft, dass ihm das Grinsen vergeht und die Zähne nur so aus dem Mund fliegen, ganz so, wie sie schon in gewissen Albträumen, die ich gehabt habe, aus meinem Mund geflogen sind. Ich bekomme einen Ständer, ehe ich mir auch nur bewusst bin, dass ich an Aviva denke. Aber hier ist sie nun, während meine Hand sich auf und ab bewegt. Sie kauert rittlings auf mir, reitet mich, bewegt sich erst langsam und gemächlich, dann immer schneller, nicht ohne ein leises rhythmisches Ruckeln an der empfindsamen Stelle ganz oben, weil sie weiß, wie gut sich das anfühlt. Ich habe das Gefühl, dass sie ausnahmsweise einmal bis zum Schluss bei mir bleiben wird. Es ist eigenartig, denn obwohl ich mich ihretwegen oft hierher in mein Bett zurückziehe, unter dieses Laken, löst sie sich jedes Mal fast umgehend in etwas anderes auf, in einen der anonymen Körper, die meinem Zweck gedient haben, seit ich dahintergekommen bin, was es mit dem Wichsen auf sich hat. Dabei gebe ich mir alle Mühe, sie bei mir zu behalten, lasse den geistigen Film buchstäblich langsamer laufen, sodass ich mich ihrer undeutlichen Gestalt von hinten nähere, sie zu mir herumdrehe, behutsam auf mein Bett hinunterstoße – ich betone, behutsam, um sie nicht zu erschrecken, um ihr zu zeigen, dass ich mich diesmal nicht so idiotisch ungeschickt anstellen werde wie seinerzeit im Bootshaus. Es funktioniert nie. Sie verwandelt sich in ein weiteres austauschbares Geschöpf mit langem, glattem blonden Haar, nichtssagender Haut, einem großen Mund, üppigen, runden Hüften. Ohne jede Ähnlichkeit mit Aviva.

Jetzt aber ragt Aviva über mir auf, wie um zu sagen, na gut, ich kann sie haben, aber nur unter der Bedingung, dass sie den Takt vorgibt. Okay, okay, willige ich im Stillen ein, während ich mich im Rhythmus meiner Faust nach oben stoße, doch je schneller ich werde und je dichter ich komme, desto mehr verlangsamt meine geistige Aviva ihren Rhythmus und enthält sich mir vor, fordert mich auf zu warten, ich müsse einfach noch warten. Ich will nicht länger warten; ich stoße mich gegen sie, nenne sie Miststück, beschimpfe sie unflätig. Da drückt sie meine Hände auf die Matratze hinab und neigt sich tief über mich, sodass mir ihr Haar ins Gesicht fällt, mir in den Mund gerät, mir die Sicht nimmt. Sie lacht, wie sie an jenem ersten Tag in ihrem Zimmer gelacht hat, als ich sie kennengelernt habe, ein Lachen, das mich zu ermuntern scheint und zugleich eine Unnahbarkeit zum Ausdruck bringt, die mich schier verrückt macht. Ich fange an zu betteln: *Bitte, lass mich los, lass mich kommen, lass mich*, und tatsächlich, in einer wirbelnden Bewegung, die ihr Bild zunichtemacht und sie wieder einmal verschwinden lässt, erhört sie mein Flehen.

35

Cynthia Pritchard fragt: «Soll diese Kurzgeschichte aussagen, dass Liebe für ein Mädchen so ähnlich ist, wie ermordet zu werden?»

Die ganze Klasse lacht, doch als sich die Heiterkeit wieder gelegt hat, macht sich ein Unbehagen im Raum breit. Cynthia ist immer so ernsthaft, so ängstlich bemüht, so peinlich ungeschützt. Stille. Mr Salter kann förmlich hören, wie es in den Köpfen der Mädchen arbeitet, und er spürt, dass keine von ihnen antworten möchte. Also springt er ein, um den Faden fortzuspinnen. «Cynthia, kannst du uns näher erläutern, inwiefern die Autorin diesen Schluss nahelegen könnte?»

Sie besprechen gerade die Geschichte «Wo willst du hin, wo kommst du her?» von Joyce Carol Oates. Sie ist in ihrer dicken Erzählsammlung enthalten. In der Geschichte wird ein fünfzehnjähriges Mädchen namens Connie, das allein zu Hause ist, während ihre Familie bei einem Grillfest ist, von einem geheimnisvollen und bedrohlichen Mann besucht, der so lange auf sie einwirkt, bis sie sich letzten Endes wie hypnotisiert dazu überreden lässt, zu ihm ins Auto zu steigen und mit ihm davonzufahren.

Cynthia hält den Blick auf den Text gesenkt und spricht langsam, mit stockender, etwas angestrengter Stimme. «Nun, am Anfang beschreibt Oates sehr ausführlich, wie kokett

Connie ist, wie sie sich immer schick macht und es darauf abgesehen hat, Jungs kennenzulernen, und wie entfremdet sie sich von ihrer Familie fühlt. Also, dass sie geradezu jemanden sucht, der sie aus alldem herausholt. Aber dann, als jemand bei ihr zu Hause auftaucht, um genau das zu tun, dieser Arnold Friend, und darüber redet, dass er ihr Liebhaber sein und sie ganz fest in seine Arme nehmen will, weiß man, dass sie am Ende sterben wird, wenn sie zu ihm in den Wagen steigt. Es ist also fast so, als würde die Autorin sagen, wenn man weiblich ist und sich verliebt, dass das, na ja, das Ende für einen ist.»

«Aha», sagt Mr Salter. «Du deutest die Geschichte also weniger wörtlich, eher metaphorisch?»

Cynthia stößt die Luft aus. «Ja, ich schätze schon.»

Mr Salter breitet die Arme aus, wie um die übrige Klasse einzuladen. «Wie habt ihr die Geschichte verstanden?»

«Ich finde, du deutest da zu viel hinein», sagt einer der Jungen. «Ich denke, das Mädchen wird einfach von einem Psycho entführt, der ihr nachgestellt hat, und das ist die Geschichte, die Joyce Carol Oates erzählen wollte. Es soll bloß eine spannende Geschichte sein, mehr nicht.»

«Der Typ heißt Arnold *Friend*», hebt ein anderes Mädchen hervor. «Freund. Das kann kein Zufall sein.»

«Wissen wir so sicher, dass sie am Ende stirbt?», fragt Aviva Rossner. «Ich meine, ausdrücklich gesagt wird das ja nicht.»

Die Jungen halten sich mit Wortmeldungen auffallend zurück.

«Es ist beinahe so, als würde sie in ein Traumland aufbrechen», sagt ein drittes Mädchen. «Vielleicht sollen wir das alles nicht so realistisch auffassen. Ich meine, dieser Arnold hat ja fast übernatürliche Kräfte. Er weiß alles über Connies Familie und ihre Vergangenheit und weiß sogar, was sie gerade denkt. Vielleicht soll er eher für das stehen, was sich in ihrem Kopf abspielt, wie sie erkennt, dass sie erwachsen wird und ihre Familie verlassen muss, sich aber davor fürchtet, ihre Familie zu verlassen. Wie etwa hier, auf Seite 376, als Arnold sagt: ‹Das Zuhause, wo du herkommst, gibt's nicht mehr.›»

«Genau das in etwa habe ich ja gemeint», sagt Cynthia ein wenig ungeduldig. «Direkt nach dieser Stelle sagt Arnold Friend, das Haus, in dem Connie wohnt – ‹das Haus von deim Papi›, sagt er –, sei nichts weiter als ein Kartenhaus, das er jederzeit zu Kleinholz machen könne. Also, dass sie kein kleines Mädchen mehr bleiben kann, aber wenn sie mit ihm geht, ist sie auch verloren. Er sagt: ‹Sei nett zu mir, sei so lieb, wie du kannst, was bleibt eim Mädchen wie dir denn übrig, als lieb und hübsch sein und willig?›»

«Das ist eine der gruseligsten Geschichten, die ich je gelesen habe», sagt ein Mädchen namens Jill Cohen.

«Eigentlich wollte ich mit euch über Erzählperspektiven sprechen», sagt Mr Salter und schlägt mit der flachen Hand auf seine Ausgabe, «aber Cynthia hat uns hier einen interessanten Gedankenansatz eröffnet. Fallen uns noch andere Geschichten in dieser Anthologie ein, in denen die Sexualität zwischen Mädchen und Jungen, oder Männern und Frauen, auf verschiedene Weise beleuchtet wird?»

Damit hat er die Aufmerksamkeit der Klasse geweckt. Die Mädchen richten sich kerzengerade auf ihren Stühlen auf, die Jungen pressen ihre Knie aneinander. Mr Salter hat nicht einmal den etwas ausweichenden Begriff Liebe verwendet, er hat Sex gesagt.

«Ähm …», sagt Frank Corbitt laut und löst damit die allgemeine Anspannung. Alles kichert.

«Wie sieht es etwa in ‹Die Toten› aus? Oder in John Cheevers ‹Der Zug um siebzehn Uhr achtundvierzig›?»

«Ich ziehe eine Niete», sagt Frank offen heraus.

«Ich gebe auf», sagt Mr Salter schließlich. «Dann denkt selber noch einmal darüber nach, jeder für sich. Und wer von euch Interesse hat, sollte vielleicht mal einen Blick in ein Buch namens *Die Kunst des Liebens* werfen, von Erich Fromm. Es enthält eine Reihe bemerkenswerter Überlegungen zum Thema Liebe und Sexualität. Es könnte euch zu einem tieferen Verständnis dieser und anderer Geschichten verhelfen.»

Später in der Bibliothek blättert Aviva verstohlen den Karteikartenkatalog durch, vornübergebeugt, damit niemand sieht, wonach sie sucht. *Die Kunst des Liebens* entpuppt sich als schmales Taschenbuch mit poppig pinkem Einband, und während Aviva darin herumblättert, überlegt sie, ob sie wirklich den Mut aufbringen wird, es bei Mrs Conn-Frere, der Bibliothekarin, auszuleihen. Ja, beschließt sie dann, sie bringt diesen Mut auf. Aus den Regalen in der Nähe wählt sie noch weitere Bücher aus: *Psychoanalytische Annäherungen an die Liebe*; *Liebe und Tod. Eine existenzialistische Betrachtung*; einen Band mit dem schlichten Titel *Intimität*. Wenn sie zur Ausleihe kommt, wird sie sich einreden, dass sie ein Thesenpapier über die Psychologie der Liebe schreibt. Und in den anderthalb Minuten, die es dauert, um sich die Bücher abstempeln zu lassen, wird sie tatsächlich davon überzeugt sein.

Vorläufig aber setzt sie sich in eine Arbeitskabine und beginnt zu lesen, wobei sie sich das Buch auf den Schoß legt, damit der pinke Einband nicht zu sehen ist.

> Das tiefste Bedürfnis des Menschen ist demnach, seine Abgetrenntheit zu überwinden und aus dem Gefängnis seiner Einsamkeit herauszukommen.

Ja!, denkt Aviva. Ja! Als sie zwischendurch kurz auf die Toilette geht, platziert sie das Büchlein zusammen mit dem Buch namens *Intimität* unter dem nüchterner klingenden Band *Psychoanalytische Annäherungen*, dreht alle drei Bücher mit der Vorderseite nach unten und schiebt sie außerdem mit dem Buchrücken nach hinten an die Rückwand der Arbeitskabine, um sie so gut wie möglich vor neugierigen Blicken abzuschirmen. Cort aber, der ganz in der Nähe sitzt und arbeitet, nutzt die Gelegenheit dazu, ihren Lesestoff zu sichten, und meldet Voss und mir später, dass Seung Jungs Schnalle anscheinend Forschungen betreibt, um ihre Fähigkeiten im Bett zu verbessern. Einige Tage lang amüsieren wir uns großartig über diese Geschichte – ich tue zumindest so, als fände ich die Sache lustig –, trauen uns aber nicht, sie weiterzuerzählen; es könnte zu leicht zurückverfolgt werden, wer sie in Umlauf gebracht hat.

An der Ausleihe vermeidet Aviva es bewusst, Mrs Conn-Frere anzusehen, während diese ihr die Bücher abstempelt. Die nächsten beiden Tage über vertieft sie sich in *Die Kunst des Liebens*, wann immer sie kann, macht sich mit ihrer runden Handschrift Notizen auf losen Blättern. Sie liest nur, wenn sie in ihrem Zimmer allein ist, und achtet darauf, die Notizen nicht auf ihrem Schreibtisch herumliegen zu lassen, wo ihre Mitbewohnerin sie finden könnte. In dem Buch gibt es Passagen, die das Problem der Frigidität behandeln, diesen furchterregenden Begriff. Ist sie, Aviva, etwa frigide? Eine Frau, schreibt Fromm, «öffnet die Tore zum Innersten ihrer Weiblichkeit; im Akt des Empfangens gibt sie. Wenn sie zu diesem Akt des Gebens nicht fähig ist, wenn sie nur empfangen kann, ist sie frigid.» Trifft das auf sie zu? Kann Seung deshalb nicht in sie eindringen, weil sie nur empfangen und nicht geben will? Warum geht es in dem Buch nicht auch um das Problem, das Seung und sie immer wieder haben?; warum ist davon in keinem Buch je die Rede? Weil es einzigartig ist, beispiellos – deswegen.

Liebe ist eine aktive Kraft, erklärt ihr das Buch. Liebe ist Geben. Liebe heißt, die Bedürfnisse des anderen über die eigenen Bedürfnisse zu stellen. Die Frau empfängt, und der Mann dringt ein.

Einige Tage lang schöpft Aviva Hoffnung. Fromm hat ihr erklärt, was Liebe ist, wie sie sein muss, und sie wird, ganz die lernbegierige Schülerin, seinen Richtlinien folgen und am Ende Erfolg haben. Sie wird Seung richtig lieben, so, wie es sich gehört, und etwas in ihr wird sich erweichen, fast unmerklich, ohne sie zu gefährden oder zu ängstigen. Seung wird diese neue Weichheit spüren, diese Fraulichkeit; er wird in sie eindringen. Aviva denkt über Seungs Bedürfnisse nach, von denen sie nur sehr nebulöse Vorstellungen hat. Er möchte seine Eltern zufriedenstellen, auch wenn er hinter ihrem Rücken den Taugenichts spielt. Davon abgesehen, scheint er einfach nur das Bedürfnis zu haben, mit ihr zusammenzusein – mit ihr, Aviva. Sie versucht sich dazu zu bewegen, ihn um seiner selbst willen zu lieben, nicht nur dafür, dass er sie so blind liebt – wer oder was aber ist dieses Selbst noch, abgesehen von dem blind Liebenden? Seine schulischen Leistungen, sein Leben daheim bei seiner Familie, seine Kindheitserinnerungen, seine Zukunftspläne, all das interessiert sie nämlich eigentlich gar nicht. Jedenfalls nicht übermäßig.

Das Büchlein, das zunächst so anregend ist, kommt ihr mehr und mehr vor wie eine Gardinenpredigt. Sie wird es nie schaffen, den postulierten Idealen gerecht zu werden, sie versteht das Gesagte ja nicht mal richtig. «Unreife Liebe sagt: ‹Ich liebe dich, weil ich dich brauche.› Reife Liebe sagt: ‹Ich brauche dich, weil ich dich liebe.›» Wie um alles in der Welt soll man das hinbekommen? Wie soll Aviva sich eine dermaßen ideale, selbstlose Liebe auch nur vorstellen? Sie bringt das Buch in die Bibliothek zurück, zusammen mit den anderen Bänden, die sie an dem Tag ausgeliehen hat, ohne seither auch nur einen Blick hineingeworfen zu haben, und ist ungeheuer erleichtert, als sie sieht, wie die Bücher in dem Rückgabeschlitz an der Ausleihe verschwinden.

36

Als unser Monat unter Restriktionen herum ist, weiß ich abends nicht so recht, was ich mit mir anfangen soll. Ich fühle mich fett und träge, komme mir vor, als würde ich Scheuklappen tragen – ein verwirrter Maulwurf. Am ersten Abend streife ich ziellos auf dem Campus herum, widerstehe mit Erfolg dem Drang, mir bei Currie's ein Milkshake zu genehmigen; außerdem möchte ich dort nicht allein herumsitzen. Voss benimmt sich wieder so, als wären die Restriktionen allein meine Schuld gewesen, und Cort folgt wie üblich der von Voss vorgegebenen Linie. Also bin ich heute Abend allein, es sei denn, ich will mit David Yee in der Bibliothek abhängen und mich mit ihm über partielle Differenzialgleichungen austauschen. Ich sollte mir wirklich neue Freunde suchen. Na, wohl kaum. Meine Zeit hier ist so gut wie herum; eigentlich will ich jetzt nur noch die letzten Monate heil überstehen und dann kommendes Jahr ganz neu anfangen, irgendwo weit weg. Irgendwo weit außerhalb der Reichweite meines Vaters, irgendwo, wo ich anfangen kann, das zu sein und zu werden, wozu ich mich innerlich befähigt fühle.

Ich steuere auf die Dramag zu, nicht dass dort heute Abend irgendetwas los wäre, aber es tröstet mich bereits, einfach nur in der Nähe des Gebäudes zu sein. Die Frühjahrsproduktion ist *Der Held der westlichen Welt* von John Millington Synge, und ich werde für die Requisiten zuständig sein, aber die Proben fangen erst in einer Woche an. Als ich an der Kirche der Academy vorbeikomme, dringt aus dem Inneren Gesang heraus. Ich bleibe nicht stehen, gehe weiter, aber die Noten verfolgen mich und ziehen mich wieder zurück. Die Stimmen klingen ungemein lieblich, und vielleicht möchte ich mich lieber in einem Raum voller Menschen aufhalten als in einem leeren, dunklen Theater. Ich trete in die Kirche, bleibe aber ganz hinten stehen, weil ich noch unschlüssig bin, ob ich mich tatsächlich setzen und länger bleiben soll.

Es ist der Chor. Sie haben ein bemerkenswert zahlreiches Publikum angezogen; vielleicht gibt es noch mehr Leute, die an diesem empfindlich kühlen Abend zwischen den Jahreszeiten nichts Rechtes mit sich anzufangen wissen, so wie ich. Ich entdecke Aviva in den Bankreihen – mein Blick findet sie immer sofort, auch in einer größeren Menge –, und neben ihr sitzen Lena Joannou und Kelly Finch. Sie blicken nach vorne zur Bühne, ganz aufmerksam, und ich sehe, dass ihre Freundin Carlyle Johns eine der Sängerinnen ist. Das helle Licht über der Kanzel blendet ziemlich, aber etwas stimmt nicht mit Carlyles Gesicht, als hätte sie sich bei einem Sturz eine Prellung zugezogen. Mein Blick gleitet weiter zu den anderen Gesichtern, Jungen und Mädchen, grell angestrahlt, mit offenen Mündern, statisch und doch in Bewegung, ganz wie die Art Gesichter, die ich gern in meiner Inszenierung von *Das Siebente Siegel* eingesetzt hätte. Sie alle sind voll und ganz auf ihre Aufgabe konzentriert und bewegen sich in vollkommenem Gleichtakt. Ich bin wie in den Bann geschlagen von diesen skulpturalen Gesichtern, bin so tief in ihre Betrachtung versunken, dass ich eine Zeit lang akustisch gar nichts wahrnehme. Dann kehren die Stimmen zurück, mit einer Reinheit, die mich überrumpelt und aus dem Gleichgewicht bringt, und etwas verschiebt sich schmerzhaft um mein Herz herum. Es sind nur die Mädchen, die jetzt singen, und ihre Stimmen sind so hoch und lieblich; wäre ich auch nur ansatzweise religiös, würde ich wohl denken, dass sie mich emporheben, näher heran zu … was? Zu etwas Strahlendem und Unverdorbenem. Nach einigen Momenten fallen die männlichen Stimmen wieder ein, verbreitern den Tonumfang, kräftig und tief, aber noch immer rein, und ich merke, wie ich weiche Knie bekomme, ich muss mich setzen. Ich zwänge mich auf einen freien Platz auf einer der hinteren Bänke, handle mir damit einen verärgerten Blick von einem Mädchen ein, das ich nicht kenne, und als ich sitze, bin ich so erschüttert, dass ich es nicht mehr fertigbringe, nach vorne zur Bühne zu schauen. Ich lasse den Kopf vornübersinken und schließe die Augen. Die Musik geht unentwegt weiter, und mir wird klar, dass ich einen Fehler gemacht habe; ich will diese Schönheit nicht hören, die nicht aufhören will, sondern schonungslos auf mich eindrängt. Es ist zu viel; die Schönheit droht mir allmählich wehzutun. Ich fühle mich versucht, mir die Ohren zuzuhalten, schaffe es aber, die Hände stillzuhalten, die ich mir unter die Beine geschoben habe, kneife die Augen noch fester zu und ertrage es. Ich hätte es besser wissen und lieber nicht in einen Raum kommen sollen, in dem alle harmonisch an einem Strang ziehen, wo alle sich wie eins fühlen. Solche Orte sind nichts für mich. Ich balle die Fäuste. Es ist bald vorbei, sage ich mir immer wieder. Ich bemühe mich, die wunderschöne Musik auszublenden. Bald ist es vorbei.

37

Seungs Eltern sind in Boston, wo eine wissenschaftliche Konferenz stattfindet, an der Mr Jung teilnimmt, und Seung steigt in Auburn in den Bus, um sich mit ihnen in ihrem Hotel zu treffen. Er hat ihnen etwas mitzuteilen. Er wird sie nicht um Erlaubnis fragen. Er hat den Mietpreis für zwei Übernachtungen in dem Strandhäuschen in Nantucket bereits überwiesen, vom eigenen Ersparten, das er mit seinem Job als Bademeister verdient hat. Er ist zu dem Entschluss gelangt – davon erwähnt er selbstredend nichts –, dass er und Aviva einen Ortswechsel brauchen, weit weg von der stressigen Heimlichtuerei an der Schule und den elterlichen Schatten bei ihm zu Hause, um endlich mit Erfolg ihre körperliche Vereinigung zu vollziehen. In einer neuen, neutralen Umgebung wird es ihm gelingen, Aviva zu geben, wonach sie sich so sehr zu sehnen scheint; er wird seinen Mann stehen. Eine gewisse Zeit lang konnten sie das Unvermeidliche aufschieben und trotzdem miteinander glücklich sein, in letzter Zeit aber, das ist ihm nicht entgangen, denkt sie wieder darüber nach, stellt sich Fragen, ist innerlich aufgewühlt. Und er? Er ist sich nicht klar darüber, was er fühlt, was er sich wünscht. Aber es liegt etwas in der Luft, und das macht ihn nervös. Aviva entgleitet ihm, das spürt er; oder bildet er sich das bloß ein? Manchmal, wenn sie zusammen sind, scheint sie ganz weit weg zu sein; sie denkt eingehend über irgendetwas nach, und das verunsichert ihn, weckt ebenso große Eifersucht in ihm, als wenn er einen Nebenbuhler hätte.

Zwei Nächte und drei Tage im Wauwinet, erklärt Seung seinen Eltern, danach kommt er für den Rest der Aprilferien umgehend nach Hause.

Seine Mutter sagt, schön, prima, wenn er ein solcher Mann ist, wenn er hier inzwischen die Entscheidungen trifft, dann werden sie und sein Vater auch nicht länger seine Schulgebühren in Auburn zahlen. Er kann zurück nach Hause kommen, sich einen Job suchen und die öffentliche Schule besuchen. Er denkt, er sei ein Mann, sagt sie, doch er ist bloß ein kleiner – sie benutzt das koreanische Wort für Scheißer. Seungs Vater sagt nichts, woraus Seung den Schluss zieht, dass doch noch alles gut ausgehen könnte. Er behält die Hände seiner Mutter im Auge, ihre hackenden Bewegungen, während sie auf Koreanisch auf seinen Vater einredet. Dann greift sie wütend nach ihrer Handtasche und verlässt das Hotelzimmer. Als sie allein sind, schenkt Mr Jung zwei Gläser Whiskey ein, aus einer Flasche, die er aus der Minibar nimmt, und sagt, dass er dieses kleine jüdische Mädchen nicht gutheißen kann, sie kommt ihm verwöhnt vor, unvernünftig, es fehlt ihr an Anstand. Auf lange Sicht wird sie für Seung nicht gut sein. Doch er kann sehen, sagt er, dass Seung für sie das Feuer im Bauch hat, und da kann man nun mal nichts machen. Er wird warten müssen, bis sich das Feuer ausgebrannt hat.

«Mach einfach nur keine Dummheiten. Du verstehst schon, was ich meine. Und komm erst gar nicht auf die Schnapsidee, sie zu heiraten. Ihr seid viel zu jung, und es wäre ein großer Fehler.»

Seung packt seinen Vater gerührt an den Schultern, drückt ihn beinahe an sich, und sein Vater umarmt ihn. Sie sind von dieser Geste beide völlig überwältigt und stehen einen längeren Augenblick lang so da, ehe sie sich wieder voneinander lösen.

38

Eines Tages kehrt Giddings vom Mittagessen in sein Zimmer zurück, wo er Detweiler noch im Bett vorfindet. Er sitzt im Schneidersitz auf der Matratze, als wolle er meditieren. Zwischen seinem Rücken und der Wand sind Kissen aufgestellt. Er trägt eine Pyjamahose aus Flanell und ein ehemals weißes, löchriges T-Shirt. Sein Kopf wendet sich langsam der Tür zu, als Giddings hereinkommt.

«Du hast blaugemacht, Mann?», fragt Giddings.

Detweiler lächelt, jenes sanfte, bedächtige Lächeln, das sie alle von ihm kennen.

«Nein», sagt er. «Ich kann bloß das Zimmer nicht verlassen.»

«Wie bitte?» Giddings räumt seine Vormittagsbücher ins Regal und sucht die Bücher heraus, die er für den Nachmittagsunterricht benötigt.

Detweiler gibt keine Antwort, lächelt bloß.

«Ohne Scheiß, du warst wirklich noch nicht vor der Tür?» Doch Giddings kann sehen, dass er das Zimmer an diesem Tag noch nicht verlassen hat.

«Ich weiß, von diesem Bett bis zu der Tür da ist es nur ein kurzer Weg», sagt Detweiler. «Und jetzt steht die Tür sogar offen. Ich sollte es also eigentlich schaffen können. Ich sollte aufstehen und mich anziehen und in diese Richtung gehen können. Auch wenn ich nicht meine Bücher mitnähme und mir nicht die Zähne putzte, wäre es trotzdem eine gute Sache. Aber von hier aus sieht es unheimlich weit aus. Die Tür sieht einfach sehr weit weg aus.»

Giddings vermutet, dass Detweiler gekifft hat, hier im Zimmer, was ziemlich leichtsinnig ist. «Hör zu, steh mit mir auf», sagt er. «Ich helfe dir beim Anziehen, und dann gehen wir zusammen zur Tür.»

«Nein», sagt Detweiler. «Nein. Ich muss es allein schaffen, und bisher bin ich dazu noch nicht fähig. Aber das wird schon noch, da bin ich mir sicher.»

Um drei Uhr kommt Giddings noch einmal zurück, um bei Detweiler nach dem Rechten zu sehen, diesmal mit Seung im Schlepptau. Detweiler sitzt noch immer so auf dem Bett, wie er ihn zurückgelassen hat, aber inzwischen weint er leise. «Ich glaube nicht, dass ich verrückt bin», sagt er. «Ich weiß, dass ich ich bin. Ich bin Jeremy Lawrence Detweiler. Meine Mutter heißt Susan und mein Vater Anthony. Und das da seid ihr, du, Giddings, und du, Jung. Ich hätte heute Morgen in der ersten Stunde zur Infinitesimalrechnung gemusst, und in einer halben Stunde habe ich Geländelauf. Ich weiß, dass eigentlich nichts dabei sein sollte, aufzustehen und durchs Zimmer zur Tür zu gehen.»

Es sind vier von ihnen erforderlich, um Detweiler die beiden Treppen herunterzutragen und zu dem Krankenwagen zu schaffen, der am frühen Abend auf dem Rasen vor dem Weld haltmacht, Seung, Giddings, Sterne und Mr Glass. Ehe sie Mr Glass verständigten, hatten sich die drei Jungen vergewissert, dass Detweiler auch wirklich keine Drogen im Blut hatte. «Nicht mal Kaffee», beteuerte Detweiler. Später kam Dr. Van Neelan von der Krankenstation herüber, zusammen mit Ms Merton, einer der Lehrerinnen, die für psychologische Beratung zuständig sind. Man rief Detweilers Eltern in Michigan an und holte ihre Einwilligung ein, um ihn nach Boston ins Peter Bent Brigham Hospital bringen zu lassen.

Hinter dem Krankenwagen steht eine Tragbahre bereit, doch bei ihrem Anblick gerät Detweiler in Panik und verlangt, dass sie ihn jetzt absetzen, während er versucht, sich von ihnen loszuwinden. Das ist wirklich nicht nötig, beschwört er sie, er kann in dem Wagen prima sitzen, kein Problem. Sie verständigen sich rasch mit Blicken und stellen Detweiler dann auf seine beiden langen Beine, woraufhin er betont ruhig von hinten in den Krankenwagen einsteigt. Sie sehen, wie er sich auf seinem Sitz anschnallt. Sie haben es geschafft, ihm eine Jeans und einen Pulli überzuziehen. «Ich konnte bloß einfach nicht zu der Tür rüber, das war alles», beruhigt er sie.

«Keine Sorge», fährt er fort, während der Krankenwagenfahrer wieder den Motor startet. «Ich bin nicht *hundert* Prozent okay, aber ich bin nicht verrückt. Da bin ich mir ziemlich sicher. Ich meine, ich halte mich jetzt nicht für Jesus oder so was.»

39

Die Briefumschläge der Colleges trudeln in den Postfächern ein, manche dick, manche dünn. Letzten Endes habe ich meinen Bewerbungsbogen für Dartmouth gar nicht erst ausgefüllt. Ich hatte eine Menge Geld in einem Fonds, den meine Tante Marcie mir nach ihrem Tod hinterlassen hatte, und wenn mein Vater später einen Tobsuchtsanfall bekam, wovon mit Sicherheit auszugehen war, würde ich einfach zu ihm sagen, sinngemäß, leck mich doch. Schlagen, da war ich zuversichtlich, würde er mich schon nicht. Für diese Art Spielchen waren wir beide inzwischen nun doch schon zu alt.

Sobald sich die Neuigkeit herumgesprochen hat, setzt ein Ansturm auf die Post ein, wo ein wildes Gedränge herrscht, weil alle an ihr Postfach gelangen wollen. Ich entnehme meinem Fach drei dünne Umschläge und einen dicken, festen. Er ist vom Bard College, das meine erste Wahl ist. Als ich mich wieder aus dem Raum ins Freie gekämpft und zum zweiten Mal voller Freude das Schreiben überflogen habe, in dem mir mitgeteilt wird, dass ich angenommen worden bin, kommt mir Lisa in den Sinn. Bestimmt ist sie von Yale oder Brown angenommen worden, wahrscheinlich sogar von beiden. Noch ein paar Wochen Schule, und dann sehe ich sie nicht wieder. Mir ist gleich doppelt leicht ums Herz.

Seung erhält Zusagen von zwei Universitäten, Colgate und

Rutgers, wobei letztere seine Sicherheitsoption war. An jenem Abend ruft er zu Hause an. Am anderen Ende der Leitung bleibt es länger still. Mr Jung hatte auf Harvard gehofft.

«Dad», sagt Seung. «Ich bin ein halbwegs intelligenter Junge, der sich anstrengt. Für Harvard reicht es bei mir nicht. Das sollte dir inzwischen klar sein.»

Dak-ho Jung sieht das anders. Er hält Seung eine Reihe schlechter Entscheidungen vor, die er getroffen hat – dass er in der elften Klasse statt Physik II Zeichnen für Fortgeschrittene gewählt hat, dass er seine Zeit mit seiner Schulband vertrödelt hat, statt sich weiter mit klassischer Musik zu beschäftigen –, aber er ist nur mit halbem Herzen bei der Sache. «Harvard ist die beste Uni», sagt er schließlich. «Auburn ist die beste Schule, und du solltest von dort auf die Universität wechseln, die die beste ist.»

«C-Colgate ist eine gute Uni.»

«Es ist das Mädchen», sagt sein Vater, und jetzt klingt er sehr viel überzeugter. «Du vergeudest all deine Zeit mit diesem Mädchen. Du bist wie infiziert, das ist wie Typhus bei dir. Sie hat dir Flausen in den Kopf gesetzt. Du hast nur noch dein Vergnügen im Kopf.»

«Das ist nicht wahr», sagt Seung voll Erbitterung. Wenn sein Vater bloß wüsste.

40

Eine blaue Hand ist über den Himmel ausgebreitet worden; die Sonne wirft warme Flecken auf die Fußwege. Wir können ihn riechen, den nahenden Frühling. Die Bäume haben noch kaum ausgeschlagen, und die Luft ist noch sehr kalt. Aber die Wende ist nun endgültig da, das ist nicht zu verkennen.

Sterne sagt, es sei an der Zeit für das Spring Jubilee, um den Frühling in gebührender Form willkommen zu heißen. Keiner hat von diesem Spring Jubilee je etwas gehört. Es ist noch nie zuvor begangen worden. Das ist unerheblich. Sie alle einigen sich darauf, so zu tun, als wäre es eine uralte Auburn-Tradition, die von den Söhnen Geistlicher auf die Söhne von Industriellen und dann auf die Söhne der intellektuellen Meritokratie übergegangen ist. Sie, die Jungen des Weld, sind nun die neueste Generation in einer langen Reihe von Jüngern, die der Göttin des Frühlings nach altem Brauch huldigen.

Ihre Winterlethargie fällt von ihnen ab, im Nu herrscht emsige Betriebsamkeit. Sterne ruft ihnen in Erinnerung, dass eines der zentralen Rituale des Spring Jubilee darin besteht, Mint Juleps zu mixen und zu trinken. Aus der Ansammlung von Winterstiefeln bringt er eine Flasche Bourbon zum Vorschein. Giddings wird auf seinem Fahrrad losgeschickt, um Zucker, fein gehobeltes Eis und Minze zu besorgen. Bei seiner Rückkehr berichtet er, dass der Lebensmittelhändler ihm erklärt hat, dass es frische Minze erst wieder im Juni gibt.

«Ja, selbstverständlich», sagt Sterne. «Hast du das Kaugummi besorgt, Wrigley's Spearmint?»

«Also, verfickt noch mal, Sterne.»

«Beim Spring Jubilee wird als Ersatz für frische Minze immer Wrigley's Spearmint benutzt, da es Minze erst wieder im Juni gibt.»

Giddings fährt noch einmal los. In der Zwischenzeit landen die Grateful Dead auf dem Plattenspieler: «Shakedown Street», «Good Lovin'».

Urban Engelsted, ein Typ, mit dem sie gelegentlich zusammen abhängen, holt seine Sammlung von Schnapsgläsern, und Seung reiht die kleinen Gläschen auf der Fensterbank auf. In dem Zimmer halten sich jetzt Seung, Sterne, Giddings, Engelsted und Mark Dasgupta auf, sein Kumpel. Sie alle sind sich einer Leerstelle bewusst, die sonst von dem stillen, in sich gekehrten Detweiler ausgefüllt worden wäre. Es kommt alle paar Monate vor, dass einer auf der Strecke bleibt, dass jemand, den man kennt, von der Schule verwiesen wird, durchfällt oder durchdreht. In diesem Winter hat es Detweiler erwischt. Wenn man lange genug an dieser Schule ist, kann man einen Zählappell von Verschwundenen durchführen, all die kleinen Wunden zählen, die jeder einzelne davon einem ins Herz gekerbt hat. Sterne gibt in jedes Gläschen einen Streifen Kaugummi und fügt zwei Löffel Zucker hinzu. Mit dem Löffelstiel vermanscht er anschließend das Kaugummi und den Zucker. «Das hier wird auch Zerstampfen der Minze genannt», erklärt er. «Die Technik wurde damals auf meiner alten Plantage in Kentucky entwickelt, ehe sie von Carpetbaggern aus dem Norden zerstört wurde. Den Klumpen Kaugummi bitte nicht aus dem Glas entfernen; das gilt als unfein. Aber er darf auch nicht heruntergeschluckt werden.»

Das Geräusch von Gläsern, mit denen angestoßen wird, kalte Hände, die sich abklatschen. Junge Männer fläzen auf Stühlen, lässig, mit gespreizten Knien. Jemand – Giddings? – hat einen hawaiianischen Blumenkranz gefunden, ein Souvenir aus den Ferien, ein altes Theaterrequisit, wer weiß. Er legt ihn Sterne um, drapiert ihm den Kranz auf der Brust. Die Grateful Dead werden von Jackson Browne abgelöst. Sie kippen ihre Drinks herunter und füllen ihre Gläser neu auf, pur diesmal, ohne sich lange mit Zucker und Kaugummi aufzuhalten. Ein Strahl Spätnachmittagssonne fällt ins Zimmer, direkt auf Sterne, der dasitzt wie der Maienkönig persönlich. Giddings hat Sterne einen Magnolienzweig mit noch geschlossenen Knospen ins Haar gesteckt. Alle fünf Jungen träumen vor sich hin, verloren in Geheimnissen, die man nicht unbedingt mit anderen teilen muss.

Seung ist der Erste, der aufspringt, als es an der Tür klopft. Sterne sammelt eilig die Gläser ein und stopft sie in einen Kissenbezug, blitzschnell und völlig lautlos. Giddings schiebt mit der Hacke zwei leere Flaschen unter die Couch.

Es ist Mr Glass. Die Musik ist ein bisschen laut, sagt er. Er lässt seinen Blick einmal im Zimmer herumwandern, mustert einen Jungen nach dem anderen, die Bücherregale, die Schreibtische, das Fensterbrett.

«Oh», sagt Seung, «Entschuldigung. Wir dachten, wir wären ziemlich leise.»

Mr Glass faltet wortlos die Hände. Sein Schweigen hat etwas Vielsagendes.

«Möchten Sie reinkommen, Sir?», fragt Seung.

«Eigentlich nicht. Nein, ich möchte nicht reinkommen. Ich möchte ungern reinkommen müssen. Verstehst du, was ich damit sagen will?»

«Ich glaube schon, Sir. Wir wollen Ihnen sicher keinen Anlass geben, hereinkommen zu müssen.»

«Schön, also gut. Du bist Tutor, Seung, vergiss das nicht.»

«Ja, Sir.»

Mr Glass dreht sich um und geht wieder.

Nichts aber vermag das Spring Jubilee zu verderben. Innerhalb eines Nachmittags, durch eine Inkarnation, ist daraus ein authentisches Ritual geworden, sprich, es ist etwas, das notwendig geworden ist, nicht verhandelbar. Sie werden es nie wieder vergessen. Die wahren Rituale haben die Angewohnheit, sich zu verselbständigen und jene zu finden, die sie weiter am Leben erhalten, und so wird im kommenden Jahr irgendjemand irgendwie über das Wrigley's Spearmint und den Bourbon Bescheid wissen, wird auf dem Kalender das Datum genau achtzehn Tage nach der Frühlingssonnenwende ankreuzen. In fünf Jahren werden einige der älteren Auburn-Absolventen sich zu erinnern meinen, das Spring Jubilee als Schüler ebenfalls begangen zu haben. Das Jubilee wird seinen Weg in Jahrbücher finden und als Graffiti auf Kellerwänden verewigt werden.

Sterne streckt sich auf der Couch aus, wo sein Körper von der Abendsonne beschienen wird. Giddings summt ein Kirchenlied vor sich hin, das immer dienstags und donnerstags beim Morgengottesdienst gesungen wird, ein Kirchenlied, von dem er, da er nicht zum Gottesdienst geht, gar nicht wusste, dass er es kennt. Seung schließt die Augen. Während langer Phasen des Nachmittags hat er Aviva völlig vergessen. Wenn er trinkt, kann er sie manchmal vergessen. Wenn er kifft oder LSD einwirft, spürt er ihre Gegenwart dagegen umso mehr, pulsierend in leuchtenden Farben, noch bedrängender in ihrer Körperlichkeit, ihrem befremdenden, abstoßenden Verlangen.

Wir alle fühlten den nahenden Frühling. Ich ging bei Voss

vorbei, eine Etage tiefer, um zu sehen, ob er Lust hatte, mit mir Frisbee zu spielen. Er schloss seine Tür nie ab, ich spazierte einfach ins Zimmer, wie immer. Er blickte von der Couch aus zu mir hoch. Cort kehrte mir den Rücken zu. Voss' Hand lag auf Corts Schulter, und der Hosenstall seiner Jeans stand offen. Es wirkte, als würde er mich gar nicht richtig sehen. Seine Lippen waren geschwollen. «Oh, Herrgott, Voss», sagte ich. All die vielen Möglichkeiten, außen vor zu sein, ausgeschlossen zu werden. Ich zog mich hastig zurück, schloss die Zimmertür, damit die beiden wieder ungestört unter sich sein konnten.

41

Ein Sonntagnachmittag. Aviva und Lena leihen sich Fahrräder aus und unternehmen eine Radtour zum Starport Beach, acht Meilen von Auburn entfernt. Es ist eine knifflige Strecke, die zunächst an der vielbefahrenen Staatsstraße entlangführt, vorbei an Waterlilies, dem chinesischen Restaurant, McDonald's und Friendly's, eine Weile auf einer Landstraße verläuft und dann auf die Allee abschwenkt, die sich an der Küste entlangzieht, mit ihren neu zum Leben erwachten Motels und Fischbuden und Läden für Angelzubehör. Aviva und Lena sitzen auf einer Auburn-Wolldecke, die Ärmel bis weit über die Hände heruntergezogen, rauchen Lenas Nelkenzigaretten und blicken über die Bucht hinüber zu dem Marschland, wo ein großer Stromkonzern ein Atomkraftwerk zu errichten plant. Mr Lively hat ihnen von den Briefkampagnen erzählt, um den Bau des AKWs zu verhindern, und von der Protestkundgebung vergangenen Monat in Starport, bei der es zu Ausschreitungen gekommen ist. Aviva stellt sich die gedrungenen, dicken Türme vor, die sich möglicherweise bald auf diesem Land erheben und ihren unsichtbaren Schaden, ihre Zellstrukturen verändernden Frequenzen in das Wasser hinausschicken, das an den Strand und zu den Wohnhäusern in der Nähe schwappt.

«Ich werde als Jungfrau sterben», jammert Lena.

«Es reicht», sagt Aviva. Mitunter nervt es schon, Lena immer wieder sagen zu müssen, was sie gern hören würde. «Das wirst du nicht.»

«Du hast gut reden.»

Lena hat in ihrer Tasche *Sturmhöhe* von Emily Brontë mitgebracht. Es ist eins ihrer Lieblingsbücher; sie hat es schon sechs Mal gelesen. Aviva hat es sich mal von ihr ausgeliehen, fand aber Heathcliff abstoßend, Catherine unbegreiflich. Die Figuren knirschten mit den Zähnen, schrien, schlugen ihre Köpfe gegen harte Gegenstände, bis sie bluteten. Alle grinsten spöttisch und waren aufgewühlt. Aviva versteht nicht, was Lena an alldem so unwiderstehlich findet.

«Es ist die Art, wie Heathcliff an nichts anderes denken kann als an sie», sagt Lena. «Die Art, wie er lieber in die Hölle verdammt würde – und an die Hölle glaubten damals noch alle –, als von ihr getrennt zu sein.»

«Ich wollte nicht, dass er auch nur eine Minute an mich denkt», sagt Aviva. «Er und diese Hunde? Ich bitte dich.»

Sie schweigen eine Zeit lang. Aviva befürchtet jeden Moment, Lena könnte sie fragen, wie es mit Seung ist und ob es sich anders anfühlt, wenn man keine Jungfrau mehr ist. Seit Monaten hat sie es sich angewöhnt, zu lächeln und zu schweigen, wenn die anderen sich im Raucherzimmer über Jungs unterhalten, über Sex, übers Küssen, über Ärsche. Die anderen denken, es sei das Lächeln des Wissens, das Schweigen der Weisheit, und lassen sie in Frieden.

Aktuell ist Lena in Calvin Arthur verknallt. Er ist der beste Pianist auf dem Campus, groß, gutaussehend und schwarz oder, wie sie alle jetzt zu sagen lernen, Afroamerikaner. Lena und Calvin haben sich im Musikgebäude angefreundet, während der langen Stunden, die sie dort beide mit Üben verbringen. Sie arbeiten an einem Schubert-Duett, das sie bei einem Schulkonzert aufführen wollen.

«Es ist hoffnungslos», sagt Lena. «Auf eine weiße Freundin wird er sich nie einlassen.»

Aviva widerspricht ihr. Warum sollte das eine Rolle spielen? Aber beide wissen, dass es nun mal so ist. Die meisten schwarzen Schüler sitzen in der Mensa an rein schwarzen Tischen, haben ihre eigenen Tänze, ihre eigenen Clubs, hören andere Musik, mögen andere Filme. Versetz dich einfach mal an ihre Stelle, sagt Lena. Es gibt nur eine Handvoll schwarzer Schüler auf dem Campus. Calvin sagt Lena oft, sie könne sich gar nicht vorstellen, wie verschieden die Welten sind, aus denen sie beide stammen.

«Er war doch in Delaware an einer feinen Privatschule!», protestiert Aviva.

«Calvin sagt, darauf kommt es nicht an. Wenn man schwarz ist, wird man behandelt, als käme man aus dem Getto, und dann benimmt man sich auch ein bisschen so, als wäre man aus dem Getto.»

«Er sucht doch bloß Ausflüchte vor dir, weil er Angst hat», sagt Aviva. «Bleib weiter dran. Gib nicht auf.» Sie findet selbst, dass sie idiotisch klingt, während sie Liebesratschläge erteilt.

Lena reicht ihr eine Banane. «Du siehst wirklich dürr aus», sagt sie.

«Ich wiege achtundvierzig Kilo, wie immer», sagt Aviva. Tatsächlich aber kennt sie ihr aktuelles Gewicht gar nicht. Sie hat sich seit Monaten nicht mehr auf die Waage gestellt. Sie möchte lieber nicht sehen, wie viel Raum sie einnimmt.

Wieder sitzen sie schweigend da, betrachten das Wasser, lauschen den Stimmen einiger früher Vögel. Aviva nagt mit wenig Begeisterung an der Banane herum und legt sie dann beiseite. Lena schlägt ihren Roman auf. Aviva hat auch einen Roman dabei, aber in letzter Zeit fällt ihr das Lesen irgendwie schwer. Sie kann sich so weit konzentrieren, dass sie den

Inhalt der Bücher und Texte versteht, die sie für die Schule lesen muss, halbwegs klar nachzudenken jedoch dauert doppelt so lange und fällt ihr doppelt so schwer wie sonst. Sie öffnet ihren Rucksack. Auf den ersten beiden Seiten ihres Buches verheddert sie sich heillos in einer, wie es scheint, übergroßen Fülle trockener Details über Abfahrtszeiten von Zügen, Mäntel, Schals. Sie fängt wieder von vorne an und versucht es ein weiteres Mal. Ihre Aufmerksamkeit perlt an der Seite ab. Um sie abzufangen, dreht sie das Buch herum und liest auf der Rückseite, was andere an Lob und Zustimmung über diesen Roman geäußert haben. Es ist kein dickes Buch, und es sind nicht so viele Worte auf eine Seite gedruckt. Nicht zu fassen, dass es ihr so schwerfällt, beim Lesen halbwegs bei der Sache zu bleiben.

«Ich sage dir, wie es weitergegangen wäre, wenn Heathcliff Catherine geheiratet hätte», sagt Aviva, worauf Lena aufblickt und sie ansieht. «Er hätte angefangen, sie zu schlagen. Meinst du, das hätte er nur mit Isabella gemacht? Catherine Heathcliff, die misshandelte Ehefrau. *Aber Heathcliff, wir sind eins, ich bin du, du bist ich, mehr als ich selbst*, bla, bla. Schließlich vergiftet Catherine erst seine Hunde und dann ihn. Ende.»

«Aviva, mein Gott!», ruft Lena.

«Hör nicht auf mich, ich habe einfach schlechte Laune», sagt Aviva.

42

Sie hat mir ihren Hackbraten gemacht, das ist das Erste, was meine Mutter mir erzählt, als sie mich vom Zug abholt. Ihr Hackbraten ist eines der wenigen Gerichte, die sie selbst zubereiten kann, sonst kocht meistens das Hausmädchen – Jean. Jean kommt immer noch fünf Tage die Woche, obwohl Andy und Dan und ich nicht mehr zu Hause wohnen. Aber meine Mutter hat sich irgendwie in den Kopf gesetzt, dass ihr Hackbraten etwas ist, worauf ich früher ganz versessen war, wonach ich immerzu verlangt habe, als ich klein war. Ich kann mich nicht daran erinnern, aber wer weiß, vielleicht stimmt es ja. Jedenfalls macht sie mir diesen Hackbraten immer, wenn es etwas zu feiern gibt, und die Frühjahrsferien dieses Jahr scheinen dazu gleich doppelt Anlass zu geben. Erstens, ich bin zu Hause (obwohl es andere Schulferien gegeben hat, als sie diese Tatsache kaum zu bemerken schien), und zweitens, meine Noten haben sich endlich gebessert, wenn auch zu spät, um mir bei meinen Collegebewerbungen noch von Nutzen zu sein. (Auf meinen Brief, in dem ich ihn darüber in Kenntnis setzte, dass ich von Dartmouth nicht angenommen worden bin und mich dort nicht einmal beworben hatte, reagierte der Richter mit einem Antwortschreiben, das aus genau fünf Wörtern bestand. Sie lauteten: *Du machst einen schlimmen Fehler*. Seine Zurückhaltung nötigte mir trotz allem Bewunderung ab.)

Die andere Neuigkeit, mit der meine Mutter mich empfängt, ist, dass Andy «für eine Weile» wieder zu Hause ist. Ihre Augen sehen mich mit einem nervösen Flackern an, ein Signal für mich, nicht weiter nachzufragen.

Der Hackbraten meiner Mutter schmeckt prima. Ich habe nichts dagegen, ihn zu essen. Wie üblich serviert sie ihn mit Bratkartoffeln und einer großen Schüssel Apfelmus. Mein Vater speist nicht mit uns zu Abend; er hat irgendein Treffen mit einem hohen Tier aus der Gegend. Er spielt mit dem Gedanken, für das Abgeordnetenhaus von New Jersey zu kandidieren.

«Er kann die Korruption und Inkompetenz einfach nicht mehr mitansehen», sagt meine Mutter. Sie fährt mit dem Finger unter ihrer engen Perlenkette entlang.

«Er wird den Laden sicher im Handumdrehen auf Vordermann bringen», sagt Andy. Seine langen Beine sind lässig unter dem Tisch ausgestreckt. Er liegt praktisch auf seinem Stuhl. Er ist elf Jahre älter als ich. Dan, unser mittlerer Bruder, ist vierundzwanzig und lebt in Columbus, Ohio.

«Absolut», sagt meine Mutter, als hätte sie Andys ironischen Tonfall entweder nicht bemerkt oder beschlossen, darüber hinwegzugehen. «Wenn euer Vater sich einmal etwas vornimmt …»

Andy steht auf und stößt seinen Stuhl so heftig zurück, dass er bis in die Zimmerecke schliddert. Ich beobachte, wie er nur knapp die Glasvitrine verfehlt, in der das Hochzeitskristall unserer Eltern steht: die Uhr, Salz- und Pfefferstreuer, Aschenbecher, Bären und Giraffen und Elefanten. Andy macht viel Lärm, als er die Treppe hochpoltert. Sein Essen hat er nicht angerührt. So habe ich ihn noch nie erlebt. Er ist immer schon Andy, mein viel älterer Bruder, gutaussehend, tüchtig, fröhlich, immer zu kleinen Streichen aufgelegt und durch und durch gutmütig.

«Was hat er denn?», frage ich.

«Ich glaube, er hat gestern Nacht nicht gut geschlafen. Schon erstaunlich, wie sehr einem das auf die Laune schlagen kann.»

Zum Nachtisch setzt meine Mutter mir eine große Portion Eiscreme vor, dick mit Schokoladensauce übergossen, eine vertraute Spezialität aus Kinderzeiten, an die ich oft voll Wehmut zurückdenke. Hinterher klopfe ich an Andys Zimmertür.

Er liegt auf dem Bett, hört sich irgendetwas auf einem dieser neuen Walkmen an. Er setzt sich auf und nimmt die Kopfhörer ab.

«Entschuldige, Kumpel», sagt er. «Ich kann bloß diesen ganzen Mist über Dad nicht mehr mitanhören.»

Ich bin fassungslos. Andy war immer der gute Sohn, trotz der kleinen Dummheiten, die er sich hin und wieder erlaubt hat. Er nahm immer die Ferienjobs an, die der Richter für ihn vorgesehen hatte. Er ist nach Dartmouth gegangen, so, wie es von ihm erwartet wurde. Er und der Richter saßen oft bis tief in die Nacht zusammen und diskutierten über Politik. Der Richter ist ganz vernarrt in Katy, die Frau, die Andy geheiratet hat.

«Wieso bist du hier zu Hause? Was ist mit Katy?»

Er schlägt zimperlich die Beine übereinander. «Die Ehe ist eine beschissene Idee. Katy hat mit einem anderen rumgebumst.»

«Nein!»

«Doch.»

Das übersteigt jede Vorstellungskraft. Andy hat noch immer diese dunkle Haarlocke, die ihm über die Stirn fällt, die Locke, die ihn zum Schwarm aller Mädchen in seinem Jahrgang machte und dafür sorgte, dass sie ihn im Jahrbuch regelmäßig zum meistbegehrten Jungen wählten. Sogar ein jüngerer Bruder sieht, dass er verflixt gut aussieht, und dadurch, dass sein Gesicht inzwischen schmaler geworden ist und er um den Mund herum ein paar Falten bekommen hat, wirkt er sogar noch attraktiver. Er ist neunundzwanzig und sportlich und lustig und nach allem, was ich bisher gesehen habe, auch ein guter Vater. Was fällt Katy denn bloß ein? Hat mein Bruder tatsächlich recht mit seiner Anschuldigung?

«Ich habe schon darüber nachgedacht, den Typen umzubringen», sagt Andy.

Sein Gesichtsausdruck jagt mir Angst ein. «Das meinst du doch nicht ernst, oder?»

Andy setzt sich etwas aufrechter hin. Als dies hier noch sein Zimmer war, lag eine derbe Wolldecke auf dem Bett. Meine Mutter hat sie inzwischen durch einen Quilt aus Dreiecken mit rosaroten Rosen ersetzt.

«Doch, eine Zeit lang hatte ich das ernsthaft vor. Jetzt bin ich mir nicht mehr so sicher. Ich weiß aber, wie ich es anstellen würde. Ich hatte alles schon genau geplant. Ich wollte mit Katy zusammen im Auto losfahren, unter dem Vorwand, wir würden essen gehen, und stattdessen bei dem Drecksack zu Hause vorbeifahren. Sie müsste bei ihm klingeln und sich dann sofort wieder ins Auto setzen. Dann, wenn der Drecksack rauskommt, würde ich Gas geben und ihn mit meinem Ford Torino in seinem Vorgarten über den Haufen fahren. Damit Katy spüren kann, wie seine Knochen unter den Rädern zermalmt werden.»

Er malt das Ganze so genießerisch aus, dass ich ihn nicht anschauen mag. Ich halte einfach den Mund und hoffe, dass er nicht so übergeschnappt ist, das für eine gute Idee zu halten.

«Egal, was Dad dir erzählen will, hör nicht auf ihn», sagt er schließlich zu mir. «Lass dir von ihm nicht vorschreiben, was du zu studieren hast, welches Mädchen du heiraten sollst, welchen Job du später mal annehmen sollst.»

«Auf die Idee bin ich schon von selbst gekommen. Und ich bin schon dabei, sie in die Tat umzusetzen.»

«Tja, gut zu hören. Weil der Idiot nämlich null Ahnung hat, von gar nichts.» Mir fällt auf, dass Andy noch seine Schuhe anhat. Er stochert mit einer schmutzigen Schuhspitze an dem Quilt herum. Er wird ein Loch in den Quilt reißen. Das tut mir leid, um meiner Mutter willen, aber nicht leid genug, um etwas zu sagen.

«Ich gehe nicht zurück», erklärt er mir. «Katy wünscht sich ihr neues Leben, Katy bekommt ihr neues Leben. Sie war immer schon nur auf sich und ihr Riesenego fixiert.»

«Was soll das heißen, du gehst nicht zurück? Was ist mit Gil?» Gil ist Andys dreijähriger Sohn. Ich habe ihn bisher nur drei- oder viermal gesehen. Andy und Katy leben im Norden von Maine, wo Katy herstammt. So sehr er Katy auch immer vergöttert hat, mein Vater findet immer eine Ausrede, sie nicht besuchen zu fahren. Seit der Kleine auf der Welt ist, hat er, glaube ich, begriffen, dass er bei ihnen nicht mehr einfach so hereinspazieren und den Chef spielen kann; Andy und Katy hatten als Eltern eine neue Autorität.

Andy zieht endlich den verdammten Schuh aus und wirft ihn auf den Boden. Dann den anderen – bum. «Ich finde es schrecklich, von Gil getrennt zu sein», sagt er leise. «Und ein Kind im Stich zu lassen ist so ungefähr das Übelste, was man tun kann. Aber ich kann es nicht erklären; ich kann einfach nicht zurückgehen und an den Rändern dieser blöden Kleinstadt herumhängen, wo jeder weiß, was passiert ist, dass ich der Depp bin, dem seine Frau Hörner aufgesetzt hat. Ich kann mich nicht für den Rest meines Lebens an dieses Kaff binden, und an sie, und an ihre Eltern. Nicht, wo sie es doch war, die mir Unrecht getan hat, nicht umgekehrt.» Er reibt sich über die Augen, fest, so wie früher immer, wenn er bis tief in die Nacht für eine wichtige Prüfung gebüffelt hatte.

Seine Noten waren nie sonderlich berauschend. Dass er trotzdem in Dartmouth studieren konnte, hat er bloß irgendwelchen Machenschaften des Richters zu verdanken, da bin ich mir sicher. Dan war von uns immer der Einzige, der in der Schule geglänzt hat.

«Wie bitte, soll das heißen, du willst ihn oder Katy nie wiedersehen?»

«Vielleicht. Vielleicht gehe ich nach Texas, oder nach Kuweit. Seit wann setzt du dich so für das moralisch Gute ein?»

«Ich denke bloß, das würde bestimmt ziemlich hart werden, für, na ja, Gil.»

Andy springt auf und fängt an, erregt die Hemden durchzugehen, die er im Kleiderschrank aufgehängt hat, als würde er überlegen, ob er packen und wieder abreisen soll. «Ja. Was du nicht sagst.»

Da pocht es leise an der Tür, die ich ein Stückchen offen gelassen habe, als ich hereingekommen bin. Durch den Türspalt kann ich meine Mutter sehen.

«Hast du alles, was du brauchst, Andy?», fragt sie. «Wie sieht es mit Waschlappen aus, brauchst du welche?»

Andy hört auf, sich an den Kleiderbügeln abzureagieren. «Es ist alles in Ordnung, Mom. Vielen Dank. Ich habe alles, was ich brauche.»

Sie kommt ins Zimmer. «Ich habe dir noch ein paar Waschlappen herausgesucht», sagt sie. Es sind etwa sechs Stück, die sie dabeihat, aus dem Schrank, in dem allerlei Krimskrams aufbewahrt wird: fliederfarben, meergrün, hellbraun, weiß, all die mittlerweile ausgemusterten Farben, die sie phasenweise im Badezimmer verwendet hat. Sie ist bereits ein wenig angetrunken, eindeutig. Sie hält Andy den Stapel Waschlappen auf beiden Händen entgegen.

«Danke, Mom. Entschuldige, dass es hier so unordentlich aussieht. Ich räume morgen auf.»

«Ach, darüber mach dir keine Gedanken. Jean kümmert sich darum. Sie kümmert sich um alles. Wann euer Vater wohl wieder nach Hause kommt?»

«Bleib lieber nicht auf, Mom», sage ich. «Du weißt doch, bei ihm kann es ziemlich spät werden.»

«Ja, das stimmt», pflichtet sie mir bei.

Später in jener Nacht höre ich sie stürzen. Ich bin auf der Tagesdecke eingeschlafen, mit einem Arbeitsblatt über Nietzsche, das auf meiner Brust liegt. Meine Augen öffnen sich in der Finsternis. Andy schläft tief und fest. Das konnte ich immer schon hören – wie andere Leute schlafen. Als ich klein war, konnte ich genau sagen, ob meine Mutter fest schlief oder bloß unruhig vor sich hindöste. Ihr Sturz verursacht ein wirklich schweres Geräusch, als wäre da etwas zu Boden geplumpst, dem jede Lebenskraft fehlt. Immerhin, ich kann hören, dass sie in ihrem Schlafzimmer gestürzt ist, nicht draußen auf der Treppe. Ich horche weiter. Es dauert ein bisschen, aber schließlich höre ich wieder das Tapsen von Füßen, das Geräusch, als sie sich an den Möbeln in ihrem Zimmer entlangtastet. Die Abwesenheit meines Vaters erfüllt das Haus, bis auf diesen einen schweren Raum, den meine Mutter einnimmt. Ich werde nicht nachsehen gehen, ob sie Hilfe braucht; das wäre für sie bloß eine weitere Schmach, die sie aus ihrem Gedächtnis verdrängen, die sie verbergen müsste.

43

Seung hat einen Ring für Aviva gekauft, einen dünnen Goldreif mit drei winzigen, diamantförmigen Rubinen, die in einer Reihe angeordnet sind. Sie muss etwas an ihrem Finger tragen, wenn sie das Strandhäuschen beziehen. Und der Ring wird sich auch gut machen, wenn sie in der kleinen Stadt ausgehen. Aviva ist nicht ganz wohl zumute, als sie das Schmuckstück betrachtet. Ein solcher Ring ist nicht ganz billig. Sie fragt ihn, wo er ihn herhat.

«Das ist mein kleines Geheimnis.»

«Hast du dafür Drogen vertickt?»

«Er sah einfach nach dir aus. Ich wusste, das ist genau der richtige Ring für dich.»

«Ich möchte ihn nicht, wenn du ihn auf diese Weise finanziert hast.»

«Ich habe nicht gesagt, dass ich ihn so finanziert habe.»

Er nimmt ihre Hand und streift ihr den Ring über den Finger. Es ist wie der große Augenblick im Beisein das Rabbis oder des Priesters. Als der Ring an ihrem Finger steckt, hat sie das Gefühl, Seung eine Art Versprechen gegeben zu haben. Sie streckt ihre Hand nach vorn, breitet die Finger aus. Durch den Ring wirkt ihre kleine, schmale Hand richtig weiblich, angezogen. Es ist ein wunderschöner Ring.

«Als würde irgendwer glauben, dass wir wirklich verheiratet sind», sagt Aviva.

Seung leiht sich von einem Freund ein Auto aus, einen Mercury Capri. Er fährt ruhig und deutlich langsamer, als er sonst gern fährt, Aviva zuliebe. Damit sie nicht ständig nervös ihre Hand vorne ans Armaturenbrett drückt, wie um sie beide vor einem Unfall zu bewahren. Wenn sie um scharfe Kurven herumfahren, gibt sie leise Quietschlaute von sich. Die Frau in der Verwaltungsbaracke händigt ihnen einen Schlüssel aus, den sie von einem Schlüsselbord aus Eiche nimmt, ohne sie eines zweiten Blickes zu würdigen. Ihr Häuschen ist verwittert und windschief, die Wände im Inneren aber sind frisch mit Kiefer verkleidet, die Küche glänzt und blinkt. Sie verstauen ihre Lebensmittel. Seung hat ein Hähnchen mitgebracht, das er gemächlich braten will, mit frischen Kirschen, getrockneten Aprikosen und einem süßen Weißwein. Er hat auch Pasta mitgebracht, dazu Tomaten und Kräuter, für die Soße. Die Zubereitung der Soße hat er von Sterne gelernt, der eine italienische Großmutter hat. Seung schnappt von jedem etwas auf. Er fügt sich selbst aus jenen zusammen, die um ihn herum sind.

Er hat Kognak mitgebracht. Er hat Kaffeebohnen und eine elektrische Kaffeemühle mitgebracht.

Sie gehen raus, um am Strand spazieren zu gehen. Es weht ein scharfer Wind, und Aviva kuschelt sich tief in ihren Daunenmantel, wickelt sich ihren Schal um Mund und Nase. Sie atmet ihren eigenen warmen Atem ein. Seung friert nie; Hitze strahlt von ihm ab. Sein Dufflecoat ist offen, auch die Kapuze trägt er nicht. Sie hocken sich auf den Sand. Der Himmel ist gelblich weiß; man kann gerade noch die Umrisse einzelner Wolken erkennen. Aviva schmiegt ihren Rücken an Seungs Bauch. Er zieht mit einer Hand fürsorglich seinen Mantel um sie, während er in der anderen ein Buch hält, aus dem er ihr gerade vorliest. Es trägt den Titel *Berühmte Phänomene: Was wirklich dahintersteckt*. Seung hat eine Schwäche für alles Okkulte. In dem Buch steht, das Bermudadreieck sei eine Projektion von Zorn. Die zornigen Toten der eingeborenen Stämme Südfloridas und der Karibik, die von den Weißen misshandelt und niedergemetzelt wurden, hätten ihre Energien dazu gebündelt, zwischen den Häfen der Weißen in Miami, Bermuda und Puerto Rico ein Kraftfeld der Vernichtung zu erschaffen.

«Oh, ich bitte dich, Seung.»

«Tu das nicht so leichthin ab. Es gibt physikalische und psychologische Dynamiken, die sich unserem normalen Verständnis entziehen.»

Er glaubt an UFOs, an ein Leben nach dem Tod, in dem er seine Liebsten und seine Widersacher zu Lebzeiten wiedertreffen und alte Differenzen mit ihnen klären wird. Er wird nie wirklich tot sein, sagt er. Es ist möglich, dass Kristalle über eine geheimnisvolle Kraft verfügen, und es gibt gewisse Frequenzen, die von unbelebten Gegenständen ausgesandt werden. Vorzeichen gibt es tatsächlich, Omen. Der Ring war ein gutes Omen, wie er ihn in dem Juweliergeschäft in Back Bay förmlich zu sich gerufen hat und wie er Aviva dann wie angegossen passte, sich um ihren Finger schmiegte wie ein Teil, der ihr abhandengekommen war. Häufiger aber sind die schlechten Omen. Zeitweilig hat er eine Vorahnung, spürt etwas Böses, das sich ihm nähert, von Monat zu Monat näherkommt. Er weiß nicht, was das sein könnte.

Eingehüllt in seinen Mantel, friert Aviva nicht länger. Ihr Frösteln legt sich. Sie schnürt ihre Turnschuhe auf, zieht ihre Socken aus und gräbt ihre Zehen in den kalten Sand. Mit ihrem großen Zeh furcht sie, unbeholfen, ihren Namen hinein. Dann ärgert sie sich darüber, nicht zuerst an Seungs Namen gedacht zu haben, wischt ihren Namen aus und schreibt stattdessen seinen in den Sand.

Als sie wieder in dem Häuschen sind, zündet Seung im

Kamin ein Feuer an. Er sucht eine Metallschale aus dem Küchenschrank und stellt Mehl, Zucker und eine Tüte Schokoladenstückchen auf den Tisch.

«Was hast du vor?», fragt Aviva beunruhigt. Süßigkeiten, Erdnussbutter, die Zuckerbüchse in der Schulmensa – all das erfüllt sie inzwischen mit einer Mischung aus Sehnsucht und Grauen. Sie traut sich selbst nicht länger. Zeitweilig sorgt sie sich, dass sie, wenn sie erst zu essen anfängt, nie wieder aufhören kann.

Brownies, sagt Seung. Hasch-Brownies. Er hat dafür das beste Rezept der Welt.

«Na ja. Vielleicht. Bloß ein wenig.»

Sie hat bisher zweimal Haschisch konsumiert. Einmal sind sie und Carlyle und Dorota zum Footballfeld rausgegangen und haben dort einen Joint kreisen lassen, den Dorota hatte. Wo hatte Dorota den Joint her? Aviva hat nicht nachgefragt. All diese Transaktionen und Connections – Aviva hat nicht die leiseste Ahnung, wie das alles funktioniert, wer wen trifft und wo genau. Hinterher dachte sie längere Zeit, sie würde nichts spüren, doch auf dem Weg zurück zum Hiram kippte vor ihr auf einmal der Boden steil hoch. Sie stapfte einen großen Berg hinauf, geriet dabei aber nicht aus der Puste. Es war, als würde sich die Landschaft in die Höhe strecken, um den Himmel zu treffen. Als sie am Wohnhaus ankamen, war die Welt wieder flach und eben. Vielleicht, dachte sie, hatte sie sich die Veränderung bloß eingebildet, durch Wunschdenken heraufbeschworen.

Die andere Gelegenheit liegt fast ein Jahr zurück, noch vor Auburn, mit Marshall zusammen. Er brachte einen Joint mit nach Hause, eingewickelt in ein Stück Papierhandtuch, und fragte, ob sie mal probieren wollte. Auch für ihn war das etwas Neues, das spürte sie. Er hatte ihn von einem Jungen bekommen, sagte er, als Gegenleistung dafür, dass er ihm bei den Mathehausaufgaben geholfen hatte. Eigentlich wollte er den Joint gar nicht, aber ihn nicht zu rauchen, das käme ihm auch wie Vergeudung vor. Sie wählten einen Abend, an dem ihre Eltern im Konzerthaus waren, und saßen zusammen in Marshalls Zimmer, zwischen seiner Sammlung von Skateboardzubehör. Nichts passierte. Vielleicht war diese Bewusstseinsveränderung, von der immer die Rede war, bloß ein Mythos, wie der Mythos der Liebe, jener Mythos, der manchen dazu brachte zu schreiben, seine Adern seien von Feuer erfüllt und er würde sterben ohne und so weiter.

«Braves Mädchen.»

Sie küssen sich in dem Raum, der sich langsam aufwärmt und intensiv nach Schokolade duftet. Seung füttert Aviva mit kleinen Stückchen noch warmem Brownie. Sie beißt ihn leicht in die Finger.

«Meinst du, ein Brownie ist genug?», fragt sie. «Ich möchte diesmal etwas spüren.»

«Iss ruhig noch einen.»

Sie verzehrt einen weiteren Brownie. *Ich gerate ins Träumen*, denkt sie. *Ich werde ganz ruhig, glücklich. Oder so was.* Seung lässt ein Bad ein; er möchte ihr die Haare waschen. Sie schließt die Augen, während sie sich ins Wasser gleiten lässt, wie ein Kind, das sich unsichtbar fühlt, wenn es selbst nichts mehr sehen kann. Ihre Brustwarzen summen, sind irgendwie empfindsamer als sonst. Sie streckt sich aus und taucht mit dem Kopf rücklings unter Wasser. Wärme umspült ihre Augen und Wangen, sie hört ein Murmeln in den Ohren. Es stimmt also, selbst in einer Badewanne, die über Rohre aus einem städtischen Wasserwerk gespeist wird, aus einer Anlage in der Stadt, kann man den Ozean hören. Ihr Haar schwebt in langen Strängen von ihr fort.

Avivas Haar fühlt sich in Seungs Händen an wie ein Beutel voller Münzen: schwer, richtig schwer. Er verteilt das Shampoo in ihrem Haar, kämmt das Gewirr der Locken mit den Fingern durch, löst behutsam kleinere Knoten. Er improvisiert eine Massage, indem er ihre Kopfhaut ausgiebig mit den Fingerspitzen bearbeitet. Er lässt sie den Schaum ausspülen und fängt dann mit der Pflegespülung wieder von vorne an. Der Schaum, der in dicken Flocken im Wasser schwimmt, schließt sich um sie herum zusammen, verbirgt ihren nackten Körper.

«Du musst sie fünf Minuten lang einwirken lassen», klärt sie ihn auf. Sie hat grobes, schwieriges Haar; es dauert eine Weile, bis die Spülung eingezogen ist.

Um die Wartezeit zu überbrücken, singt er ihr etwas vor, wobei er mit der Hand den Takt auf dem Wannenrand schlägt. Das Wasser in der Wanne kühlt langsam ab, und sie bekommt prompt eine Gänsehaut an den Armen. Als sie auch die Spülung gründlich ausgespült hat, hüllt Seung sie in eines der großen, verwaschenen Badetücher ein, die zur Ausstattung der Ferienhäuschen gehören, und kämmt ihr Haar aus. Dann entfernt er das inzwischen feuchte Badetuch von ihrem Körper und hüllt sie in ein frisches, trockenes ein.

«Ich spüre gar nichts», beklagt sie sich. Eine Zeit lang dachte sie, sie würde etwas spüren, aber das war ein Trugschluss. Sie verspeist zwei weitere Brownies. Seung hat bereits sechs vertilgt oder sieben.

Sie legt sich bäuchlings auf die Couch, das Handtuch ist über ihre Taille und ihren Po gebreitet. Seungs Hemd ist aufgeknöpft, auch seine Jeans ist offen. Er fängt an, ihr den Nacken zu massieren. Er drückt fest auf ihr Kreuz, und das brennende Gefühl dabei treibt ihr die Tränen in die Augen. Es ist, als hätte er ein zusätzliches Lagerhaus voll Schmerz entdeckt, vergessen und verborgen wie angestaubte Munition, und würde es nun leeren. Sie lässt den Tränen freien Lauf, bewusst jetzt. «Ich bin nicht traurig», sagt sie. Er drückt seine

Lippen auf ihren Nacken, küsst sich von dem Knubbel, wo ihr Genick auf ihre Schulterpartie trifft, Wirbel für Wirbel ihren Rücken hinunter bis zu ihrem Steißbein. Er spricht die lateinische Bezeichnung dafür laut aus: *Coccyx*. Wieder ein wissenschaftlicher Ausdruck, der ihm gefällt. Auf dem Rückweg nach oben benutzt er statt seiner Lippen die Zunge. Er dreht sie auf den Rücken und setzt seine Liebkosungen an ihrem Hals fort, ihren Brüsten, ihrem Bauch. Er steht auf, um etwas Wasser zu trinken. Aviva fängt an, am ganzen Leib zu zittern und zu schlottern. Ihr ist auf einmal eiskalt, jede Pore fühlt sich weit offen an. Ein kalter Wind fegt in einem fort durch sie hindurch. Sie vergisst Seung vorübergehend; wie lange, weiß sie nicht. Als sie nach und nach wieder an die Oberfläche kommt, hat sie das Gefühl, sich ganz woanders zu befinden. Sie sieht ein riesiges Labyrinth vor sich, mit endlos in alle Richtungen abzweigenden Wegen. Sie weiß genau, was geschehen ist. Sie ist ins Innere des eigenen Schädels versetzt worden, und die Wege, die sie vor sich sieht, sind die Windungen darin. Sie erschrickt fürchterlich, ruft laut nach Seung. Sie scheint sich diese Wege entlangzubewegen, nicht körperlich, sondern als eine andere Art von Präsenz. Sie folgt Korridoren, manche breit, manche schmal, mit einem Gefühl, sich immer weiter und weiter von der Außenwelt zu entfernen, der Außenwelt, wo sie stehen und sich anschauen kann, einen Kopf, Schultern, Beine sehen kann. Sie befindet sich im Inneren, und deshalb kann sie nichts sehen. Ihr kommt der Gedanke, dass sie sich verirren könnte, dass sie womöglich vergisst, wie sie wieder zurück- und hinausgelangen kann.

Seung ist ganz in der Nähe, direkt neben ihr, fragt sie, was los sei. Er ist schon die ganze Zeit bei ihr. Er hat sein Hemd ausgezogen; richtig, sie erinnert sich daran, ihre Wangen, erst die eine, dann die andere, an die glatte Oberfläche seiner

Haut gedrückt zu haben. Sie erklärt es ihm, so gut sie kann. Sie weiß, sagt sie, dass sie auf der Couch liegt, in dem Häuschen. Auf einmal scheint das völlig offensichtlich; es gibt keinen Grund zur Sorge. Sie fragt ihn, wie spät es ist. Halb zwei Uhr nachmittags. «Das ist gut», sagt sie zu ihm. Es ist eine weitere Tatsache, die sie in der Welt verankert. Doch sie weiß, wenn sie auch nur kurz nicht aufpasst, gerät sie wieder in das Labyrinth zurück. Bei Gedanken gibt es ein Innen und ein Außen, und sich ganz und gar in ihrem Inneren zu befinden bedeutet Auflösung. Sie spürt, wie sie sich wieder die Korridore entlangbewegt. Sie packt Seung am Arm, ruft ihm zu, sie in den Arm zu nehmen, sie festzuhalten. Aber nicht einmal die Wärme seines Körpers vermag sie vollständig zurückzuholen.

Es ist eine Panikreaktion, erklärt er ihr. Das Zeug ist vollkommen ungefährlich. Er ist ja bei ihr, sagt er, ihr kann nichts geschehen.

Die Wände des Labyrinths sind hoch, leuchtend golden. Sie kann weder darüber hinweg- noch dahintersehen. Sie fleht und bettelt Seung an, aber sie kann ihre eigenen Worte nicht hören.

Er nimmt sie an der Hand und führt sie ins Schlafzimmer, wo sich, so seine Überlegung, ihre Anspannung vielleicht etwas löst und wo er besser neben ihr liegen kann. Er schlägt die Tagesdecke zurück, steigt zu ihr ins Bett, schmiegt sich von hinten ganz eng an sie. Er hält ihren Kopf mit beiden Händen umfasst. Sie muss sich bloß entspannen, beruhigt er sie. Sie ist hier, liegt neben ihm im Bett, mit jedem einzelnen ihrer fünfundvierzig Kilo. Es gibt kein Innen, in dem sie sich verirren könnte. Sie hat beides, ein Außen und ein Innen. Seine Aussagen sind widersprüchlich, scheinen aber alle der Wahrheit zu entsprechen.

Phasenweise beruhigt sie sich, liegt still da und vergisst

ihre Furcht, und dann erinnert sie sich plötzlich wieder und versteift sich, atmet schnell und flach und schreit, er solle ihr helfen, aus dem Labyrinth herauszufinden, solle ihr helfen, wieder nach *außen* zu kommen, bitte, bitte …

«Sprich mit mir, sprich mit mir», bettelt sie.

Seung macht sich bittere Vorwürfe. Dieses zarte, zerbrechliche Mädchen; er hätte es besser wissen müssen. Er ist unachtsam, unachtsam, ein Idiot, dem ein Schmuckstück anvertraut worden ist. Wie konnte er es so weit kommen lassen? Er selbst liebt es zu verschwinden, liebt es, in der Flut von Formen und Lichtern und verstiegenen Gedanken zu ertrinken, nicht länger er selbst zu sein, sondern Teil von etwas anderem, selbst wenn dieses andere brutal und bedrohlich ist. Die erlesene Wohltat, nicht er selbst oder überhaupt irgendein Individuum zu sein. Aber er hätte ahnen müssen, dass es für sie, Aviva, anders sein würde. Ihre Bedürfnisse und ihre Albträume sind so innig miteinander verquickt, dass sie sich nicht entwirren lassen. So oft schon hat sie ihm zu verstehen gegeben, dass sie sich vor Kontrollverlust fürchtet. Wie konnte er darüber einfach so hinweggehen? Jetzt ist es seine Pflicht, sie im Arm zu halten, ganz fest, notfalls stundenlang, sich, wenn es nun einmal nicht anders geht, auf ihre Wahnvorstellungen einzulassen, die Panik mit ihr durchzustehen.

«Pass auf mich auf, lass mich nicht los …»

Er spricht mit ihr, beteuert ihr, dass er sie natürlich nicht loslässt; solange sie sich an einem Teil seines Körpers festhält, kann sie nirgendwohin, hier, sieht sie das? Was natürlich gelogen ist, denn er kennt sehr wohl Leute, die nicht zurückgefunden haben – Detweiler, um nur ein Beispiel zu nennen –, aber in einer solchen Lage muss man dem anderen eine Brücke aus Lügen bauen, die in die Wirklichkeit zurückführt. Sie hält sich an ihm fest, und zwischendurch gibt ihr sein Fleisch ein Gefühl von Sicherheit, minutenlang mitunter. Dann kommen ihr wieder Zweifel, Zweifel an der Macht dieses Fleisches, und sie wimmert erst leise und fängt dann an zu schreien, dass es wieder losgeht, dass sie wieder dabei ist, sich zu verirren. Dann spricht er wieder geduldig mit ihr, legt ihre Hand auf einen anderen Teil seines Körpers. *Bein. Oberschenkel. Hals.* Bis die Festigkeit des einen oder anderen Körperteils sie schließlich, hoffentlich, irgendwie überzeugt. Sie müssen das Spiel bloß über die Zeit bringen, irgendwie, egal wie. Es wird ein langer, langer Nachmittag werden.

Kurz nach fünf Uhr schläft Aviva erschöpft ein, sie hat trockene Lippen, und ihre Augen huschen unter den Lidern unruhig hin und her. Seung wartet noch ein wenig, dann geht er leise ins Badezimmer, wo er sich Gesicht, Nacken und Achselhöhlen mit kaltem Wasser wäscht. Er setzt sich mit einem Glas Wasser neben sie. Auf dem Nachttisch liegt ein Schreibblock samt Bleistift, eine kleine Annehmlichkeit des Häuschens, und er nimmt den Bleistift und treibt sich die Spitze in den Oberschenkel, bis sich der bloß physische Schmerz zu einer heftigen körperlichen Abwehrreaktion steigert. Er hält dem Gefühl zehn Sekunden lang stand, zwanzig Sekunden, dann zieht er die behelfsmäßige Klinge langsam wieder heraus. Was ist er nur für ein Liebhaber, dass er sie zu solchen Abenteuern nötigt? Sie ist dafür nicht geschaffen.

Um zwanzig vor sechs schreckt Aviva aus dem Schlaf hoch, sieht sich verwirrt um. «Ich habe doch jetzt Mathe», murmelt sie. Elementarmathematik, bei Mr Singh, die Stunde fängt um zwanzig vor sechs an.

Ohne Seungs Einwände zu beachten, kämpft sie sich in ihre Kleidung und fährt sich mit den Fingern durch das noch feuchte Haar. Sie hat Schwierigkeiten, ihr Gleichgewicht zu halten; es gelingt ihr kaum, ihre Turnschuhe zuzubinden. Notfalls wird er sie draußen am Strand einfangen. An der Schlafzimmertür bleibt sie stehen und sieht ihn an.

«O, mein Gott», sagt sie.

Sie kommt zurück, legt sich wieder ins Bett. Die Sache ist ihr unendlich peinlich, das spürt er. Er legt ihr die Hand auf die Schulter, aber sie schüttelt ihn ab. Er zieht seine Jeans aus, da er nun nicht länger bekleidet zu sein braucht, um ihr zuliebe eine Autorität darzustellen, und legt sich wieder neben sie, wobei er diesmal etwas Abstand hält. Er breitet die Hand über seinen steifen Penis. Nicht hier, nicht jetzt, weist er sich selbst zurecht. Das Hähnchen, das er gekauft hat, liegt im Kühlschrank, frisch und mit zusammengebundenen Keulen. Die Aprikosen und Kirschen sind fleischig und gut. Zum Kochen ist es noch nicht zu spät. Er hat eine Vision von Kerzenschein, von Kognak, der in den Gläsern schimmert, dazu der Duft von schmorenden Früchten und Brühe mit Wein. Mit dem Abend kann immer noch etwas Gutes, etwas Hoffnungsvolles angestellt werden. Er steht wieder auf und zieht seine Boxershorts an, ein T-Shirt. Er schenkt sich ein Glas Wein ein und sucht dann sorgfältig die Töpfe, Schüsseln und Messer zusammen, die er benötigen wird. Er legt sich die Schneidebretter parat, betrachtet sie zufrieden. Es gibt etwas für ihn zu tun. Aviva wird wieder schlafen, und danach geht es ihr besser. Wenn sie so weit ist, aufzustehen, wird er sich fürsorglich um sie kümmern, sie einladen, sich an den Tisch zu setzen, ihr ein Glas warme Milch zu trinken geben.

44

Am Tag darauf regnet es in Strömen. Es schüttet und stürmt von früh bis spät, so sehr, dass sie nicht vor die Tür können. Die feuchte Kälte kriecht durch Ritzen und Spalten ins Hausinnere, und Aviva ist völlig durchgefroren. Sie trägt einen großen Wollpullover von Seung und ballt bibbernd die Fäuste in den Ärmeln. Sie fühlt sich noch immer angeschlagen. Ihre Haut ist eine mürbe, brüchige Hülle; wenn sie die Augen schließt, sieht sie Kreuzschraffuren vor sich, eine verblasste, abgeschwächte Version des goldenen Labyrinths, in dem sie sich um ein Haar für immer verirrt hätte. Sie kann sich nicht konzentrieren und scheitert sogar an der Lektüre einer Illustrierten. Alles ist ihr zu viel, sie möchte am liebsten einfach nur am Kamin sitzen und sich wärmen, so gut es eben geht.

In den Räumen riecht es noch nach dem Essen, das Seung am Vorabend gekocht hat. Aviva hat nichts hinunterbekommen, also hat Seung alles eingepackt, und sie haben es stattdessen morgens um acht zum Frühstück verzehrt, auch zum Mittagessen hat es noch gereicht. Seung lässt Kassetten laufen, die er für sie aufgenommen hat: Jean-Luc Ponty, Jean-Pierre Rampal, Rachmaninows Klavierkonzert Nr. 2. Er spielt den Klavierpart auf ihrem Rücken und entlockt ihr damit zum ersten Mal wieder ein Lachen. Ihre Münder treffen sich. Der ständige Tropismus ihrer Hände aufeinander zu. Sie lösen sich wieder voneinander, ein wenig benommen, betrachten eine Weile das Feuer, und Seung zeichnet einen Puma für sie mit seinen typischen kurzen, dünnen Strichen. Die Augen tauchen auf wie präzisionsgeschliffene Diamanten; die Flecken sind so individuell wie Puzzlestücke, keiner sieht aus wie der andere. Mit Buntstiften fügt er Schattierungen in Rot und Lila hinzu. Er hat etwas in diesem Tier eingefangen. Es ist nicht hundert Prozent realistisch, und dennoch wirkt es lebendig, wie ein Tier aus einem Traum oder einer Fabel. Aviva meint zu sehen, wie es sich auf dem Blatt bewegt. Vor diesen Raubtieraugen kann man Angst bekommen. Seung setzt in winziger Schrift seine Initialen in die Ecke unten rechts, zusammen mit dem Datum: 23.4.1980.

Das Feuer im Kamin flackert nur noch schwach vor sich hin. Avivas Hände füllen sich mit den glatten und straffen Partien von Seungs Anatomie, ihre Beine sind mit den seinen verschlungen. Er ist sehr steif und hart an ihr, und sie greift nach unten, um ihn mit ihren Fingern zu umfassen. Er zuckt überrascht zusammen, und sie lösen sich kurz ein wenig voneinander. Sie lächeln nicht, dazu sind sie beide zu ernst. Aviva drängt sich wieder an ihn. Ein Stöhnen entringt sich ihm, aus einem Ort tief in seinem Inneren, der Leere kennt und nicht damit rechnet, jemals gefüllt zu werden. Seine Finger wandern zu ihren Oberschenkeln; sie teilt sie, auf einmal ängstlich. Die wohlige Mattigkeit verflüchtigt sich; sie behält ihn angespannt im Auge, während er sich in sie einspeist. Er darf nicht versagen, warnt sie sich und damit zugleich auch ihn. Er wird nicht versagen. Sie liegt sehr still da, während sie auf ihn wartet, entfernt sich im Geist ein wenig, um die eigentliche Arbeit ihm zu überlassen, ihm aufzubürden. Sie möchte nicht noch einmal verspottet werden. Sie darf sich das nicht zu sehr wünschen, schärft sie sich ein. Spürt Seung etwas davon, wie sie sich leicht zurückzieht, wie sie ihn wortlos herausfordert? Er schiebt sich durch die äußeren Schamlippen; durch seine Masse, seine Dichtigkeit fühlt sich ihr Fleisch ebenfalls dicht an: realer irgendwie, präsenter. Was auch immer sie in dieser Region zwischen ihren Beinen je gefühlt hat, war im Vergleich dazu abstrakt: eine bloße Schwingung, Musik, statt dieser Festigkeit, Bildhauerei. Er stößt sich ein bisschen tiefer, und sie schreit auf, halb vor Erregung, halb vor Angst. Sie hatte sich dieses Eindringen immer als ein Gleiten und Verschmelzen vorgestellt, als ein sich Auflösen in reine Empfindung. Tatsächlich ist es weit stumpfer und körperlicher. Sie weiß nicht, ob sie es angenehm finden soll. Sie spürt Hitze und ein Brennen. Es passiert, es passiert. Doch gerade, als sie sich auf diese Wahrnehmungen einstellt, spürt sie, wie er erschlafft; so sehr er sich auch abmüht, er kommt nicht länger vorwärts. Sie stößt sich gegen ihn, um ihm zu helfen, energisch zunächst, aber bald schon mit immer weniger Eifer, weil sie das Gefühl hat, dass es sinnlos ist. Und es ist sinnlos. Sie würde ihn am liebsten anschreien, dass er aufhören soll, seine Schande nicht noch weiter vertiefen soll, indem er sich immer wieder gegen sie stößt und sein Versagen unnötig in die Länge zieht, aber er versucht es unverdrossen weiter, bis sie ihm die Hand an die Brust legt und ihn von sich stößt. Er hebt nicht einmal den Kopf, um sie anzusehen. Er wirkt kein bisschen überrascht. Er rollt sich in Embryonalhaltung zusammen, die Fäuste unter seinem Bauch verborgen. Zorn strahlt von seiner heißen Haut aus.

«Ist schon gut, ist schon gut», lügt sie und umfängt ihn mit ihrem Körper. Er zittert heftig; sie kann hören und spüren, wie er mit den Zähnen klappert. Er will etwas zu ihr sagen, stottert aber so stark, dass sie kein Wort verstehen kann. Die letzte Kassette, die gelaufen ist, ist längst zu Ende; der Regen prasselt und trommelt aufs Dach. Aviva tun langsam die

Arme weh, während sie seinen breiten Rücken umschlungen hält. Sie weiß, dass sie mit ihm sprechen sollte, so, wie er mit ihr gesprochen hat, als sie sich in ihrer Wahnwelt verirrt hatte; sie sollte ihn trösten, ihn beruhigen, ihm sanft über Rücken und Schultern streicheln. All das würde eine gute, freundliche Person tun. Sie aber kann nur die eine kurze Lüge ertragen, mehr nicht. Sie fühlt sich an ihre unbedingte Wahrheitsliebe gebunden wie an einen Schandpfahl.

Es gibt da etwas in ihr, davon ist sie überzeugt, das Schaden verursacht. Und sie kann es nicht kontrollieren, das ist das Schreckliche. Auch Seung bleibt bei der Wahrheit, wenn auch auf andere Art als sie. Ganz so, wie sie mit ihrem Mund keine Lügen erzählen mag, ist er außerstande, mit seinem Schwanz zu lügen.

45

Seungs Mutter lächelt nicht, als sie ihn am Bahnhof abholt. Auf der kurzen Fahrt nach Hause fällt zwischen ihnen kein einziges Wort. Seungs Vater ist noch bei der Arbeit, und das gesamte Haus scheint Seung mit seiner Leere Vorwürfe zu machen. Als könnte er sich, obwohl er jetzt zurück ist, nicht länger als Bewohner hier aufhalten. Er vermag den leeren Raum nicht auszufüllen.

Seine Mutter zieht sich in die Küche zurück, wo sie lärmend herumhantiert. Schließlich hält Seung es in dem Haus nicht länger aus. Er macht sich auf den Weg zur Haupteinkaufsstraße der Stadt; er könnte mal schauen, was das Billigkaufhaus so zu bieten hat. Oder er könnte auch weiterlaufen bis zum Park, sich auf eine Bank setzen und den kleinen Kindern auf den Rutschen und Schaukeln zusehen. Es regnet zwar, aber Kinder werden trotzdem dort sein, denn es ist nur ein ganz feiner, dünner Nieselregen. Er streift ihm angenehm übers Gesicht. Seung streckt die Zunge heraus, um zu sehen, ob er damit einzelne Tröpfchen auffangen kann.

Als er auf der Jordan Avenue ist, kommt es ihm vor, als würden ihn alle Geschäftseingänge kalt abweisen. Auch hier ist er nicht willkommen. Er setzt seinen Weg fort, bis die Geschäfte hinter ihm liegen und er wieder in eine Wohngegend kommt. Die Ahorne sind voll belaubt, und in den Vorgärten sprießen die ersten knospenden Tulpen im Gras. Er erkennt den Hund, noch ehe er das Mädchen erkennt. Ihm fällt sofort ein, wie der Vierbeiner heißt: Pebbles. Pebbles ist ein Beagle, hellbraun und weiß, mit großen, sanften Augen. Das Mädchen war mit ihm zusammen an der Jordan Middle School. Sie war ein großes, pummeliges Mädchen mit weichen runden Schultern, einem großen Busen, einem ansprechenden Gesicht, hübsch, aber ein bisschen dick. Ein nettes, freundliches Mädchen. Nicht in vielen seiner Kurse, den Kursen für die leistungsstarken Schüler. Nicht dumm direkt, aber eben nicht in dieser Gruppe. Jill – jetzt fällt es Seung wieder ein. Sie hat merklich abgenommen, trägt auch keine Brille mehr; sie wirkt gereift, selbstbewusst, scheint sich in ihrem großen Körper wohlzufühlen.

Sie ist noch etwa einen Block entfernt, winkt ihm schon von Weitem zu, ruft seinen Namen. Während er auf sie zugeht, spürt er sie – die Schwingung, die von den Mädchen hier in seiner Heimatstadt schon früher ausging. Es ist eine andere Schwingung als die, die man bei den Mädchen in Auburn spürt; etwas unverblümter, etwas bedürftiger. Schon damals in der Middle School, als er noch das Schlitzauge war, hat er diese Schwingung bei vielen Mädchen wahrgenommen. Er war der Junge, der die vierhundert Meter lief, der im Freibad vom Sprungbrett aus komplizierte Schraubensprünge vollführte. Die Mädchen scharten sich gern um ihn, zu zweit oder zu dritt, wollten mit ihm reden. Warum hat er das nie ausgenutzt? Er war vierzehn, um Himmels willen – deswegen. Nachmittags und abends hatte er Lauftraining, musste Klavier üben und natürlich fleißig lernen, um Mom und Dad zufriedenzustellen. Doch die Vibration, das Verlangen, das wusste er damals schon, wartete da draußen auf ihn. Wenn die Zeit gekommen war, so sein Plan, würde er sich das zunutze machen.

Er erinnert sich an den Hund, weil Jill ihn immer im Park

spazieren geführt hat, während seine Mannschaft ihr Lauftraining absolvierte. Jetzt fragt er sich, ob diese zeitliche Übereinstimmung tatsächlich bloß Zufall war. Der Hund ließ sich von den Läufern immer anstecken und jagte ihnen an der Aschenbahn entlang hinterher, war aber nach einer Runde jedes Mal völlig erschöpft und ließ sich wimmernd zu Boden sinken wie eine Diva in einer in die Länge gezogenen Sterbeszene. Jill stand immer daneben, die Hände in die Hüften gestemmt, und lachte den armen Hund aus, ehe sie ihn vom Boden aufhob und liebevoll ausschimpfte. Er und die anderen Läufer nannten das Tier, eine Hündin, Jessie, nach Jesse Owens.

Seung und Jill stehen zusammen im Nieselregen, während Pebbles jaulend, noch immer verspielt wie ein Welpe, um Seungs Füße herumspringt und ihn in die Leine einwickelt.

Jill fällt Seung um den Hals, als wären sie damals an der Schule beste Freunde gewesen. «Hey, toll, dich zu sehen», sagt sie und fragt, ob er noch in Auburn ist. Sie habe aber ein gutes Gedächtnis, sagt er.

«Ach was», wehrt sie ab. «Ich meine … dich vergisst man bloß nicht so leicht.»

Sie trägt eine Windjacke mit Kapuze, benutzt aber die Kapuze nicht. Der Regen rinnt ihr über Nase und Wangen, über die Augenlider. Sie hat die Wimpern dick getuscht und trägt hellblauen Lidschatten. Der Hund ist klatschnass, aber das scheint ihm nichts auszumachen. Jill lässt die Leine los, damit er ungestört in den Pfützen spielen kann. Das Tier wälzt sich in dem kalten Wasser herum und strampelt dabei hektisch mit den Pfoten.

«Pfui, schmutziger Hund», sagt sie.

Auch Jill hat gerade Ferien, erklärt sie Seung. Oder vielmehr, ihre Eltern machen gerade Ferien. Sie sind für ein paar Tage in die Stadt gereist, um dort einige Museen zu besuchen und ins Theater zu gehen. Sie ist hiergeblieben, um auf Pebbles aufzupassen. Sie hat sie nicht gern bei sich zu Hause. Und eigentlich macht es ihr nichts aus. Sie ist lieber hier mit Pebbles zusammen, als sich irgendwelche alten Ölschinken anzusehen.

«Magst du mit reinkommen, auf einen heißen Kakao oder so etwas?»

Ihr Haus ist nicht weit weg. Sie verschwindet in einem Badezimmer, um ihre durchnässten Klamotten auszuziehen, und taucht in einem flauschigen weißen Bademantel wieder auf. Die Tür zum Bad lässt sie offenstehen, und er kann die nasse Jeans sehen, die sie sich von den Beinen gepellt hat. Sie hat ihr nasses Haar durchgekämmt, und das rührt ihn irgendwie: die glatten, schnurgeraden Rillen, die sich über ihren Kopf ziehen. Sie hat sich die Wimperntusche abgewischt und sieht jetzt frischer aus, jünger – jünger als Aviva, obwohl sie das nicht ist. Ihr üppiger Busen zeichnet sich unter dem Bademantel deutlich ab, sie trägt keinen BH.

«Wir könnten jetzt den heißen Kakao machen», sagt sie.

«Ist schon okay», erwidert er.

Daraufhin setzt sie sich wortlos aufs Bett und sieht ihn abwartend an. Woraus er den Schluss zieht, dass sie dabei zusehen will, wie er sich entkleidet. Mit Aviva ist es immer so, dass er sich selbst und seine Nacktheit nie sehen kann. Sie berühren sich ständig oder sind so kurz davor, sich zu berühren, dass zum Anschauen kein Platz bleibt. Seung streift eilig sein Hemd ab und öffnet dann seine Jeans, wobei er sich mehr Zeit lässt. Jill rückt auf dem Bett bis ans Kopfende zurück und löst den Gürtel des Bademantels. Sie schlägt den Mantel auseinander, um sich vollständig vor ihm zu entblößen. Wenn Aviva sich von ihm einmal anschauen lässt, wendet sie immer den Blick ab, wie um sich der eigenen Verletzlichkeit nicht aussetzen zu müssen. Und er kann sich nicht erinnern, je das Gefühl gehabt zu haben, dass sie ihn vollständig angesehen hätte, seinen gesamten Körper, statt bloß immer nur Teile davon, einen Arm, seine Brust, seinen Schwanz. Er bekommt ganz weiche Knie, hier in Jills Zimmer, mit Postern von Cheap Trick und Blondie an der Wand und den Stofftieren überall, auf der Kommode und auf dem Nachttisch. Im nächsten Moment liegt er auch schon auf ihr. Es geht alles so blitzschnell. Er kann nicht anders. Vielleicht küsst er sie ein-, zweimal, vielleicht streifen seine Hände flüchtig ihre Brüste. Ehe er sich versieht, ist er auch schon in ihr. Sie schnappt heftig nach Luft. Er weiß, wie falsch das ist, er ist viel zu früh in sie eingedrungen. Es ist rüpelhaft, unelegant. Er kann nicht anders, er kann nicht anders. Zur Wiedergutmachung fährt er mit der Hand über ihr Haar, drückt ihr in rascher Folge Küsschen auf die Stirn, doch es ist zu spät. Er stöhnt laut, während er sich hektisch in sie stößt, und kommt dann in mehreren langen Spasmen, die länger zu dauern scheinen als alles, was ihnen vorangegangen ist. Er ist vor Erregung in Schweiß gebadet. Er bleibt noch lange in ihr, dankt ihr im Stillen, macht ihr Komplimente, bittet sie um Verzeihung. Vielleicht wird sie ihn nicht verachten, wenn er eine Weile so liegen bleibt und sie im Arm hält.

Nach einer gewissen Zeit windet sie sich leicht unter ihm, zum Zeichen, dass er ihr langsam zu schwer wird. Sie setzt sich auf. «Tja», sagt sie.

«Entschuldige», sagt er. «Das war … ich habe einfach den Kopf verloren.»

Sie zuckt bloß mit den Achseln, legt den Kopf schräg. Ein wunderschönes, nachsichtiges Mädchen. Ein Engel. «Noch mal», sagt sie. «Aber lass mich erst frischen Glibber reintun.»

Sie huscht ins Badezimmer. Seung hört, wie eine Schublade geöffnet wird, dann ein kurzes Wasserrauschen.

Diesmal gleitet er ganz gemächlich und behutsam hinein,

nachdem er erst ausgiebig ihre Brüste und Schenkel geküsst und liebkost hat, die zarte Mulde an ihrem Schlüsselbein, und ihr leise murmelnd beteuert hat, wie schön sie ist, ihr Haar, ihre Lippen, wie gut sie sich anfühlt. Sie seufzt und rückt etwas herum, damit er tiefer in sie eindringen kann. Er staunt über die Harmonie, die sie gemeinsam erreichen, wie sie einander gegenseitig Lust schenken, ein Geben und Nehmen, so selbstverständlich wie ein- und ausatmen. Ihre Atemzüge werden immer länger, tiefer, lauter, und dann klammert sie sich fest an ihn, gräbt ihm die Nägel in den Rücken, und er kann tatsächlich spüren, wie sich die Muskeln in ihr um seinen Schwanz herum zusammenkrampfen. Er hat sich diesmal bewusst zurückgehalten, doch nun überkommt es ihn ganz plötzlich, und er entlädt sich heftig in sie, wobei er unwillkürlich aufschreit.

Sie duschen zusammen, und so dankbar er ihr auch ist, so glücklich sie auch zu sein scheint, er kann es kaum erwarten, sich endlich anziehen und wieder gehen zu können. Ihre Nacktheit ist ihm auf einmal zu viel, wie ein Festmahl, das zu lange gedauert hat, ein Sinnbild der Völlerei. Er hat Angst, dass er versucht sein könnte, sie noch einmal zu nehmen, hier in der Dusche mit der von Dampf verschmierten Glastür. Das heiße Wasser strömt in endlosen Eruptionen auf sie hernieder. Das erste Mal hat er sie seiner Ehre wegen gevögelt, das zweite Mal, um ihr Vergnügen zu bereiten. Das dritte Mal wäre das Verbrechen.

Als er in die nassen Schuhe schlüpft, die er an der Haustür zurückgelassen hat, die Loafers, die er immer trägt, wenn er von Auburn nach Hause kommt, damit seine Mutter nicht fragt: *Was bringt man euch da oben denn bei, etwa dass es sich gehört, in dreckigen Turnschuhen herumzulaufen?*, erinnert er sich, dass er Jill die ganze Zeit über kaum je seinen Mund gegeben noch ihren angenommen hat. Das wäre ein größerer

Verrat an Aviva gewesen als die Tatsache, dass er seinen Schwanz in dieses Mädchen gesteckt hat. Jills Möse könnte sich für ihn nie so dunkel anfühlen, so rätselhaft wie Avivas Mund, wenn sie ihn für ihn öffnet. Er könnte sich nie so tief darin verlieren.

Jill nimmt ihren Mantel von der Garderobe und legt ihm eine Hand auf den Ärmel. «Komm, gehen wir noch was essen», sagt sie.

Er ist ein Gentleman. Sie gehen ins Diner, bestellen Hamburger und Malzbier. Er hört zu, während sie über die Mädchenfußballmannschaft redet, ihm erzählt, dass sie Eintrittskarten für ein Fleetwood-Mac-Konzert hat. Er übernimmt die Rechnung und begleitet sie nach Hause zurück.

46

Aviva kann sehen, wie viel sich nach gerade einmal vier Monaten verändert hat. Die Geldströme, die immer pausenlos hereingeflutet sind, ohne auch nur bemerkt zu werden, sind versiegt. Dotty, das Hausmädchen, wohnt nicht mehr im Haus. Sie kommt zweimal die Woche, sagt Mrs Rossner; es war unumgänglich, hier den Sparstift anzusetzen. In der Spüle türmt sich schmutziges Geschirr, das darauf wartet, abgewaschen zu werden. Die gekachelte Küchenanrichte sieht schmuddelig aus, der Fugenkitt ist klebrig und verfärbt. Die Kekse in der Keksdose schmecken alt und pappig, als hielte es ihre Mutter für einen zu großen Luxus, sie zu ersetzen, obwohl ihre Finanzlage wohl kaum derart angespannt ist, dass es nicht mehr für Gebäck reicht. Mrs Rossner erwähnt, dass sie die Loge im Konzerthaus gekündigt hat. «Ich habe bei der Kartenstelle angerufen und sie aufgegeben, ehe dein Vater sie sich bei der Scheidung unter den Nagel reißen konnte», sagt sie. «Es gibt inzwischen Wartelisten dafür. Kann zehn, zwölf Jahre dauern, bis man eine Loge ergattert. Mein einer, kleiner Racheakt.» Sie setzt ihr frostiges Lächeln auf.

Marshall ist den ganzen Tag in der Schule; seine Frühjahrsferien sind bereits vorbei. Aviva nimmt sich vor, jeden Tag früh aufzustehen und ihn zur Bushaltestelle zu begleiten, doch wenn dann morgens der Wecker klingelt, fühlt sie eine so bleierne Müdigkeit, dass sie sich noch einmal umdreht und weiterschläft. Sie bleibt bis elf Uhr im Bett liegen, manchmal sogar bis mittags, und zieht dann los, um über die Clark Street zu bummeln und sich die Geschäfte anzusehen. Das Wetter ist sonnig und frisch und hilft ihr, endlich wach zu werden. Sie genehmigt sich ein spätes Frühstück im Parthenon Diner, obwohl auf ihrem Bankkonto in Auburn ziemliche Ebbe herrscht und sie sich im Stillen sorgt, dass ihr Vater ihr das Taschengeld für Mai nicht pünktlich zum Monatsanfang überweisen könnte. Letzten Monat kam das Geld erst mit zehn Tagen Verspätung. Sie besucht die kleinen Lädchen, in denen sie früher ihr Taschengeld für baumelnde Ohrringe, glitzernde Bleistifte, originelle Becher ausgegeben hat, lauter Sachen, die ihr jetzt vorkommen wie wertloser Ramsch. Einige der Verkäufer sind noch dieselben wie früher und begrüßen sie.

An ihrem zweiten Tag zu Hause marschiert Aviva in einen gepflegt wirkenden Frisiersalon mit Modellfotos im Schaufenster und bittet eine Friseuse, die gerade frei ist, ihr einen Kurzhaarschnitt zu verpassen. Die Frau macht drei Schritte zurück, mustert sie eingehend, und tritt dann wieder zu ihr, um ihre Lockenmähne in die Höhe zu hieven. Sie lässt sie wieder fallen. «Sind Sie sich sicher?», fragt sie.

Aviva ist sich sicher.

Die Frau gibt ihr einige Zeitschriften zum Durchblättern und fordert sie auf, ein Bild auszusuchen. «Das hier wäre doch süß», sagt sie. Eine junge Frau ist im Profil zu sehen, ihr dunkles Haar reicht gerade einmal bis an die Ohrläppchen und liegt spitz zulaufend an ihrer Wange an.

«In Ordnung», sagt Aviva.

Es sorgt für einiges Aufsehen im Salon. Andere Kundinnen können sich einen Kommentar nicht verkneifen, als sie sehen, wie die langen schwarzen Strähnen zu Boden segeln.

«Na ja, so ist es moderner», sagt eine.

«Sie sollten sich eine Locke aufbewahren», rät ihr eine ältere Frau. Aus ihrer Handtasche bringt sie sogar ein Plastiktütchen zum Vorschein.

Auf dem Nachhauseweg schaut Aviva sich in allen Schaufenstern an. Sie taucht auf, verschwindet, taucht wieder auf. Der Haarschnitt gefällt ihr. Ihr Kopf wirkt sauber und akkurat. Sie sieht aus wie jemand, der ohne Umschweife zum Punkt kommt, jemand, der entschlussfreudig ist und keine Zeit vertut. Sie lächelt sich zu und begutachtet dieses Lächeln auch im Profil. Die Leute werden auf sie aufmerksam, drehen sich nach ihr um, weil sie so selbstbewusst die Straße hinabspaziert, so zielstrebig.

«Holla!», ruft Marshall, als er von der Schule nach Hause kommt. Urplötzlich beschleichen Aviva Zweifel.

«Wie findest du's?»

«Holla, holla!»

«So schlimm?»

«Nein! Du siehst aus wie ein Model. Aber du hast doch so einen Aufstand gemacht, als ich mir den Kopf kahlrasiert habe.»

«Na, das sah aber auch schlimm aus. So, wie du dich dabei zugerichtet hast.»

«Inzwischen sehe ich aber wieder besser aus, oder?», fragt er besorgt. Sein Haar ist mittlerweile so gut wie nachgewachsen, wenn auch etwas ungleichmäßig, und es ist seltsamerweise dunkler als früher.

«Viel besser.»

«Warum hast du sie abschneiden lassen?», will er wissen.

«Warum hast du dir eine Glatze geschoren?»

Sie sehen einander schweigend an.

«Wird es Seung gefallen?», fragt Marshall dann.

«Was Seung gefällt oder nicht, ist mir egal.»

Der Hunger, mit dem sie nach Hause geflogen ist, hat sich verflüchtigt, und sie bringt nichts mehr hinunter. Von den Cornflakes und weichen Brötchen in der Speisekammer bekommt sie einen kreidetrockenen Mund. Jetzt, wo Dotty nicht mehr da ist, gibt es kaum noch frische Lebensmittel, und gekocht wird auch nicht mehr. Mrs Rossner ernährt sich mehr zwischendurch, von irgendwelchen Kleinigkeiten – einer Schale Cornflakes, Salzkräckern mit Erdnussbutter – oder isst gar nichts. Abends macht Aviva für sich und Marshall Rührei oder Thunfischsandwiches. Einmal gehen sie nachmittags in den Supermarkt und kaufen einiges ein. Das meiste von dem aber, was sie an Mahlzeiten improvisieren, mag sie einfach nicht anrühren.

Ihre Mutter räumt Schränke aus, sichtet den Inhalt alter Kartons, die ganz hinten in der Ecke von Wandschränken stehen. Es lässt nichts Gutes erahnen. Will sie umziehen? «Seht mal, was ich gefunden habe», sagt sie. Sie ist keine Frau, die zu nostalgischen Anwandlungen neigt, irgendwann einmal aber hat sie sich anscheinend die Mühe gemacht, alte schwarz-weiße Familienfotos in ein Album mit Seiten aus schwarzem Karton einzukleben. Die Fotos werden von kleinen weißen Klebeecken an Ort und Stelle gehalten, doch als Aviva die Seiten umblättert, lösen sich etliche und fallen heraus, die Rückseiten gelb verfärbt von altem Klebstoff.

Ihr Vater ist auf kaum einem der Fotos zu sehen, als hätte er sein späteres Verschwinden schon vor all den Jahren vorausgeahnt. Was natürlich Unsinn ist. Er hat die meisten Fotos aufgenommen, deswegen ist er darauf abwesend. Ihre Mutter sieht sehr schlank und streng aus, europäischer als heute. Amerika hat sie geglättet, ihr zu einer gewissen Lässigkeit verholfen, sowohl im Gesicht als auch in der Haltung. Marshall ist ein molliger, pausbäckiger kleiner Junge mit verschiedenen Mienen, aus denen eine innere Freude spricht. Er scheint immer ein wenig abwesend, aber diese Abwesenheit ist gutartig, liebevoll. Aviva erscheint in der Rolle der verantwortungsvollen großen Schwester, dreht Marshall mit der Hand auf der Schulter zur Kamera oder sitzt mit ihm auf dem Teppichläufer und hält die Lernkarten mit Großbuchstaben in die Höhe, die sie damals selbst angefertigt und mit dickem Filzstift beschriftet hat, um ihm Lesen beizubringen.

Einige Tage später, nach der ersten Haarwäsche, sieht Avivas Haarschnitt nicht mehr ganz so akkurat und schick aus wie nach dem Friseurbesuch. Die Friseuse hat ihre Haare irgendwie auf besondere Weise geföhnt und außerdem Gel verwendet. Aviva bemüht sich, aber den ursprünglichen Look bekommt sie nicht mehr hin. Die Haare stehen ihr buschig vom Kopf ab und wirken stumpf. Sie wickelt sich einen Seidenschal ihrer Mutter um den Kopf, und so sieht es schon besser aus. Später aber nimmt sie den Schal wieder ab. Ihr Haar, schärft sie sich ein, sieht gut aus, so wie es ist.

Marshall wird in der Woche nach Avivas Rückkehr an die Schule dreizehn, deshalb feiern sie seinen Geburtstag in kleinem Rahmen vor, mit selbstgebackenen Cupcakes von Aviva, die sie selbst allerdings nicht anrührt. Jetzt, da er ein richtiger Teenager wird, gelobt Marshall, wird er immer brav und verantwortungsbewusst sein. Er wird gewissenhaft alle Hausaufgaben machen und sich für das interessieren, was in der Schule durchgenommen wird. Wenn das stimmt, sagt Mrs Rossner, sind das ja glänzende Neuigkeiten. Mittlerweile steht fest, dass Marshall erneut die Sommerschule besuchen muss, um in Englisch und vor allem in Sozialkunde einiges nachzuholen. Baseball-Camp fällt also dieses Jahr für ihn flach. Als Geschenk hat Mrs Rossner ihrem Sohn ein riesiges Buch mit Baseballstatistiken besorgt, über das er vor Begeisterung Freudensprünge vollführt. Aviva hat sich ihr Geld so sparsam eingeteilt, dass es für einen Walkman gereicht hat. Er fällt ihr um den Hals, sprachlos, völlig überwältigt.

Auch für Aviva singen sie ein «Happy Birthday». Sie hat nicht lange nach Marshall Geburtstag, am sechsten Mai, und sie kommt erst im Juni wieder nach Hause. Sein Geschenk schickt er ihr per Post, sagt Marshall, sobald er weiß, was er ihr schenken will. In früheren Jahren hat er ihr ein bemaltes Schneckenhaus geschenkt, drei Hefte seiner heißgeliebten Plastic-Man-Comics, ein Gedicht mit Strophen, eine für jedes ihrer Lebensjahre, in denen ihre besten Eigenschaften gerühmt werden, und, damals, als sein Leben um kaum etwas anderes kreiste als um das Sammeln dieser Dinger, eine Packung Matchbox-Autos.

Einige Tage, bevor Avivas Ferien zu Ende sind, fahren sie und Marshall in die Innenstadt, um ihren Vater zu besuchen. Edith ist nicht da, sie besucht gerade ihre Schwester in New Jersey, aber die Wohnung duftet trotzdem auf wunderbare Weise nach ihrem Parfüm. Obwohl Aviva und Marshall ihre Mutter mit keiner Silbe erwähnt haben, stellt Mr Rossner gleich eingangs klar, dass er lieber nicht über sie reden würde, weder jetzt noch in Zukunft. Es war einfach an der Zeit, den Dingen ein Ende zu setzen, das ist alles. Er wird immer für sie beide da sein. Er führt sie nach oben aufs Dach, wo es einen Swimmingpool gibt. Die Luft unter der Glaskuppel ist kalt, aber der Pool ist angeblich beheizt. Ein junger Bademeister mit halblangem blondem Haar wacht über den menschenleeren Pool, bereit, jederzeit einzugreifen, wenn Not am Mann ist. Er ist muskulös, stämmig, wird etwa zwanzig sein, einundzwanzig. Ein männlicher, tatkräftiger Typ, der mit Studieren nichts am Hut hat. Aviva spürt seinen Blick auf ihrem Hintern und ihren Beinen, als sie ihre Sachen auf einem Sessel ablegt. Sie ist froh, dass sie keine Badekappe trägt. Marshall ist sehr weiß und wabbelig und nicht glücklich in seiner roten Badehose. Er setzt sich an den Beckenrand, steckt die Füße ins Wasser und sagt, es sei kalt. Aviva bückt sich, um die Temperatur mit der Hand zu prüfen – er hat recht. Ihr Vater zieht sich auf einen Sessel im hinteren Teil der Halle zurück, um einige Röntgenberichte zu lesen.

Aviva stellt sich an das tiefe Beckenende und tut so, als wäre sie Seung, stellt sich bildlich vor, wie er sich leicht duckt und dann, ohne zu zögern, ins Wasser springt. Sie ist sich auch der interessierten Blicke des Bademeisters bewusst und möchte einen selbstsicheren Eindruck machen. Sie springt. Die Kälte umfängt sie wie eine eisige Klammer, ihr schwinden kurz die Sinne. Sie kämpft sich an die Oberfläche zurück, heftig erschrocken, weil sie sekundenlang die Orientierung verloren hatte. Kurz gerät sie in Panik, weil sie instinktiv spürt, wie es wäre, sich tief unter Wasser pausenlos herumzudrehen, mal hierhin, mal dorthin, ohne je wieder nach oben zu finden. Schon gut, beruhigt sie sich. Ich bin hier, über Wasser. Im Nu wird ihr warm, und sie schwimmt, wie Seung es ihr beigebracht hat, in gestreckter Haltung, mit regelmäßigen, weit ausholenden Armbewegungen und kräftigen, sauberen Beinstößen. Sie ist verblüfft, wie rasch sie am anderen Beckenende ankommt, wie schnell sie sich vorwärtsbewegt. Wie stark sie ist. Sie zählt sechzig Bahnen und hievt sich dann aus dem Wasser empor, mit einem angenehm prickelnden Gefühl im Körper, hochzufrieden.

Marshall sitzt noch immer am flachen Ende und lässt die Beine ins Wasser baumeln. «Ich schubs dich rein», droht sie ihm im Scherz.

«Nein!» Er zuckt zurück, aufrichtig entsetzt. Sie findet es schade. Man kann Glück nicht beliebig verteilen, kann niemanden dazu zwingen, die eigenen Freuden zu teilen.

Sie sieht sich in der Halle um. «Wo ist Dad?»

«Er ist wieder in die Wohnung zurück, er hat Arbeit zu erledigen. Bis zum Abendessen, hat er gesagt.»

Ihr Haar wiegt rein gar nichts; sie rubbelt es ein paarmal mit dem Handtuch durch, und es ist fast wieder trocken. Als sie das Handtuch in einen Wäschekorb an der Tür wirft, taucht neben ihr der Bademeister auf und sagt: «Hey.» Er lächelt und reicht ihr einen Zettel. In der Umkleide faltet sie ihn auseinander. Er hat ihr seinen Namen aufgeschrieben, seine Telefonnummer. Sie faltet den Zettel wieder zusammen und steckt ihn in die Tasche ihrer Jeans. Die restlichen Tage über, die sie in Chicago verbringt, trägt sie den Zettel mit sich herum und betrachtet ihn hin und wieder, denkt an das Verlangen des jungen Bademeisters nach ihr, stellt sich seine muskulöse, stämmige Gestalt vor, wie er in sie eindringen und dem scheußlichen Fluch ein Ende setzen könnte, der sie zu einem Mängelwesen macht, aber sie weiß, dass sie ihn nicht anrufen wird. Niemand traut es ihr zu, aber im Grunde ist sie ein gutes Mädchen. Treuer und fester an Seung gebunden, als es sich irgendjemand vorstellen kann.

47

Als ich sie mit ihrem kurzen Haar sah, kam mir zum ersten Mal der Verdacht, dass die Dinge vielleicht doch nicht ganz so lagen, wie wir alle gedacht hatten. Wenn man sie engumschlungen über den Campus laufen sah, wobei Seungs Hand ganz beiläufig in der Gesäßtasche ihrer Jeans steckte, wenn man sie im Gemeinschaftsraum sah, er wie ein Pascha lang auf der Couch ausgestreckt, Aviva rittlings auf seinen Hüften – sie waren vollständig bekleidet, hätten aber ebenso gut nackt sein können –, meinte man, ein Paar vor sich zu sehen, das voneinander nicht genug bekommen konnte und darüber alles andere um sich herum vergaß. Das wünschten wir uns auch. Auch wir wollten wie benebelt sein von Sex, wollten schamlos sein, dreist, ungeniert. Wir wollten anbeten und angebetet werden. Wie sie sich das alles ungestraft erlauben konnten, war uns ein Rätsel. Warum sie nicht erwischt und diszipliniert wurden. In den Raucherzimmern, nach dem Abendessen, hörte man Jungen nicht selten sagen: «Scheiße, für wen halten sich die beiden eigentlich?» Und auch: «Wenn ich mir so was erlaubte, würde ich hochkant fliegen, klarer Fall.»

Aber der Haarschnitt. Und sie sah dünn aus. Richtig verhärmt. Haare wie ihre, Haare, die förmlich nach Sex aussehen und riechen, schneidet man sich nicht einfach so grundlos ab. Sie verhielt sich beinahe so, als würde sie eine Bestrafung erdulden. Ich stelle mir vor, wie Seung reagiert hat, als er sie zum ersten Mal so verändert sah. Sie wird ihm im Voraus nichts davon erzählt haben. Sie hat ihn kein einziges Mal angerufen, während sie in Chicago war. So denke ich mir das zumindest. Wahrscheinlich hielt er seine Hand über ihre Schulter, dorthin, wo sich bisher ihr schweres Haar befunden hatte, wie um die Leere zu umfassen. Das würde ihm ähnlich sehen. Er wird kein Wort dazu gesagt haben, wird keine Miene verzogen haben. Selbstbeherrschung fiel ihm nicht schwer, sie war ihm von früh auf anerzogen. Das hätte er selbst als Erster zugegeben. Er wird einfach nur diesen Negativraum umfasst und befühlt haben, während er sich im Stillen erinnerte. Er konnte sich nicht einmal dazu bringen, den Verlust zu bedauern. Weil er sie so sehr liebte, dass er sie auch jetzt noch, mit diesem krausen, schiefen Busch auf dem Kopf, wunderschön fand, so missraten und seltsam diese Frisur auch aussah.

48

Seung bereitet sich vor. Jetzt, da er sich mit Erfolg bewiesen hat, besteht kein Grund mehr, warum ihm das bei Aviva nicht auch gelingen sollte. Eines Morgens, noch in den Ferien, fährt er mit dem Zug in die Stadt und besucht einen bestimmten Markt in Chinatown, wo er ein Mittel besorgt, das angeblich potenzfördernd wirkt. Er rührt das übel schmeckende Kräuterpulver jeden Morgen in eine Tasse grünen Tee. Und er enthält sich bewusst der Selbstbefriedigung. Was auch immer ihm einen kleinen Vorteil verschaffen könnte. Nachts quälen ihn seine Erektionen, hart und unnachgiebig. Sterne sagt, er würde im Schlaf laut reden.

«Was habe ich denn gesagt?»

«Du hast übers Turmspringen gesprochen. Du hast gesagt: ‹die Konkurrenz›. ‹Ich werde mir das Genick brechen›, hast du gesagt.»

Sterne wendet morgens den Blick ab, wenn Seung sich ankleidet, tut so, als würde er nichts bemerken. Seung rückt im Unterricht immer ganz dicht an den Tisch, trägt unter seinem Blazer lange Pullis, obwohl inzwischen warmes Wetter herrscht. Mehr und mehr festigt sich seine Zuversicht, dass er Aviva bald besitzen wird. Die anderen Male können danach abgehakt werden wie Fehlstarts bei einem Schwimmwettkampf; von nun an wird er von der Wand losschnellen, sobald der Startpfiff ertönt, und seinen Sieg erringen.

In der zweiten Maiwoche muss Avivas Mitbewohnerin, die aus Maine stammt, nach Hause fahren, um an der Beerdigung ihrer Großmutter teilzunehmen. Und Seung und Aviva kommen überein, dass er sie ausnahmsweise in ihrem Zimmer besuchen wird. Das ist bisher noch nie vorgekommen. Es ist riskanter – Hiram steht gegenüber von zwei weiteren Wohnhäusern, wo häufig Schüler ein und aus gehen, und Aviva ist sich nicht sicher, ob Carlyle und Lena ebenso gute Wachposten abgeben wie Sterne und Giddings. Aber dieser Wechsel der Umgebung ist vielleicht genau das, was sie brauchen. Sein Zimmer war bereits Schauplatz zu vieler Niederlagen.

Der Tag ist angenehm mild, in den Wohnhäusern haftet noch ein Rest Winterkälte. Das Schuljahr hat sichtbare Spuren hinterlassen, die Linoleumböden sind verschrammt, die Wände in den Treppenhäusern beschmutzt mit Handabdrücken und Kritzeleien. Aviva wartet in ihrem Zimmer, sie ist nervös. Ihr Zimmer ist kleiner und älter als Seungs Zimmer, schäbiger. Durch das eine Fenster fällt fahles Licht auf das Bett ihrer Mitbewohnerin. Aviva hat nie etwas unternommen, um ihre Zimmerhälfte irgendwie wohnlicher zu gestalten. Ihre Mitbewohnerin hat eine Pinnwand aufgehängt, an der Fotos ihrer Freundinnen befestigt sind – an einem Strand, beim Skilaufen, Fratzen schneidend. Avivas Wand ist kahl. Sie hat ein gerahmtes Familienfoto auf ihrer Kommode aufgestellt, einen Urlaubsschnappschuss aus der Dominikanischen Republik, aufgenommen im vorletzten Winter. Marshall hält den Schwanz eines riesigen Leguans in die Höhe. Ihr Vater hält den Kopf, sichtlich argwöhnisch. Aviva, die zwischen ihnen steht, hält den Bauch. Der Leib des Reptils, sie erinnert sich gut, fühlte sich glatt und hart und kühl an. Ihre Mutter steht etwas abseits und schaut nicht in die Kamera, sondern auf sie drei, als würde sie die

Szene für eine ihrer nächsten Vorlesungen analysieren. Ein barfüßiger Mann war am Strand mit dem Leguan auf sie zugekommen und hatte angeboten, sie für zwanzig Pesos mit dem Tier zu fotografieren.

Seung kommt lautlos ins Zimmer gehuscht, nickt ihr beruhigend zu, alles glattgelaufen. Er schließt leise die Tür hinter sich. Er fühlt sich dem Bersten nah, hat Angst, dass er sich nicht wird beherrschen können, dass er sie zu grob anfasst. Als sie sich küssen, zählt er die Sekunden, um sich abzulenken. Er ist wie ein Mönch, der unter der Folter meditiert, der seinem Atem folgt, um weiter geistig klar und Herr seiner Sinne zu bleiben. Er dreht Aviva auf den Rücken und küsst ihren Hals, ihren Bauch. Sie wendet den Kopf zur Seite, bemüht sich, an nichts zu denken. Er steckt seinen Mund zwischen ihre Beine. Er hat das schon ein paarmal gemacht, aber sie fordert ihn immer nach einer gewissen Zeit auf aufzuhören; es tut weh, sagt sie. Sie hat sich schon gefragt, ob mit ihr etwas nicht stimmt, dass sie auf diese Weise nicht kommen kann, immer nur allein, mit ihren Händen oder ihren Gedanken. Sie zupft ein wenig an seinem Haar, zum Zeichen, dass er wieder nach oben kommen soll, aber er beachtet sie nicht.

«Zeig mir, was ich tun soll», sagt er.

«Ich soll dir zeigen ...?»

«Tu einfach, was du immer tust.»

Sie greift nach unten und fährt mit zwei Fingern über den Hügel. Er hatte etwas Komplizierteres erwartet, etwas Energischeres. Sie könnte ebenso gut ein Kätzchen streicheln. Sie vollführt immer wieder dieselbe Bewegung, ohne jede Variation, ohne je den Druck zu erhöhen. Der Rhythmus ist so eintönig, dass man beim Zusehen leicht schläfrig werden könnte. Nach und nach nimmt er eine Regung wahr, etwas Verborgenes, das sich langsam aufrichtet; ihre Lippen öffnen sich.

Er nimmt ihre Hand und legt sie behutsam neben sie, senkt seinen Kopf wieder und vollführt mit seiner Zunge die gleichen verhaltenden Bewegungen, die ihre Finger gerade gemacht haben. Ihr Kopf rollt langsam hin und her, es sieht aus wie ein Kopfschütteln in Zeitlupe. Ihr Bauch wird hart, ihre Beine spannen sich an. In ihr Stöhnen mischt sich ein leises Knurren, eine Tonlage, die er bei ihr noch nie gehört hat. Es erregt ihn. Am Höhepunkt packt sie ihn am Kopf, stößt sich an ihn, an seine trockenen und schmerzenden Lippen. Er hält sich links und rechts am Bett fest, um an ihr dranzubleiben.

Hinterher will sie ihn lange nicht loslassen. Sie umklammert ihn mit ihren Beinen, presst sich an ihn. Hält seinen Kopf umschlungen. Ihr kurzes, grobes Haar gerät ihm in den Mund. «Halt mich, halt mich», bettelt sie immer wieder. Er kann noch das Pochen ihrer Möse an seinen Lippen spüren. Sie beginnt zu weinen. «Ich dachte nicht, dass das möglich wäre», sagt sie. Nach und nach löst sich ihr Griff. Sie lässt sich aufs Bett zurücksinken. Ihre Augen mit den erweiterten Pupillen blinzeln ihn an. Er beobachtet, wie sich die Wimpern heben und senken.

«Du bist wunderschön», sagt er.

Ihre Augen schließen sich. Sie döst ein. Er sitzt wie ein Beschützer neben ihr, bewacht die gespreizten Beine und die Brüste, die auf ihrem Brustkorb ruhen. Er streichelt sich ein wenig, um ihr zu huldigen.

Aviva schlägt erschrocken die Augen auf.

«Wie lange habe ich …?»

«Eine Minute, zwei Minuten.»

Aviva setzt sich auf, ein wenig mühsam, und betrachtet kurz Seungs Schoß. Vorsichtig legt sie ihre Hand um seinen Schwanz. Daran hat sie sich nie ganz gewöhnen können, es fühlt sich nie so natürlich an wie alles andere. Beim ersten Mal hatte sie erwartet, dass ihre Hand sich wie über Eis bewegen würde, ein ungehindertes Gleiten, musste aber feststellen, dass Haut deutlich mehr Reibungswiderstand bietet. Ihr Handteller blieb hängen und vereitelte ihren Versuch, eine stetige Bewegung aufrechtzuerhalten. Seung hatte es auch nicht viel gebracht, und sie schämte sich dafür, so ungeschickt zu sein, nicht zu wissen, wie sie ihm Lust bereiten konnte. Also vermeidet sie es in der Regel, ihn dort anzufassen. Jetzt aber hat sie eine Idee. Sie nimmt die Handlotion von ihrer Kommode und gibt sich einen großen Klecks auf die Hand. Sie hält Seung ihre Hand entgegen.

«Meinst du …?»

Seung nickt. Sie fährt mit der Hand an ihm auf und ab, erst langsam, dann immer schneller. «Gott», murmelt Seung. «Gott.» Er hält die Augen geschlossen, ausnahmsweise. Aviva ist wie elektrisiert von der Macht, die sie auf einmal spürt. Sie will das hier, sie will ihn. Einer Eingebung folgend, umfasst sie mit der freien Hand seine Eier. Das gibt den Ausschlag, damit ist es um Seungs Geduld endgültig geschehen; das ausgehungerte Raubtier fordert sein Recht. Zitternd, sich mühsam beherrschend, stößt er sie aufs Bett zurück und kniet sich über sie. Sie hebt die Hände und lässt sie wieder sinken – soll sie ihm helfen? Oder besser nicht? Sie behält seinen gesenkten Kopf im Auge, die gerunzelte Stirn. Unvermittelt nimmt sie seinen Penis als geschwollene Waffe wahr, als schwarz-violetten Schlagstock, als Instrument der Bestrafung, groß genug, um sie zu beschädigen. Ihr Herz klopft wie verrückt.

Aber er welkt am Eingang dahin. Sie greift mit der Hand ein, um ihn festzuhalten, um die Sache zu erzwingen, fühlt, wie triefend nass sie ist. Er wächst, schrumpft ein, wächst, schwindet wieder dahin. Und schwindet weiter. Draußen im Freien geht plötzlich ein Radio an, ein Bassrhythmus dröhnt in den Morgen hinaus. Es ist vorbei, denkt sie.

Er kniet am Boden neben dem Bett, drückt sein Gesicht in die Laken und weint lautlos. Sein ganzer Körper bebt und zittert. Es hört und hört nicht auf. Es ist unerträglich. Am liebsten würde sie ihn schlagen. Er soll abhauen, aus ihrem Zimmer verschwinden, sie will ihn nicht mehr sehen, mitsamt seinen Tränen und Bedürfnissen, seiner Dummheit und Schwäche. Sie ist wie versteinert vor Zorn. Sie nimmt ihn nicht in den Arm.

Er steht auf, zieht sein Hemd an, seine Jeans. Seine Kleidungsstücke sind feucht, und seine Hände sind wie Paddel. Er steht etwas verloren da, wie ein Mann in einer großen Bahnhofshalle, wie ein Neuankömmling in einer fremden Stadt. Sie weigert sich, ihn anzusehen.

«Aviva.»

Sie weigert sich, ihn anzusehen. Sie ist kein Mädchen mehr und kann doch keine Frau sein. Sie hat kein Schicksal; sie ist ausgeleert worden.

«Aviva. Aviva. Süße.»

Keine Antwort.

49

Bei der Anhörung des Disziplinarausschusses berichtet Señora Ivarra, dass sie an jenem Sonntag gegen halb vier Uhr nachmittags Seung Jung dabei angetroffen habe, wie er die Seitentreppe des Hiram herunter ins Erdgeschoss kam und das Gebäude offenbar durch den Seiteneingang verlassen wollte. Sie fragte den Jungen, was zum Teufel («genau das waren meine Worte», bekräftigt die Señora) er hier mache. «Ich gehe gerade, Ma'am», sagte Seung. Señora Ivarra war nicht zu Scherzen aufgelegt, ganz und gar nicht. Sie fragte Seung, wie lange er sich schon im Haus aufhalte.

«Ein paar Minuten.»

«Und was genau, um mich noch einmal zu wiederholen, hast du hier gemacht?»

«Ich wollte Aviva Rossner in ihrem Zimmer besuchen. Es sollte eine Überraschung sein. Dann habe ich es mir anders überlegt.»

«Oh, wie kommt's?»

«Ich habe gemerkt, dass es keine gute Idee war. Weil ich erwischt werden und Aviva damit in Schwierigkeiten bringen könnte.»

«Komm bitte mit.»

Sie haben an Avivas Tür geklopft. Nummer 21.

«Ich bin's, Señora Ivarra. Ich müsste mal einen Blick in dein Zimmer werfen.»

Aviva öffnete die Tür. Dorota saß auf ihrem Bett. Es waren Spielkarten ausgeteilt, für eine Partie Gin Rommé. Das Bett war gemacht, der Quilt ordentlich darübergebreitet.

«Hi, Señora Ivarra.»

Seung war so geistesgegenwärtig gewesen, sich ein wenig hinter die Señora zurückfallen zu lassen, und als Aviva ihn kurz ansah, schüttelte er fast unmerklich den Kopf. Sag nein.

Nein, sagte sie zu allen Fragen, die die Señora ihr stellte. Nein, nein, nein.

50

Unlängst, bei einer Theaterbenefizveranstaltung, ist ein Mann auf mich zugesteuert und hat mich begrüßt, und ich erkannte in ihm einen früheren Klassenkameraden aus Auburn – er spielte Lacrosse, half er meinem Gedächtnis auf die Sprünge –, ein Typ, mit dem ich vermutlich während meiner gesamten Zeit an der Schule kein Wort gewechselt hatte. Dessen ungeachtet kamen wir jetzt ins Plaudern, und im Lauf des Gesprächs stellte sich heraus, dass er seinerzeit dem, wie wir ihn nannten, Schübei angehört hatte, kurz für Schülerbeirat. Die Mitglieder dieses Beirates – gute Schüler mit moralisch einwandfreiem Charakter – nahmen an Anhörungen teil, bei denen über Schulverweise und Bewährungen beraten wurde. Sie konnten das Ergebnis zwar nicht direkt beeinflussen, weil sie nicht abstimmungsberechtigt waren, aber sie durften gewisse beratende Funktionen ausüben. Ich fragte ihn, was sich bei Seung Jungs Anhörung abgespielt hatte.

Er antwortete nicht sofort, legte die Stirn in Falten. Natürlich erinnerte er sich noch. Die Verhandlungen waren vertraulich, erklärte er dann. Der Schübei durfte über die Vorgänge nichts nach außen dringen lassen.

Aber es lag ja schon eine ganze Weile zurück, wandte ich ein. Wem konnte diese Information heute noch schaden?

«Diese beiden», sagte er, «wenn sie doch bloß ein bisschen

diskreter gewesen wären. Weißt du? Genau das hat, glaube ich, alle auf die Palme gebracht, dass sie sich nicht die Mühe gemacht haben, ein wenig diskreter zu sein.»

Ich bohrte weiter. Das war nicht die Antwort, die ich von ihm hören wollte.

Schließlich gab der Exlacrossespieler nach und schien sogar erleichtert, endlich reden zu können. An einem gewissen Punkt, sagte er, schien es, als könnte Seung noch mal mit einem blauen Auge davonkommen, dass er vielleicht nur unter Bewährung gestellt würde. Zwei Lehrer hoben seine guten schulischen Leistungen hervor, die Tatsache, dass er so gut wie keine Fehlstunden hatte und seine Hausaufgaben stets termingerecht einreichte. Mr Glass schilderte die positive Grundhaltung, zu der Seung die jüngeren Schüler im Weld ermuntert hatte, seine Bereitschaft, sich immer und jederzeit um Jungen in Not zu kümmern. Seung war noch nie wegen irgendetwas unter Bewährung gestellt worden, legte er dem Ausschuss dar, und bisher nur ein einziges Mal mit Restriktionen belegt worden, vergangenen Herbst, wegen seines Benehmens mit Aviva Rossner beim Schultanz. Als Mr Glass gefragt wurde, ob er Grund zu der Annahme sehe, dass Seung schon vor diesem Vorfall mit Aviva Rossner gegen die Schulordnung verstoßen habe, antwortete Mr Glass, dass dies der einzige Verstoß gegen die Schulordnung sei, der Seung zur Last gelegt werde. Daraufhin senkte sich Schweigen herab, die Angehörigen des Lehrkörpers blickten auf ihre Notizen hinab oder starrten ins Leere, und jedem im Raum war klar, dem Exlacrossespieler zufolge, was allen in diesem Augenblick durch den Kopf ging, nämlich dass Aviva Rossner und Seung Jung sich schon seit Monaten über alle Regeln hinweggesetzt hatten, jeden Winkel der Schule mit Sex verseucht und so gegen Auburns Ethos des gesunden Maßhaltens verstoßen hatten und dass diesem Treiben irgendwie ein

Ende gesetzt werden musste, um die gebührende Trennung zwischen Erwachsenem und Kind, zwischen Anstand und Ausschweifung aufrechtzuerhalten.

Präfekt Ruwart meldete sich als Erster zu Wort. Er machte alle Anwesenden darauf aufmerksam, dass Seung das Amt eines Tutors bekleidete. Er zitierte wörtlich aus dem *Auburn Rule Book*: «Der Tutor fungiert als Vorbild für seine Mitschüler. Dieser hohen Verantwortung hat er stets in vollem Umfang gerecht zu werden.»

Das dürfte wohl der Grund gewesen sein, warum man an Seung ein besonders hartes Exempel statuiert hat.

51

Dorota sagte: «Gott sei Dank kam ich genau in dem Moment aus der Toilette und habe sie gesehen, Seung und die Señora. Ich habe dir den Arsch gerettet.»

«Ja, allerdings», sagte Aviva. Ihr wäre es lieber gewesen, wenn es Carlyle oder Lena gewesen wären. Dorota gab einem immer das Gefühl, man wäre ihr irgendwie etwas schuldig, müsste sich ihr gegenüber noch lange verpflichtet fühlen. Aber vielleicht war Dorota die Einzige, die dazu in der Lage war, so schnell zu schalten, dass sie umgehend und ohne auffällige Hast Avivas Zimmer aufsuchte, ihr sagte, dass sie das Bett machen müssten, jetzt sofort, und außerdem das Fenster aufreißen, um zu lüften, und hast du vielleicht Spielkarten oder ein Kreuzworträtsel? Die Befragung durch Señora Ivarra hatte sich innerhalb weniger Minuten auf der Etage herumgesprochen. Eine Gemeinschaft wie diese hat ein Gespür für die unverkennbare Schwingung, die von einem Verhör ausgeht. Carlyle und Lena machten ihr Vorhaltungen: Du solltest uns doch Bescheid geben, wenn Seung wieder gehen wollte! Wir sollten doch Schmiere stehen. Was war denn los? Spinnst du, wieso hast du uns nichts gesagt?

Im *Auburn Rule Book* wird festgestellt, dass es für einen Schüler (oder eine Schülerin) und seine (ihre) Familie, ebenso wie für die Schulgemeinschaft insgesamt, eine schwere Belastung darstellt, wegen eines Vergehens zur Rechenschaft gezogen zu werden, das einen Schulverweis nach sich ziehen kann, und daher sei dafür Sorge zu tragen, dass die Anhörungen so rasch wie möglich abgehalten werden. Der Disziplinarausschuss besteht aus sechs Angehörigen des Lehrkörpers und vier nicht stimmberechtigten Schülern, die jährlich rotieren. Das Prozedere sieht wie folgt aus: Der Angehörige des Lehrkörpers, der das Verfahren anstrengen will, muss dem Beratungslehrer des betreffenden Schülers den Verstoß melden, und dieser benachrichtigt daraufhin die Eltern des Schülers. Der Beratungslehrer fordert den Schüler auf, zu den erhobenen Vorwürfen schriftlich Stellung zu nehmen, und leitet diese Stellungnahme an den Disziplinarausschuss weiter, der auch von dem Klage erhebenden Angehörigen des Lehrkörpers eine Stellungnahme erhält. Der Präfekt prüft beide Stellungnahmen und trägt dem Ausschuss den Fall vor. Neben dem Klage erhebenden Angehörigen des Lehrkörpers und dem Schüler haben sich zu der Disziplinaranhörung auch der Beratungslehrer des Schülers, der Präfekt sowie zwei weitere Lehrer des Schülers einzufinden. Der Schüler hat dabei Gelegenheit, noch einmal mündlich Stellung zu nehmen, oder seine Lehrer dürfen in seinem Namen sprechen. Nachdem dem Ausschuss alle Dokumente und Stellungnahmen vorgelegt und präsentiert worden sind, wird der Schüler gebeten, den Raum zu verlassen, und der Ausschuss berät darüber, ob der Schüler das Vergehen, dessen er beschuldigt wird, tatsächlich begangen hat. Lautet die Antwort ja, wird als Erstes ein Antrag auf Relegation gestellt. Im Fall einer Ablehnung wird als Nächstes beantragt, den Schüler unter Bewährung zu stellen. Wird ein Schüler relegiert, muss er den Campus innerhalb der nächsten sechsunddreißig Stunden verlassen.

Seungs Beratungslehrer ist Mr Leonov, ein Mann, dessen Ratschlägen er nie sonderlich über den Weg getraut hat. In diesem Fall aber hat der ältere Mann einige vernünftige Ideen parat. Aviva und Seung, regt er an, sollten in den kommenden Tagen wohl besser nicht zu viel Zeit miteinander verbringen. Er fragt, ob Seung seine Eltern anrufen möchte, ehe er, Mr Leonov, den vorgeschriebenen Anruf tätigt. Seung lacht. «Sie machen wohl Witze», sagt er. Er meint es nicht unhöflich, und Mr Leonov versteht ihn offenbar. Als junger Koreaner zieht man den Kopf ein und vermeidet es, sich zusätzlich Ärger einzuhandeln. Umma und Apah werden einem noch früh genug die Hölle heißmachen.

Der Anruf kommt nachmittags. Ein Neuntklässler aus dem dritten Stock winkt ihn zum Münztelefon. Seung befürchtet im Stillen, dass das gellende Kreischen seiner Mutter im gesamten Gebäude zu hören ist. Diese Undankbarkeit. Was sie alles für ihn geopfert haben. Die Verlegenheit, in die er die ganze Familie bringt. Die Schande.

«Ja, Omoni», murmelt er.

«Und das wegen einem weißen Mädchen, einem –» Seung bekommt das koreanische Wort nicht ganz mit, doch es ist klar, dass es Flittchen oder Schlimmeres bedeutet.

Seungs Vater kommt ans Telefon. «Du wirst es zu nichts bringen», sagt er. «Colgate wird dich jetzt nicht mehr annehmen. Was willst du nun mit deinem Leben anstellen?»

Seung versucht ihm zu erklären, dass ja noch nicht feststeht, dass er von der Schule verwiesen wird. Es besteht durchaus die Chance, dass er mit einer Bewährung davonkommt. Und sollte es doch zum Schlimmsten kommen, holt er sein Senior-Jahr eben an einer High School zu Hause nach und bewirbt sich dann noch einmal für das nächste Studienjahr in Colgate.

«Wie stellst du dir das vor?», fragt sein Vater. «Meinst du, du kommst einfach zurück und wohnst wieder zu Hause? Du hast kein Zuhause mehr.»

Nur die Ruhe, es wird schon alles gut. Seung muss ihren Zorn und ihre Verwünschungen einfach widerspruchslos über sich ergehen lassen; später werden sie sich beruhigen, werden wieder zur Vernunft kommen. So ist es bisher immer gewesen, wobei er sich allerdings noch nie einen so ernsten Verstoß hat zuschulden kommen lassen. Wie gut es ihm bisher gelungen ist, all seine Vergehen vor ihnen geheim zu halten. Sie werden es ihm nicht verweigern, wieder ihr Sohn zu sein. Sie werden ihn nicht vor die Tür setzen, sondern wieder zu Hause aufnehmen. Das redet er sich so lange ein, bis er fast daran glaubt.

52

Jetzt geht Aviva tagtäglich am Weld vorbei, ohne stehen zu bleiben, hält sich krampfhaft an ihrem Rucksack fest, der an ihrer Schulter hängt, reduziert, allein, und wieder machen in Auburn die wildesten Geschichten die Runde. Aviva ist eine tragische Gestalt, der die Trennung von ihrer großen Liebe droht. Oder sie ist ein egoistisches Miststück, das Seung leichtfertig zugrunde gerichtet hat. Sie ist selbstmordgefährdet; die Sache ist ihr völlig egal. Gegen Aviva wurde nie irgendein Disziplinarverfahren eingeleitet; niemand konnte nachweisen, dass Seungs Aussage nicht der Wahrheit entsprach: dass er spontan ins Wohnhaus gekommen war, um sie zu überraschen, dass er ihr Zimmer nie betreten hatte. Auch er ist jetzt immer allein, wenn er in die Mensa oder zum Unterricht geht, und er sieht aus, als würde er aus einer Ansammlung nicht zusammenhängender Einzelteile bestehen, wie ein wandelnder Leichnam, der nur von einer äußeren Macht in Bewegung gehalten wird.

Im Weld wird über den Fall heftig diskutiert. Schüler ereifern sich über die Ungerechtigkeit der Schulobrigkeit; jemand ruft dazu auf, eine Petition zu starten. Wir alle sind uns in dieser Empörung einig, von den Neunt- und Zehntklässlern, die Seung nur als eine Art Superhelden kennen, als Verkörperung von coolem, älterem Glamour, bis hin zu Seniors wie Cort und Voss und mir, die nie zu Seungs Freundeskreis gehört haben, aber nun auf einmal als Autoritäten angesehen werden, die sich mit den Mysterien der Disziplinarverfahren hier in Auburn auskennen. Keiner von uns kann sich entsinnen, je davon gehört zu haben, dass ein Junge, der im Zimmer seiner Freundin, oder ein Mädchen, das im Zimmer seines Freundes erwischt worden war, nicht von der Schule relegiert worden wäre.

Hin und wieder werden Stimmen laut, die abstreiten, dass es unbedingt so kommen muss, wie wir alle vorhersehen. «Er hat gute Noten. Die Lehrer mögen ihn. Er ist ein großartiger Sportler und hat der Schule mit seinen Leistungen bei Auswärtsturnieren alle Ehre gemacht. Er war ja gar nicht in ihrem Zimmer, bloß im Treppenhaus.»

Ich spiele mit David Yee vor dem Weld Frisbee, was eine Schande ist, denn bei ihm kann ich meine Fähigkeiten nicht annähernd voll entfalten. Normalerweise spiele ich nur mit Cort oder Voss oder Giddings, der unser Trio ab und zu ergänzt, oder mit Dennis MacBride aus dem Eustis-Wohnhaus, der sogar noch besser ist als ich. Aber Cort und Voss und ich – nun, seit dem Nachmittag, als ich versehentlich in ihr Zimmer geplatzt bin, haben wir nicht mehr viel miteinander zu tun. Und manchmal muss ich einfach diese wirbelnde Scheibe in der Hand spüren, muss spüren, wie sie aus meiner Hand davonfliegt und genau dorthin saust, wo ich sie hinhaben will, und dann ist mir auch der unfähigste Trottel als Mitspieler recht, wenn sich nun einmal sonst niemand findet.

Yee schafft es ganz gut, einen niedrig dahinsegelnden Wurf zu fangen, den ich ein bisschen wie einen Line Drive beim Baseball angelegt habe, und schleudert den Frisbee dann so ungeschickt zurück, dass er einen kleinen grasbewachsenen Abhang an der Nordseite des Weld hinunterhüpft. Ich drehe mich um und schwenke dabei die Arme über dem Kopf, um David zu signalisieren, dass seine Unfähigkeit bemerkt wurde und gebührend verachtet wird, und als ich mit dem Frisbee wieder den Hang hinaufkomme, sehe ich Aviva und Seung. Sie sitzen zusammen auf der Bank vor dem Weld, sind dort einfach so aufgetaucht, ganz plötzlich. Sie sitzen da wie zwei alte Leute, mit einigem Abstand, schweigend. Ich werfe Yee den Frisbee wieder zu, darum bemüht, mein überlegenes Können abermals unter Beweis zu stellen, während ich gleichzeitig zu erfassen versuche, was hier vor sich geht. Nach einigen Momenten spüre ich, dass Aviva mich beobachtet. Eine Hitze steigt in meinem Rücken auf, in meinen Armen, die sich lockern und strecken und noch anmutiger bewegen als sonst. Ich spüre ihren Blick auf meiner Brust; spüre ihn, keck und rebellisch, während sie neben Seung dasitzt. Klar, kann sein, dass ich mir das nur einbilde, aber das glaube ich nicht. Man kann Aufmerksamkeit körperlich spüren; man merkt es einfach, wenn man so eingehend und beharrlich gemustert wird. Mir ist so warm, dass mir ein bisschen schwindlig wird. Und dann – ich bekomme es aus dem Augenwinkel mit – steht Seung auf und geht ins Wohnhaus. Es ist wie eine Szene in einer Theateraufführung, bei der ich als Ersatzmann fungiere; seit Wochen und Monaten habe ich mich auf meinen Einsatz vorbereitet, und hier ist er nun. Aviva ist allein.

Ihr Kleidungsstil hat sich in den Monaten verändert, seit sie hier an der Schule ist. Die tief ausgeschnittenen Angorapullis gehören der Vergangenheit an, ebenso wie die Cowboystiefel. Ihr Look ist insgesamt zahmer geworden. Viel Schminke allerdings trägt sie nach wie vor, und sie kleidet sich weiterhin mit einer ganz eigenen Note, sodass sie sich von der in Auburn sonst gängigen Norm, nachlässiger Schlabberlook oder gediegener Popperstil, deutlich abhebt. Sie trägt immer noch ihre drei Goldkettchen und die goldenen Ohrkreolen, und als ich näher komme, sehe ich, dass inzwischen ein weiteres Schmuckstück hinzugekommen ist: ein Goldring mit kleinen Rubinen an ihrem Ringfinger, genau dort, wo sonst der Ehering getragen wird. Bekleidet ist sie mit einer khakigrünen kurzen Hose und einem Oberteil mit U-Boot-Ausschnitt.

Seit Seung in ihrem Wohnhaus ertappt wurde, verlaufen meine Phantasiebegegnungen mit Aviva geruhsamer als früher. Fast so, als wäre sie nun, da Seungs Status an der Schule unsicher geworden ist, nicht mehr ganz so exklusiv sein Eigentum. Ich bin mir immer schon der kleinen Details von Avivas körperlicher Gegenwart bewusst gewesen: die leicht mit Sommersprossen gesprenkelten Unterarme, das kaum gespitzte Kinn, die besondere Spreizung ihrer Finger. Jetzt aber kann ich mich in meinem Privattheater bei diesen Details länger aufhalten. Ich streife ihr die Bluse von den Schultern, und sie entschwindet nicht. Ich knöpfe sie vom Hals bis zum Bauch auf und bringe erneut diesen violetten BH zum Vorschein. Ich ordne sie auf meinem Bett an und skizziere mit den Augen ihre überraschend üppigen Hüften. Sie streckt die Arme nach mir aus und lässt mich in sie eindringen. Ihre halb geschlossenen Augen, die Art, wie sie leicht den Mund öffnet, lassen eine Lust erkennen, wie ich sie auf Lisa Floods Gesicht noch nie gesehen habe. Manchmal verschwindet Aviva auch dann nicht, wenn ich drängender und weniger zärtlich werde.

Falls Seung Auburn verlassen muss, habe ich mir eingeredet, könnte ich bei Aviva sogar echte Chancen haben. So ganz glaube ich zwar nicht daran, aber die Vorstellung verhilft mir dazu, in den Momenten, nachdem ich gekommen bin, schon beinahe so etwas wie Befriedigung zu verspüren statt, wie sonst immer, Unbehagen und leisen Groll.

Ich werfe den Frisbee so, dass er an der Bibliothek vorbeifliegt, damit David weit weglaufen muss, um ihn zu holen. «Sorry!», rufe ich ihm zu und zucke mit den Achseln, als verstünde ich selbst nicht, wie mir ein so lausiger Wurf unterlaufen konnte. Dann setze ich mich in Bewegung und gehe auf die Bank zu. Wie ich gehe, weiß ich nicht. Vielleicht wirke ich verlegen und tölpelhaft; vielleicht schwebe ich auch leichtfüßig dahin wie Fred Astaire, keine Ahnung. Ich weiß es nicht mehr. Aber dann bin ich dort, schaue auf sie hinab. Sie hat bereits ein Buch aufgeschlagen und scheint völlig darin vertieft. Typisch. Sobald Aviva auch nur neunzig Sekunden lang allein ist, schlägt sie ein Buch auf. Könnte ich damit recht gehabt haben, dass sie mich kurz zuvor so eingehend beobachtet hat? Ich glaube, ja.

«Was liest du da?», frage ich. Eine ausgesprochen originelle Eröffnung. Zumal ich den Buchtitel klar und deutlich lesen kann: *Jane Eyre*.

Sie hebt das Buch ein Stück, damit ich den Umschlag besser sehen kann. «Es ist so lala», sagt sie. «Lena versucht dauernd, mir die Brontës schmackhaft zu machen. Soll ich Rochester etwa sympathisch finden? Er ist ein Idiot. Am schlimmsten aber finde ich *Sturmhöhe*. Als weibliches Wesen kann man sich dafür nur schämen.»

«Nein, tu dir keinen Zwang an», sage ich. «Erzähl mir, was du wirklich davon hältst.»

Damit entlocke ich es ihr – ein kleines Lächeln. Schmal, flüchtig, aber nicht zu übersehen.

Ich nutze diesen Moment und setze mich neben sie, wobei ich sorgsam auf der Hut bleibe, wie sie darauf reagiert. Seit dem Vorfall im Bootshaus haben wir kein Wort mehr miteinander gewechselt. Offene Feindseligkeit nehme ich nicht bei ihr wahr. Vielleicht habe ich sie an jenem Tag ja doch nicht so gründlich verschreckt, dass sie mich seither hasst. Vielleicht kommt es ihr inzwischen so vor, als wäre das schon ewig lange her, so, wie es mir in gewisser Weise auch geht. Sie wirkt bloß ein wenig kühl, mehr nicht, ein wenig ungeduldig, als würde sie sich insgeheim fragen, wie viele Sekunden Höflichkeit sie mir opfern muss, bis sie sich wieder ihrem Buch zuwenden kann.

«Wie geht's deinem Bruder?», frage ich. «Der dir immer so viele Briefe schreibt, meine ich?»

Diesmal lächelt sie richtig. Weil sie mit dieser Frage wohl nicht gerechnet hatte, nehme ich an. Sie erzählt mir, dass es Marshall gut geht, er müsse in den Ferien zur Sommerschule, weil seine Leistungen in Englisch und Sozialkunde, er sei jetzt in der siebten Klasse, ungenügend waren, aber er trage es so weit mit Fassung, und er kenne den Stoff ja schon ... Zum Geburtstag habe er ihr ein Radio zum Selberbauen geschickt, sie habe sehr darüber lachen müssen: Was hatte er sich dabei nur gedacht, woher sollte sie die Zeit nehmen, es zusammenzubasteln? Und wann hätte sie je irgendein Interesse an Elektronik gezeigt? Aber irgendwie findet sie es schon toll; vermutlich hat er sich stundenlang den Kopf zerbrochen, ehe er sich dafür entschieden hat. Aviva seufzt. Marshall. In den Weihnachtsferien hat er sich den Kopf komplett kahl geschoren, aber inzwischen wächst sein Haar wieder nach.

Warum sie mir all diese Einzelheiten erzählt, ist mir schleierhaft. Vielleicht spricht sie einfach gern über ihren Bruder. Vielleicht wollen derzeit alle mit ihr nur über Seung reden, und sie hat die Nase voll davon. Sie scheint richtig aufzutauen, während sie über ihren Bruder redet, zeigt überhaupt keine Zurückhaltung. Aus dem Augenwinkel bekomme ich mit, dass David sich uns nähert, mit dem verfluchten Frisbee in der Hand, offenbar will er nicht länger auf mich warten. Es macht den Eindruck, als wäre er tatsächlich begriffsstutzig genug, zu fragen, was los ist, ob wir nicht weiterspielen. Doch dann bleibt er stehen, er ist noch ziemlich weit entfernt, sieht kurz zu uns herüber und dreht sich dann um und verschwindet wieder in Richtung Bibliothek. Guter Mann, David. Solange du mir bloß diesen Frisbee zurückgibst. Es ist mein bester, ein Discraft Sky-Styler.

«Wie hat er ausgesehen?», frage ich Aviva, bezogen auf die Kopfrasur ihres Bruders.

«Grauenhaft.»

«Und, warum hast du das dann auch gemacht?»

Sie reißt leicht die Augen auf. Ein Moment vergeht, und ich glaube, sie begreift, dass ich es nicht unfreundlich meine, dass es mir sogar leidtut um ihre üppige, schwere Lockenpracht – Lockenpracht, ein schönes, romantisches, altmodisches Wort.

«Keine Ahnung», sagt sie. «Es schien mir zu der Zeit eine gute Idee zu sein.»

«Ich wollte, du hättest es nicht getan.»

«Ich bin nach Hause gekommen», sagt sie gedehnt, als läge ihr wirklich etwas daran, mir ihre Wahrnehmung zu vermitteln, «und in der Wohnung sah alles so schmuddelig und verkehrt aus, so unordentlich und abgegriffen und … und verdorben. Ich kann es nicht erklären.» Sie erzählt mir, dass ihre Eltern sich im Herbst getrennt haben; dass ihr Vater die Kreditkarte und die Scheckkonten ihrer Mutter gesperrt hat und bereits mit seinen Unterhaltszahlungen für sie und Marshall im Rückstand ist. Er lebt jetzt mit einer anderen Frau zusammen, die eigenartige Bemerkungen über Juden macht. Aviva sorgt sich, dass er ihr Schulgeld für das kommende Jahr in Auburn nicht bezahlen könnte. Er behauptet, er würde es überweisen, kein Problem, aber die Briefe, die aus der Zahlstelle hier in Auburn daheim in Chicago eintreffen, beweisen, dass er bisher nichts überwiesen hat.

«Anya sagt, ich soll mir keine Sorgen machen, sie findet

schon einen Weg, dass ich hierbleiben kann. Sie sagt, seine Neue sei alter Geldadel, aber neuer Pöbel. Und das mit ihrem Akzent.»

«Wer ist Anya?»

«Meine Mutter. Wenn ich mit ihr rede, sage ich Mom oder *Matka* zu ihr – das ist tschechisch –, aber wenn mein Bruder und ich über sie reden, wenn sie nicht dabei ist, nennen wir sie Anya. Weil sie so eine richtige Anya ist.» Sie erklärt, dass ihre Mutter in einem Ort in der Nähe von Prag geboren wurde und mit neun Jahren außer Landes geschickt wurde, auf einem der Kindertransporte, die organisiert worden waren, um Kinder vor den Nazis zu retten. Als der Krieg vorbei war, waren ihre Eltern, Avivas Großeltern, tot. Anya ist nicht so jung wie die meisten Mütter. Sie war schon vierunddreißig, als Aviva geboren wurde. Sie lehrt Soziologie an einem College in einem Vorort von Chicago – «über Frauenbilder und Frauenrollen in der Gesellschaft und all so was». Als würde mir all das irgendetwas erklären.

«Du bist aus derselben Stadt wie Seung, oder?»

«Ja», sage ich. Dass Seung nun doch zum Gegenstand des Gesprächs wird, missfällt mir sehr.

«Kennst du auch seine Familie?»

Ich weiß, wer sie sind, sage ich. Sie leben in einem anderen Teil der Stadt. Dass es die Gegend ist, wo die kleineren Häuser stehen, wo mehr Einwanderer und Schwarze leben und sogar eine gewisse Kriminalität an der Tagesordnung ist, lasse ich unerwähnt. Seine Eltern, sage ich, sind nicht die Sorte Eltern, die man ständig bei Schulbasketballspielen gesehen hat oder bei diesen verdammten Wohltätigkeitsbasaren, bei denen gebrauchte Bücher verkauft wurden.

«Seine Mutter hat zu ihm gesagt, sie wünscht sich, dass mir etwas sehr Schlimmes zustößt.»

Ich stutze heftig. «Das hat sie gesagt?»

«Anscheinend ja. Aber auf Koreanisch. Garniert mit einigen netten Schimpfworten. Eines davon lautete, glaube ich, ‹blasshäutiges Huhn›.»

Ich muss unwillkürlich lachen. Sie lacht ebenfalls, hört aber rasch wieder auf.

«Meinst du, Seung wird rausgeworfen?», fragt sie. «Alle sagen mir immer nein, und ich bin es leid, ständig belogen zu werden. Wie stehen seine Chancen, was meinst du?»

«Wenn ein Schüler vor den Ausschuss kommt?» Ich fahre mit der Hand über die eiserne Armlehne der Bank. «Das endet eigentlich immer mit einem Schulverweis.»

Sie nickt. Sie blickt starr geradeaus, sodass ich sie nur im Profil sehe.

«Was würdest du sagen, wenn ich dir verriete, dass es mich sogar freuen könnte, wenn Seung von der Schule fliegt?»

Ich antworte nicht sofort. Im ersten Moment bekomme ich Herzklopfen vor Aufregung – will sie damit irgendetwas andeuten? Etwas, das damit zu tun hat, wie sie mich beim Frisbeespielen beobachtet hat? Dann entscheide ich, dass ich spinne. Ausgeschlossen, dass sie mich irgendwie anmachen will. Was sie antreibt, ist vermutlich etwas ganz anderes, viel harmloser und verzweifelter – sie hat einfach das Bedürfnis zu reden. Weil ich zufällig hier bin. Weil ich ihr zuhöre. Und weil sie irgendwie weiß, dass sie auf meine Verschwiegenheit bauen kann.

«Ich würde nichts sagen», antworte ich bedächtig. «Oder ich würde sagen, dass du dafür wohl deine Gründe hast.»

«Na ja, keine Sorge», sagt sie und schlägt die Augen nieder. «Es war nicht ernst gemeint.» Kurzes Schweigen. «Ich habe das Gefühl, dass ich offen mit dir reden kann. Keine Ahnung, warum.» Dann: «Ist wahrscheinlich keine so gute Idee.»

Wie aufs Stichwort hin öffnet sich über uns ein Fenster. Es

ist Sterne, seine T-Shirt-Ärmel sind bis über seine sehnigen Schultern hochgekrempelt. «Hey, Bennett-Jones, zieh Leine!», ruft er nach unten.

Aviva hebt ruckartig den Kopf. «Sag Seung, er soll sich abregen», ruft sie zu Sterne hoch.

«Entschuldige», murmle ich und hätte es im Stillen vorgezogen, wenn sie mir das Wort überlassen hätte.

«Unsinn, weswegen denn. Er macht sich lächerlich.»

«Setzt du jetzt endlich deinen Schwabbelarsch in Bewegung, oder was?», fragt Sterne. «Du störst die Dame.»

«Herrgott», sagt Aviva. Sie wendet sich von dem Fenster ab und schlägt wütend ihr Buch wieder auf. Sie wirkt müde und ein bisschen eingeschüchtert, und ich möchte ihr nicht noch mehr Scherereien einbrocken. Es ist Zeit für mich zu gehen. Ich schlucke den Ärger darüber hinunter, schon wieder von Sterne zum Schweigen verdonnert worden zu sein. Weil ich das Gefühl habe, dass ich Avivas Respekt verlieren würde, wenn ich ihm die Antwort geben würde, die er verdient. Also beherrsche ich mich. Wie heißt es doch so schön, der Klügere gibt nach und so weiter. Scheiße. Auf einmal bekomme ich Heißhunger auf etwas Süßes. Ich glaube, ich werde gleich mal in die Stadt gehen.

«Mach's gut», sage ich zu Aviva – eine Floskel, die ich bisher immer nur von irgendwelchen Erwachsenen gehört habe. Ich berühre sie am Arm. Sterne verblasst, und das Einzige, was für mich zählt, ist, dass ich zehn oder fünfzehn Minuten hier gesessen und mit ihr geredet habe, mir angehört habe, was sie zu sagen hatte. Mir ist schwindelig; ich gerate ins Fliegen. Es ist mir egal, ob Aviva mich nicht leiden kann oder mich bloß benutzt. Mag sein, dass es so ist, oder auch nicht. Ich glaube nicht, dass sie das selbst so recht weiß. Jedenfalls spielt es keine Rolle. Sie redet offen mit mir. Sie erzählt mir Dinge, die nicht einmal Seung weiß.

53

In jenen letzten Schulwochen geht die Sonne erst gegen acht, Viertel nach acht unter. Man kann abends lange Spaziergänge durch den Wald oder am Fluss entlang machen. Der Duft von Flieder und Glyzinien folgt einem in die Klassenzimmer. Die Stadt steht in voller Blüte. Auf den Veranden stehen Körbe voller Springkraut, in den Vorgärten blühen die Azaleen. Bis zur letzten Minute fällt es uns schwer, unsere Abschlussprüfungen und Klausuren ernst zu nehmen. Wir sind Seniors. Wir haben unsere Studienplätze in der Tasche, haben Pläne für den Sommer. Wir warten nur noch darauf, endlich fort zu sein. Darauf, dass der nächste Abschnitt unseres Lebens beginnt.

David Yee schließt unsere Zimmertür und winkt mich zu seiner Kommode herüber. Er zieht die Schublade auf, in der er seine Unterwäsche aufbewahrt, und angelt eine flache, tränenförmige Flasche Courvoisier XO heraus. Ich stoße einen Pfiff aus.

«Wir haben das Jahr über wirklich hart gearbeitet», sagt er.

«Du Teufelskerl.»

Er lächelt, nervös, aber auch stolz.

«Du kleiner Scharlatan. Du spielst also bloß den Musterknaben.»

Er sagt nichts, lächelt bloß weiter scheu.

Es ist ein wirklich edler Tropfen, den er da hat, dreißig

Jahre gereift oder so um den Dreh. Ich frage nicht, wo er ihn herhat. Es ist die Sorte Alk, die man von seinen Eltern geschenkt bekommen könnte, wenn sie beschlossen haben, dass es an der Zeit ist, einen wie einen erwachsenen Mann zu behandeln. Ich freue mich darauf, ihn zu trinken. Wir schmieden einen Plan, uns an einer Stelle am Bach zu treffen und dann irgendwohin zu gehen, wo wir ungestört sind. David ist ungeheuer nervös. Es ist das allererste Mal, dass er so etwas Verbotenes unternimmt, und deshalb besteht er darauf, dass wir nicht zusammen dorthin gehen, sondern getrennt, jeder für sich. Schön, sage ich, in Ordnung. Ich werde auch etwas mitbringen, sage ich – das Übliche, Bacardi 151. Den Cognac werden wir vornehm gesittet und in aller Form genießen und uns dann mit dem 151 so richtig die Kante geben. Zum Spaß stecke ich den hässlichen Absolventenring an den Finger, den mein Vater seinerzeit für mich bestellt hat, als ich hierher nach Auburn kam. Wenn ich meinen Abschluss geschafft hätte (was dieses Ergebnis betraf, schien er seine Vorbehalte zu haben), sagte er, würde er meine Initialen und das Jahr eingravieren lassen.

Es ist zwei Wochen vor Ende des Schuljahres. Seungs Sachen sind gepackt. Sein Schrankkoffer steht in einem Lagerraum hinter der Sporthalle und wird ihm per Frachtgut nach Hause nachgeschickt. Morgen Nachmittag wird er wieder in Jordan sein. Sein Bruder kommt eigens in seinem Auto aus Ithaca und holt ihn in Jordan am Bahnhof ab. «Um dir gegen die Alten den Rücken zu stärken, Mann», sagt er. Der Sohn Nummer eins. So übel ist er gar nicht.

Sterne und Giddings laden Seung zum Abschied zum Essen ein. Sie gehen zu dem Chinesen an der Staatsstraße, eine Dreiviertelstunde Fußmarsch entfernt, und Seung bittet sie, keinen Alkohol zu trinken. «Tut mir den Gefallen», sagt er. Er möchte, sagt er, dass sie spätestens um halb sieben in der

Bibliothek sitzen und lernen. Sie sollen bei ihren Abschlussprüfungen möglichst gut abschneiden; es gibt schon genug andere, die es vergeigt haben.

Das Restaurant ist mit Papierlampions geschmückt. Oben auf einem zugemauerten Kamin steht ein Weihnachtsmann aus Plastik. Die Speisekarten aus Papier sind voller Fettflecken. Die Jungen heben ihre Gläser und stoßen mit Orangenlimonade auf Detweiler an.

«Möge er wieder zurückkommen.»

«Möge er nicht mehr zurückkommen. Möge ihm ein besseres Schicksal beschieden sein.»

«Möge er seine geistige Gesundheit zurückerlangen. Möge er als Jahrgangsbester die Abschiedsrede an seiner zweitklassigen High School halten und einmal ganz um den Lake Superior herumwandern und mit vielen hübschen drallen Mädels aus dem Mittleren Westen schlafen.»

Sie sind betrunken. Obwohl sie nur Orangenlimonade trinken, sind sie wie benebelt, in rührseliger Stimmung, unkoordiniert. Seung nimmt ihnen beiden das Versprechen ab, sich um Aviva zu kümmern. Dafür zu sorgen, dass es ihr gut geht, dass es ihr an nichts fehlt. Giddings macht eine ausholende Armbewegung und fegt dabei ein Glas vom Tisch, das klirrend am Boden zerschellt. Die Kellnerin kniet sich hin, um die Scherben aufzulesen. Kein Problem, sagt sie immer wieder, kein Problem.

Als sie wieder draußen auf der Straße sind, händigt Giddings Seung sein Abschiedsgeschenk aus, zwei Tabletten ausgezeichnetes LSD, die er von seinem letzten Besuch zu Hause mitgebracht hat. «Eine für dich, eine für Aviva.» Er hat noch mehr davon. Giddings hatte vorgehabt, ihnen allen zur Graduierungsfeier eine Tablette auszugeben.

«Ohne dich wird das sowieso keine richtige Feier», sagt Sterne.

«Aber klar doch», widerspricht ihm Seung. «Ihr beiden habt es geschafft. Ihr seid durchgekommen.»

Sie umarmen ihn fest, klopfen ihm auf den Rücken. Sie werden nächstes Jahr studieren; er muss noch einmal zur High School, das letzte Jahr wiederholen.

Während die beiden anderen sich auf den Weg zur Bibliothek machen, kehrt Seung allein zum Wohnhaus zurück. Die Füße tun ihm weh. Aviva hat gesagt, sie würde sich um halb sieben mit ihm vor dem Hiram treffen. Sie werden einen Spaziergang machen oder sich in den Gemeinschaftsraum setzen. Niemanden kümmert es mehr, was sie tun. Niemand beachtet sie mehr groß. Auf dem Campus hat man jetzt anderes zu tun, alle bereiten sich auf die Abschlussprüfungen vor. Das Interesse an den beiden ist stark abgeflaut. Ihre Geschichte ist vorbei, die Sache ist gegessen. Sie sind erwischt worden, sind letzten Endes doch nicht ungestraft davongekommen. Das Geheimnis, das sie so lange umgeben hat, existiert nicht mehr.

Aviva hält ein großes Buch an ihre Brust gedrückt. Seung kann nicht sehen, wie es heißt; sie hat die Arme davor gekreuzt. Ohne ein Wort zu wechseln, gehen sie zusammen los. Sie verlassen den Schulcampus und spazieren eine Wohnstraße entlang. Ein Kind sitzt auf einer Schaukel und schwingt im milden Abendlicht hin und her. Als sie einige Blocks vom Campus entfernt sind, bleibt Aviva stehen und lehnt sich an einen Laternenpfahl. Sie drückt noch immer das Buch an sich.

«Seung, wenn du wieder zu Hause bist …»

Er wartet. Er weiß, was bevorsteht. Er wird nun ihre Wahrheit zu hören bekommen, jene Dinge, die sie einfach aussprechen muss, weil sie nun einmal so sind.

«Es zerstört mich …», hört er. «Die Demütigung … dazuliegen … ich bin innerlich tot … du hast mich getötet … ich kann nichts mehr empfinden …» Es fließen keine Tränen, sie sieht nicht einmal traurig aus. Ihr Mund ist hart und grimmig.

Es ist die Wahrheit. Das kann er sehen. Er zerstört sie tatsächlich. Sie ist klapperdünn; sie besteht nur noch aus Ellbogen und Hals. Ihr kurzes, buschiges Haar wächst wieder, aber es sieht noch immer schlimm aus. Sie wirkt kraftlos und ausgezehrt, wie jemand, der eine Grippe hinter sich hat. Er hat ihre Schönheit ermordet. Nein, das ist es nicht. Die ist noch vorhanden, nach wie vor. Was hat er dann auf dem Gewissen? Ihre Lebensfreude. Ihren Stolz. Ihre Liebe, falls es die je gegeben hat.

«Ich möchte nicht, dass du mich anrufst. Ich möchte nicht, dass du mir schreibst …»

Er ballt die Fäuste; er knirscht mit den Zähnen. Schweiß tritt ihm auf die Schläfen. Er zittert, und dann beginnt er zu weinen. Aviva vermutet zumindest, dass er weint. Seung laufen Tränen übers Gesicht, aber er presst fest die Lippen zusammen und gibt keinen Laut von sich bis auf eine Art ersticktes Knurren.

«D-d-du …», stößt er schließlich hervor. «D-d-du …»

Sie weiß nicht – verflucht er sie, oder fleht er sie an? Vielleicht schlägt er sie gleich. Sollte er das tun, schlägt sie zurück. Er fängt an, keuchend um Atem zu ringen und sich mit der Faust gegen den Kopf zu schlagen. Etwas verschiebt sich in Aviva, und sie hat das Gefühl, dass er zu weit geht, dass er ihr jetzt Theater vorspielt; er will sie beschämen, damit sie Furcht und Mitleid empfindet.

«O Herrgott, Seung, das lasse ich nicht mit mir … das kannst du nicht bringen …» Sie wendet sich ab und nimmt vor ihm Reißaus, rennt durch die Straßen davon, den ganzen Weg zurück bis zu ihrem Wohnhaus. Sie meldet sich bei Señora Ivarra zurück, lässt in ihrem Zimmer ihr schweres Buch zu Boden fallen und verkriecht sich, angezogen, wie sie ist, in ihr Bett, rollt sich unter der Decke eng zusammen. Auf dem Rückweg hatte sie die ganze Zeit Angst, er könnte sie verfolgen; sein Blick hatte etwas Gewalttätiges.

Seung lässt sich auf die Treppe vor einer Haustür sinken und sitzt lange Zeit da, bis er sich etwas beruhigt hat und wieder langsamer atmet. Er hat diesen Tag immer schon kommen sehen, hat gewusst, dass er sie verlieren würde, dass er nicht dazu geschaffen ist, die Dinge zu besitzen, die er sich wünscht. Das steht jemandem wie ihm nicht zu, einem koreanischen Jungen, einem Sohn Nummer zwei. Das Leben hat ihm dieses Mädchen gesandt, damit er sich einen Begriff von der Freude machen und sie kosten konnte, nur um dann zusehen zu müssen, wie sie vor ihm davonläuft.

Als er sich dazu in der Lage fühlt, kehrt er zum Weld zurück, ausgelaugt und auf zittrigen Beinen, und klopft dort an Mr Glass' Tür.

«Ich wollte mich nur zurückmelden», sagt er zu dem Lehrer.

Mr Glass mustert den Jungen, seine wund wirkenden Augen und die schweißglänzende Haut. Das Haus ist nahezu menschenleer. Es ist Seungs letzte Nacht in Auburn.

«Seung. Möchtest du vielleicht reinkommen?»

«Nein, danke.»

«Ich habe mir dieses Ergebnis nicht gewünscht», sagt Mr Glass zu ihm. Er will ihn noch nicht ziehen lassen, macht keine Anstalten, die Tür zu schließen. Der Junge trägt diese Maske, die junge Asiaten oft zur Schau tragen, die Maske, die einem sagt: «Ich werde nichts sagen. Fragen Sie nicht.» Aber das irgendwie ungesunde Aussehen seiner Haut und seiner Augen verrät ihn. Was für eine Verschwendung, denkt Mr Glass. Ein begabter Junge, aber einer, der sein Glück gern herausforderte, immer in der Überzeugung, dass der Bogen noch lange nicht überspannt war. Trotzdem, so kurz vor dem Schulabschuss hätte der Ausschuss ausnahmsweise einmal ein Auge zudrücken und es bei einer Bewährung bewenden lassen können. Aber die alten Hasen waren strikt dagegen. Das Disziplinarsystem hier in Auburn ist überholt, unflexibel, gehört dringend reformiert. Diese Auffassung vertrat Mr Glass immer schon.

«Ich weiß», sagt Seung.

«Bist du sicher, dass du nicht reinkommen möchtest?», fragt Mr Glass. «Ellen hat einen neuen Tee besorgt, Brombeere-irgendwas.»

«Danke, Mr Glass. Ich möchte mich jetzt einfach nur hinlegen.»

Sobald er im Bett liegt, fängt Seung an zu zittern und zu schlottern, so heftig, dass er befürchtet, seine Rippen könnten entzweigehen. Der Schmerz sitzt ihm so tief in den Knochen, dass er aufheulen könnte. Voller Angst zwingt er sich, aufzustehen und im Zimmer auf und ab zu laufen. Vielleicht wird es ja besser, wenn er in Bewegung bleibt. Als er an dem Spiegel auf der Kommode vorbeikommt, sieht er sich als länglichen Streifen Dunkelheit, der kurz Gestalt annimmt und dann wieder davongleitet. Er hält inne, um der Sache näher auf den Grund zu gehen. Obwohl er ganz reglos dasteht, kann er sich noch immer nicht sehen. Liegt es daran, dass er so heftig zittert, oder stimmt tatsächlich etwas nicht mit seinem Gesicht? Er senkt den Blick und benennt die Gegenstände auf der Kommode: sein Skizzenbuch und zwei Kohlestifte, sein Taschenmesser, ein Roman von Thomas Bernhard, den er für Sterne zurücklässt. Sein Herz klopft wie verrückt; er schwitzt wieder heftig. Auf einmal packt ihn die Angst, dass er sterben könnte, wenn er noch länger hier in diesem Zimmer bleibt. Er muss raus hier, sonst wird er sterben, im wahrsten Sinne des Wortes.

In seiner Panik nimmt er kaum etwas um sich herum wahr, als er die Treppe hinunterstürmt. Sich bei Mr Glass ordnungsgemäß abzumelden kommt ihm in seinem Zustand nicht in den Sinn. Im Schein der Abendsonne hastet er los, vorbei an den Wohnhäusern, der Sporthalle, den Sportplätzen und der Aschenbahn, bis er im Wald ist, wo er nach einem Versteck Ausschau hält. Er biegt von dem Trimmpfad ab und in ein Dickicht aus Brombeersträuchern, wo er schließlich eine kleine Lichtung findet. Er streckt sich auf der kühlen Erde aus und überlässt sich ganz der Störung in seinem Inneren. Seine Beine zucken so heftig, dass die Gelenke knacken. Sein Kopf ist voller loser Steine. Er nimmt akustisch nichts mehr wahr außer dem Geräusch seines unkontrolliert zuckenden Körpers. Hinten in seiner Kehle rasselt etwas.

Als der Anfall endlich vorbei ist, döst er erschöpft ein. Nach zehn, fünfzehn Minuten wacht er wieder auf, kramt einen Joint aus seiner Hosentasche und raucht ihn hastig, in Erwartung des entspannten Gefühls, das ihn wie eine Wolke einhüllt und tröstet. Die Glut bewegt sich immer dichter auf seine Finger zu, und er lässt sie dort weiterbrennen, lässt sie an der Haut züngeln und sie dann versengen. Schließlich lässt er den letzten Rest des Joints auf die Erde fallen, wo er noch einmal hell aufflackert und dann erlischt. Er stößt seine versengten Fingerkuppen in die kühle Erde. Ihm tut alles weh. Er stellt sich Aviva bildlich vor, in dem Bett daheim bei seinen Eltern, ihre gespreizten Beine, die zarte, blasse Haut dort und das dunkle Haar, und meint wieder die außerordentlichen Laute zu hören, die er ihrem Körper später zu entlocken lernte.

Er streift ziellos durch den Wald. Nach einigen Minuten hört er Stimmen in der Nähe, Schritte, und entfernt sich, um ihnen aus dem Weg zu gehen. Instinktiv zieht es ihn in Richtung Sumpf. Dort wird heute niemand sein, vermutet er, am Vorabend der ersten Abschlussprüfungen. Es ist so friedlich dort; er liebte diesen Ort schon immer, besonders zu dieser Jahreszeit, mit den Wildblumen und dem Abendlicht, das bis spät durch die Bäume lugt. Er dringt immer tiefer in den Wald vor, und als er beim Sumpf ankommt, stellt er zu seiner Zufriedenheit fest, dass dort tatsächlich niemand ist. Er könnte Robinson Crusoe auf seiner einsamen Insel sein, oder ein Astronaut, der ganz allein einen freundlichen und fruchtbaren Mond erkundet. Er geht in die Hocke und taucht seine schmerzenden Finger in das seichte Wasser. Das Wasser ist sehr kalt, und nach einem kurzen Moment der Betäubung kehrt der Schmerz umso heftiger zurück. Seung kann spüren, wie sich die Brandblasen bilden.

Und genau dort entdecke ich ihn, am Ufer hockend und die Finger durchs Wasser ziehend. Ich bin gerade unterwegs zu meinem Treffen mit David, und als ich eine Abkürzung nehmen will und mich durch ein dichtes Gestrüpp kämpfe, finde ich mich plötzlich in einer herrlichen Lichtung wieder. Es ist das erste Mal, dass ich sie sehe, ich war bisher noch nie hier. Der Sumpf ist, technisch gesehen, eigentlich kein Sumpf, sondern eher ein kleiner See, dessen seichter Rand mit Algen überwuchert ist. Er befindet sich in einer Senke, ringsum bestanden von Birken, die für eine abgeschiedene, leicht unwirkliche Atmosphäre sorgen. Man kann nur wenige Meter daneben durch den Wald gehen, ohne ihn zu sehen oder auch nur etwas von den Leuten zu hören, die dort abhängen. Hat man mir jedenfalls erzählt. Es ist, aus leicht ersichtlichen Gründen, der Lieblingsort der ernsthaften Drogis von Auburn, der Karrierevisionäre, all jener, die an einem Sonntag einige Stunden ungestört sein wollen, um in Ruhe auf einen Trip gehen zu können, sei es mit LSD oder mit Pilzen, und der verschlungene Weg hierher ist ein Geheimnis, das sie untereinander streng hüten. Voss und Cort und ich haben ein paarmal versucht, mehr spaßeshalber, diesen sagenumwobenen Ort im Wald ausfindig zu machen, aber immer vergeblich. Jetzt habe ich zufällig hergefunden, als ich eigentlich ganz woanders hinwollte, und Seung leistet mir Gesellschaft. Allein, ohne seine Gang, was eine echte Seltenheit ist. Es wundert mich, dass sie nicht bei ihm sind, an diesem letzten Abend. Ohne sie sieht er irgendwie kleiner aus, weniger wie er selbst.

Ich weiß nicht, ob Seung meine Gegenwart spürt. Ich könnte einfach wieder in den Wald zurückhuschen, mir eine andere Route zu meinen Zielort suchen, aber stattdessen gehe ich auf ihn zu. Ich hüstele sogar, während ich mich ihm nähere, aber er dreht sich nicht um.

«Pech gehabt», sage ich, als ich bei ihm angekommen bin. «Diese Schweine von der Schulverwaltung.»

Er nickt leicht, ohne den Kopf zu heben.

Ich lasse meinen Rucksack auf die Erde fallen und hocke mich daneben.

«Alles klar bei dir?», frage ich.

«Klar», sagt er. Endlich sieht er mich an. Ich sehe die verräterische Röte in seinen Augen, seine Pupillen aber sind nicht zusammengezogen, sondern erweitert. Was mag er sich reingezogen haben?

Ich sage nichts, Seung sagt nichts. Er fragt nicht, warum ich hier bin. So hocken wir lange Zeit schweigend da. Nur in den ersten paar Minuten bin ich noch unruhig, gerate mehrfach in Versuchung, ein Geräusch zu machen, egal was für eins, weil sich die Stille so merkwürdig anfühlt. Dann lässt dieser Drang langsam nach, und stattdessen überkommt mich eine unglaubliche innere Ruhe. Ich beobachte die Lichtflecken auf der Wasseroberfläche und höre, ein oder zwei Mal, einen Ochsenfrosch. Ich nehme ein leises Summen wahr, das entweder von kleinen Insekten verursacht wird oder das Geräusch der Stille selbst ist. Seung hockt schweigend neben mir, verlagert ab und zu sein Gewicht. Es ist, als wären wir Freunde, als würden wir uns schon so lange kennen, dass wir es problemlos miteinander aushalten, ohne zu sprechen. Mag sein, dass diese Stille nicht ganz so lange anhielt, wie ich es in Erinnerung habe. Sie fühlte sich jedenfalls endlos an, und wunderschön. David Yee und unsere Verabredung habe ich mittlerweile komplett vergessen. Und während ich hier neben Seung hocke, spüre ich langsam, was in seinem Kopf vor sich geht. Worte empfange ich keine, aber ich spüre seine Schwere, seine Verwirrung und Furcht. Ich kann spüren, wie megabreit er ist, dass ihm sogar das Atmen Mühe bereitet. Den Kopf zu heben, einen Kiesel aufzulesen und ins Wasser zu werfen, all das kostet ihn ungeheure Anstrengung, ungeheure Überwindung.

Nach einer Weile öffne ich schließlich meinen Rucksack, hole den 151 heraus, nehme einen tüchtigen Schluck und biete die Flasche dann Seung an. Er nimmt sie an, ohne eine Miene zu verziehen, und nippt einmal kurz daran. Ich dränge ihn, mehr zu trinken, es sei doch genug da. So hocken wir eine Weile da und trinken immer abwechselnd aus der Flasche. Der scharfe Rum brennt mir in der Kehle und sorgt dafür, dass mir warm wird. Inzwischen ist mir David Yee wieder eingefallen, aber ich denke mir, zum Teufel mit dem, er kann warten.

Die Sonne sinkt am Himmel rasch tiefer, als hätte sie den Tag über getrödelt und müsste verlorene Zeit wettmachen. Vom Rum habe ich Durst bekommen. Ich ziehe meine Schuhe und Socken aus, wate ein paar Meter ins Wasser, bis dorthin, wo keine Algen mehr sind, und trinke einige Handvoll. Da ich inzwischen auch mal pinkeln muss, schlage ich mich ein Stück weiter weg in die Büsche. Als ich zurückkomme, ist

Seung im Wasser. Er hat sich erst gar nicht die Mühe gemacht, seine knittrige alte Armyhose hochzukrempeln oder sonst etwas. Er watet richtig tief hinein, bis ihm das Wasser bis an die Hüfte reicht, und wirft sich dann auf den Rücken. Ich stehe am Ufer und beobachte ihn. Sein schwarzes Haar klebt ihm links und rechts am Gesicht; mit seinen hohen, scharf geschnittenen Wangenknochen sieht er aus wie ein Indianer. Er schwimmt bis zur Mitte des Sumpfes und pflügt dann im Schmetterlingsstil zurück, wobei seine kräftigen Arme im Wasser richtige Wellen aufwirbeln. Unweit vom Ufer dreht er sich wieder auf den Rücken und lässt sich mit geschlossenen Augen treiben. Er lächelt, wirkt heiter und entspannt. Wasser ist schließlich sein Element.

Hinterher streckt er sich am Ufer aus.

«Seung», sage ich. «Du liegst mitten im Dreck, Mann.» Was mich daran stört, kann ich zu dem Zeitpunkt nicht so genau sagen. Heute würde ich schwören, dass es ein Beschützerinstinkt war. Ich wollte nicht, dass er sich die Haare schmutzig macht. Seung jedenfalls reagiert nicht oder tut so, als hätte er mich nicht gehört. Er liegt in seinen nassen Klamotten so reglos da, als würde er ein Sonnenbad nehmen, während es um uns herum immer dunkler und kühler wird.

Na schön, denke ich. Ich strecke mich neben ihm aus und benutze meinen Rucksack als Kopfkissen. Wieder verspüre ich in der Stille, die uns umgibt, diesen unvermuteten Trost. Als würden Seung und ich oft hierherkommen und Seite an Seite daliegen wie jetzt gerade, jeder in seine Gedanken versunken und ohne das Bedürfnis, etwas zu sagen.

Schließlich dreht er sich zu mir und stützt sich auf dem Ellbogen ab. Sein Gesicht ist im Dunkel kaum noch zu erkennen. «Hast du je darüber nachgedacht, dich umzubringen, Bennett-Jones?», fragt er.

«Je?», erwidere ich. «Andauernd.»

«Warum hast du es dann noch nicht getan?»

Ich sehe blinzelnd nach oben in den grauen Himmel. «Aus Faulheit.»

«Nein, im Ernst. Ich will es wissen.»

«Ich verkohle dich nicht.» Ich setze mich auf; so fällt mir das Denken leichter. Der Alkohol macht sich bemerkbar, ich fühle mich etwas benebelt. «Ich bin kein sonderlich entschlussfreudiger Mensch. Es ist schon vorgekommen, dass mir Sterben richtig erschien, aber nie wichtig genug.»

Seung streckt die Hand nach seinen trockenen Turnschuhen aus und bringt einen Joint zum Vorschein, den er in einem der Schuhe verborgen hatte. «Hast du Bock?», fragt er.

«Klar.»

«Ich wusste immer schon, dass du kiffst, Bennett-Jones.»

«Ich dachte, das hätte ich ganz gut geheim gehalten.»

«Ich habe eben ein untrügliches Gespür. Aber du kiffst immer allein, ganz heimlich. Das tut dir nicht gut. Kiffen muss man in Gesellschaft. Wenn man immer allein kifft, wird man mit der Zeit komisch.»

«Danke für deine Besorgnis.»

Seung nimmt einen tiefen Zug und reicht den Joint an mich weiter. Er schließt die Augen, als er den Rauch restlos einzieht, dann schluckt er behutsam, ohne Hast. Es wirkt fast weiblich, dieses genießerische Auskosten.

Ich nehme einen zischenden Zug, ermahne mich aber im Stillen, es nicht zu übertreiben. Mir ist schon ziemlich schwindelig von dem Rum, und ich möchte nicht zu sehr die Kontrolle verlieren.

«Du würdest dich umbringen, weil sie dich rausgeschmissen haben?», frage ich.

«Rausgeschmissen?», murmelt er. Dann setzt er sich ebenfalls auf.

«Cannabis sativa», hebt er mit tiefer Stimme an, wie der

Sprecher in einem Fernsehwerbespot. «Erstmals benutzt von den Hindus im alten Indien und in Nepal im dritten Jahrtausend vor Christus. Bekannt und hochgeschätzt auch bei den Assyrern, den Skythen, den Thrakern und Dakern, den alten Chinesen, den alten Griechen …»

«Doch im Jahr 1937 von einem engstirnigen und ignoranten Kongress schändlicherweise unter Verbot gestellt …»

«Hey! Du kennst dich ja gut aus, Bennett-Jones.»

«… was allerdings den Nachrichtendienst OSS nicht davon abgehalten hat, es im Zweiten Weltkrieg als Wahrheitsserum einzusetzen.»

«Weißt du auch, wie man ein THC-Molekül als Diagramm darstellt?»

«Tut mir leid. So weit bin ich bei meinen privaten Forschungen nicht vorgedrungen.»

«Es sieht aus wie ein Nachziehspielzeug.» Seung skizziert es mit dem Finger in die Luft. «Vorne ist der Kopf mit den drei Hexagon-Ringen und hinten dann der Schwanz aus fünf Kohlenstoffen … eine Pentylgruppe. Tetrahydrocannabinol.»

«Das wusste ich noch nicht, aber dafür kann ich dir verraten, dass der Besitz von Marihuana in Saudi-Arabien streng verboten ist. Bei Zuwiderhandeln wird einem ein Ohr abgeschnitten, und man kommt mindestens vier Jahre ins Gefängnis.» Das habe ich gerade frei erfunden, unter dem diffusen Einfluss des Films *Midnight Express*, den ich im Vorjahr im Kino gesehen habe.

Seung sieht mich mit großen Augen an. «Nein! Woher weißt du das?»

«Hab's in einem Buch gelesen, von einem französischen Journalisten, der dort verhaftet wurde.»

«Haben sie ihm auch das Ohr abgesäbelt?»

«Nein. Die französische Regierung hat interveniert, und

eine wunderschöne Araberin hat ihm auch geholfen. Eine Geheimagentin der USA, wie sich am Ende herausgestellt hat.»

Wir rauchen schweigend, trinken ab und zu einen Schluck Rum aus meiner Flasche. Als der Joint heruntergebrannt ist, zündet Seung sofort den nächsten an. «Eigentlich wollte ich dieses Jahr etwas kürzertreten», sagt er, «aber daraus ist nichts geworden.»

«Kürzertreten beim Kiffen? Wieso?»

«Aviva. Es hat ihr nicht gefallen.»

Aviva. Sie ist mir bisher überhaupt nicht in den Sinn gekommen. Vorübergehend hat sie in der Gleichung zwischen Seung und mir keine Rolle gespielt; er und ich, wir sind einfach nur zwei Typen, die am Seeufer liegen, zusammen im Dämmerlicht einen durchziehen und uns unterhalten. Meine Kehle schnürt sich zusammen, und ich spüre einen Druck auf dem Herzen.

«Kifft sie nicht?», frage ich, bloß um etwas zu sagen.

«Sie würde gern», antwortet er, ohne das näher auszuführen.

Ich werfe einen Blick auf die Uhr. Es ist sieben Minuten vor acht, noch zwei Stunden und sieben Minuten, bis wir in unser Haus zurückmüssen. Noch eine Woche und sechs Tage bis zur Graduierung. Meiner Graduierung zumindest. Falls ich nicht durchfalle. Langsam macht es mich nervös, hier draußen mit Seung abzuhängen, wenn er so breit ist. Sollte er plötzlich anfangen, irgendwie auszuflippen, kann ich für ihn nicht den Babysitter spielen oder dafür sorgen, dass er wohlbehalten zur Schule zurückfindet. Ich will in nichts verwickelt werden, deswegen.

Ich stehe auf, um Seung zu sagen, dass ich jetzt abhaue, aber mein Kopf ist so schwer wie eine Bowlingkugel, und ich taumele kurz, außerstande zu sprechen. Ich bete im Stillen, dass ich vor Mr Glass und seinem Clipboard Gnade finden werde. Mr Glass drückt bei Regelverstößen gern mal ein Auge zu, aber wenn man nicht mal den Anstand hat, sich halbwegs glaubhaft zusammenzureißen, um ihn hinters Licht zu führen, kommt auch er zu dem Schluss, dass er Maßnahmen ergreifen muss. Ich setze mich wieder hin und lasse den Kopf nach vorn auf die Knie sinken. Als es mir etwas besser geht – es sind einige Minuten vergangen, Seung hat keinen Mucks von sich gegeben –, krame ich hektisch meinen Rucksack durch und fördere einen Schokoriegel und eine Taschenlampe zutage. Beides ist gut, aber der Fund der Taschenlampe erleichtert mich ganz besonders. Aus einer cannabisinduzierten Logik heraus scheint mir diese Lampe nämlich auf einmal die Lösung für das Problem der Rückmeldung bei Mr Glass zu sein. Ich kann beruhigt aufatmen; es wird alles gut gehen. Ich strecke mich wieder auf der Erde aus, in dem undeutlichen Bewusstsein, dass ich viele Probleme habe, die durch die Taschenlampe nicht gelöst werden, doch mir will nicht mehr einfallen, was für Probleme genau.

«Scheiße, zeig mal den Ring. Der fällt mir ja jetzt erst auf», sagt Seung.

«Der hier?» Ich verberge hastig meine Hand vor ihm. «Der ist nur ein Witz, Mann. Den hat mein Dad mir gekauft.»

Er gibt mir Zeichen, ihm den Ring noch einmal zu zeigen, und beugt sich dicht vor, um die Inschrift zu entziffern. «Gnaritas et Patientia. Hurra, hurra.»

«Ja. Dad war in der Klasse von 44.»

«Ohne Scheiß.»

«Ohne Scheiß. Und sein Dad war in der Klasse von 13. Und dessen Dad … na ja, du kannst dir denken, wie es weitergeht.»

«O Mann, Sohn eines Absolventen von 44, Urenkel eines Absolventen aus dem neunzehnten Jahrhundert. Das ist ja fast schlimmer, als der Sohn eines promovierten Koreaners und seiner Frau zu sein, die studierte Ärztin ist.»

Es verblüfft mich, dass er das versteht.

Ich streife den Ring ab und reiche ihn ihm.

«Ich habe so ein Ding noch nie angefasst», sagt Seung. «Detweiler hatte auch so einen, aber er hat ihn in einer Art Schachtel aus Kryptonit unter Verschluss gehalten.» Er bekommt ihn nicht an den Ringfinger – seine Finger sind breit und haben dicke Gelenke –, also steckt er ihn sich an den kleinen Finger. Mir fallen die Brandblasen an seinem Daumen und dem Zeigefinger auf.

Meine Benommenheit und die verzerrte Wahrnehmung lösen sich in einer Folge von Wellen. Langsam fühle ich mich wieder im Vollbesitz meiner geistigen Fähigkeiten.

«Eines Tages wirst du ihn an deinen Sohn weitergeben», sagt Seung zu mir.

«Das bezweifle ich.»

Er spreizt die Finger, betrachtet eingehend das Siegel an dem Ring. «Bruce Bennett-Jones», murmelt er vor sich hin. «Bruce Bennett-Jones. Ich habe mein verdammtes Leben verpfuscht.»

«Dein Leben verpfuscht?» Ich lache. «Komm schon, Jung. Du ziehst wieder zu Hause ein, holst deinen Abschluss an der High School in Jordan nach, und wenn du bis dahin sauber bleibst, fängst du im Winter an zu studieren.»

Er hört mir gar nicht zu. «Ich habe die Achtung meiner Eltern verloren», sagt er ruhig, während er immer wieder die Hand zur Faust ballt und wieder löst. «Ich habe meine Freundin verloren. Ich habe vierzigtausend Dollar in den Sand gesetzt, die meine Eltern bezahlt haben, um mich hierherzuschicken. Ich habe meine Selbstachtung verloren.»

Er hat seine Freundin verloren?

Er schlägt sich ein paarmal mit der Faust gegen den Kopf,

und ich weiß nicht recht, ob er sich wirklich wehtut oder nicht. Es sieht jedenfalls nicht gut aus.

«Ich habe mich bemüht, Bennett-Jones. Ich habe mich so sehr bemüht, verdammt.»

«Komm schon, Jung. Hör auf damit.» Ich versuche zu entscheiden, ob das, was er da gesagt hat, wirklich ernst gemeint war, dass er und Aviva Schluss gemacht haben. Was könnte der Auslöser dafür gewesen sein? Es will mir nicht in den Kopf. Sie sind berühmt, sie sind das Musterpaar für uns alle, zumal in sexueller Hinsicht.

«Aviva …?», krächze ich.

«Ich habe sie zerstört. Ich habe sie gedemütigt», sagt er. «Ich bin kein richtiger Mann.»

Er faselt bloß Unsinn, entscheide ich, typisches Kiffergerede. Ich bringe ihren Namen nicht noch einmal über die Lippen; er wird mich versengen. «Vielleicht überlegt sie es sich noch mal anders», sage ich unbeholfen. «Mädchen sind so. Vielleicht will sie dich morgen schon wieder zurück.»

«Sie wird mich nicht zurückwollen. Du kennst sie nicht.»

Ich starre ihn an, außerstande, etwas zu antworten. Weil ich sie eben doch kenne. Ich habe sie mir so oft vorgestellt, in allen Einzelheiten, ihren Körper, ihre Gedanken, die Gespräche, die sie mit ihren Freundinnen führt, mit ihrem Bruder, ihrem Vater und ihrer Mutter, was sie zu ihm, Seung, sagt, welche Bücher sie liest und welche Phantasien sie antörnen, wenn sie selbst Hand an sich legt. Ich weiß, wie die Wohnung aussieht, in der sie aufgewachsen ist, und ich kenne den Park in der Nähe ihrer alten High School und die arroganten Randbemerkungen, die sie in ihre Schulbücher kritzelt. «Du hast recht», sage ich schließlich. «Sie wird nicht zu dir zurückkommen.»

Er sieht mich an. Dann nickt er, als würde er endlich etwas begreifen – wer ich bin, in welcher Beziehung ich zu ihm stehe. Zum ersten Mal wird ihm klar, dass wir Konkurrenten sind, dass ich ihm früher mal, in unserer Kindheit, überlegen war und dass ich jetzt, wegen des Vorgefallenen wieder die Oberhand gewinnen werde.

Seung wirft einen Stein ins Wasser.

«Ich habe sie mal betrogen», sagt er. «In den Frühjahrsferien. Mit einem Mädel in Jordan.»

Ich bin zutiefst empört, stellvertretend für Aviva. Der Dreckskerl. «Wieso?»

«Wieso?» Er wirkt kurz verdutzt. «Weil es nötig war.»

Da löst sich etwas in mir. Ich ahne etwas – was genau, hätte ich zu der Zeit noch nicht in Worte fassen können. Nein, das Gesamtbild habe ich erst später zusammengepuzzelt. Trotzdem, ich merke, dass es da etwas gibt, was ich sagen werde, etwas, das ich vielleicht schon die ganze Zeit sagen wollte, von Anfang an, seit ich Seung und Aviva das erste Mal zusammen auf der Couch im Gemeinschaftsraum des Weld gesehen habe. Meine Worte stehen mir voll erblüht und so lebhaft vor Augen, dass sie, was mich betrifft, absolut wahr und nicht gelogen sind. Ich fühle mich ruhig und sehr stark. Ich stehe auf, recke und strecke meine Arme in die Höhe, als könnte ich damit den Mond vom Himmel pflücken.

«Weißt du», sage ich, «ich wollte es dir eigentlich nicht erzählen, aber da du ja jetzt weggehst und mit ihr Schluss gemacht hast, finde ich, du solltest es wissen. Ich habe sie gevögelt, Jung. Es ist schon etwas her, es war im Winter. Weißt du noch, der Schwimmwettkampf in Kent, wo ihr über Nacht geblieben seid, du und die Mannschaft? Da ist es passiert.»

Ich bekomme nicht einmal mit, wie er sich auf die Füße rappelt. Plötzlich steht er vor mir, groß und breit, und es sieht ganz so aus, als wollte er mir gleich eine reinhauen. Ich rühre mich nicht vom Fleck. Irgendwie weiß ich, dass er mir nichts anhaben kann, egal, was er tut. Selbst wenn ich hier verbluten würde, hätte ich immer noch gewonnen.

«Bennett-Jones, erzähl mir hier keine faulen Witze.»

«Das ist kein Witz. Es ist die Wahrheit. An dem Abend hat ein Tanz stattgefunden, ja? Im Pepperdine-Wohnhaus. Sie war dort und hatte niemanden zum Tanzen. Oder hätte auch mit allen tanzen können. Wir waren erst zusammen am Fluss spazieren, und dann sind wir in ihr Zimmer gegangen.»

Seung packt mich am Hemd. Sein Gesicht ist finster, finster. «Was soll der Mist, Mann? Du sitzt hier, ziehst dir mein Gras rein, wir unterhalten uns … Wieso erzählst du auf einmal so einen Schwachsinn?»

«Ich will dir nur unnötigen Schmerz ersparen. Damit du dich ihretwegen nicht zu sehr grämst. Deshalb solltest du die Wahrheit wissen.»

«Du bist ein beschissener Lügner.»

«Sie hat einen violetten BH», sage ich. «Eine komische Farbe, wie ein Grape Lollipop. In der Mitte ist so ein kleines Ding, wie eine gestickte Blume oder so was, mit dem Buchstaben *P* darauf.»

Seung holt drohend mit der Faust aus, und ich schließe die Augen. Doch als ich sie wieder aufmache, ist er schon an mir vorbei und steuert aufs Wasser zu. «Erzähl mir mehr!», schreit er, ohne sich zu mir umzudrehen. «Aber schön laut!» Ich behalte ihn im Auge, während er sein Hemd auszieht. Das verstehe ich bis heute nicht – warum er sein Hemd ausgezogen hat, meine ich. Es war schließlich schon nass. Das Hemd war grün – ich sollte später noch Grund haben, mich an dieses Detail zu erinnern. Also erzähle ich ihm mehr, und zwar schön laut. Ich erhebe die Stimme, damit er jedes Wort hören kann. Ich erzähle ihm, wie sie mich mit ihren Schenkeln umklammert hat, ich beschreibe ihm die Laute, die sie von sich gegeben hat, und jetzt erzähle ich ihm, dass es nicht nur einmal vorgekommen ist, sondern sogar mehrmals, einmal in der Garderobe der Dramag, ich kniete über ihr, und …

Seung ist inzwischen im Wasser und schwimmt zum anderen Ufer, mit kräftigen, wütenden Armbewegungen. Er macht eine Unterwasserrolle und kommt wieder zurück. So schwimmt er zwischen den Ufern hin und her, pausenlos, unermüdlich, um seinen Zorn abzureagieren. Ich schreie inzwischen, und was ich ihm erzähle, sind all die Dinge, die ich mir immer nur in meiner Phantasie ausgemalt habe. Ich erzähle ihm von den Stellen, an denen ich Aviva berührt habe, davon, wie sich ihre Haut angefühlt hat, vom Schnurren ihrer Stimme, und aus meiner anfänglichen Wut wird nach und nach Zärtlichkeit, und was ich schildere, ist kein Vögeln mehr, sondern Liebemachen; ich beschreibe Verspieltheit und Wertschätzung, und dabei verliere ich die Kontrolle über meine Erzählung, werde unglaubwürdig. Ich schildere Begegnungen, die niemals stattgefunden haben können, wir beide an einem Strand in Kalifornien, bei mir zu Hause in New Jersey, als Aviva mich mal besucht hat (wir liebten uns ganz leise, während meine Mutter in der Küche herumhantierte), aber Seung kann mich sowieso nicht mehr hören, oder hört nur noch Bruchstücke; das Klatschen seiner eintauchenden Arme und das Rauschen des Wassers versiegeln ihm die Ohren. Und da trifft es ihn mit voller Wucht – ich sehe es vor meinem inneren Auge –, die Lysergsäure, über die ich erst später mehr erfahren habe, metabolisiert, und der Sumpf funkelt mit einem Mal hell auf, ist übersät mit winzigen blinkenden Pünktchen aus lebender Energie, die über die Wasseroberfläche tanzen. Seungs Atmung verlangsamt sich, bis sie ebenso dickflüssig und träge ist, wie das Wasser um ihn herum zu sein scheint. Aber diese verdickte Substanz behindert ihn nicht, sie umfängt ihn ganz sanft, und Seung erkennt, dass niemandem irgendeine Schuld zu geben ist. Er vergisst, dass es so etwas wie Schuld überhaupt gibt. Die schwarzen Bäume neigen sich herab und berühren die Haut des Sumpfes, die eine atmende Haut ist, voll unzähliger Münder, die Sauerstoff einsaugen und wieder freisetzen, ein endloser Kreislauf von Atem und Leben. Seung tritt Wasser, und er taucht unter die Haut, um besser atmen zu können, um diese unendliche Quelle von Atem einzuatmen.

Ich stehe am Ufer, erzähle noch immer meine Geschichte, während die Sonne endgültig hinter den Bäumen versinkt und sich immer tiefere Dunkelheit herabsenkt. Eben sehe ich Seung noch Wasser treten; im nächsten Moment ist er verschwunden. Er wird gerade eine Unterwasserrolle machen, denke ich, und wieder zum Ufer zurückschwimmen. Wenn er bei mir ankommt, schlägt er mich vielleicht nieder; vielleicht prügelt er mich krankenhausreif. Das wäre in Ordnung. Ich bin darauf gefasst. Ich warte darauf, dass seine Gestalt aus dem Wasser auftaucht. Aber der Unterschied zwischen Himmel und Wasser ist von der Dunkelheit verwischt worden, und ich kann ihn nicht entdecken. Nach einer Weile kommt mir der Verdacht, dass er sich einen miesen Scherz mit mir erlaubt. Er kauert im Gestrüpp auf der anderen Seite des Sumpfes und lauert darauf, dass ich anfange, mir Sorgen zu machen. Lauert darauf, dass ich losgehe, um ringsherum am Ufer nach ihm zu suchen, und dann stürzt er sich in der Finsternis auf mich und vermöbelt mich nach Strich und Faden. Wieder stört mich der Gedanke nicht sonderlich, dass Seung mir wehtun könnte, aber dass er irgendwo im Schatten hockt, mich manipuliert und sich über mich ins Fäustchen lacht, diese Vorstellung missfällt mir kolossal. Nein, auf das Spielchen lasse ich mich nicht ein. Ich werde mich einfach umdrehen und gehen. Es dürfte sowieso bald Zeit sein, mich im Wohnhaus zurückzumelden. Aber ich bringe es nicht fertig zu gehen. Weil ich nun doch langsam Angst bekomme. Ich schalte meine Taschenlampe ein und richte sie aufs Wasser; ihr schwacher Strahl erhellt nichts. Ich rufe Seungs Namen. Komm schon, Jung, sage ich. Lass die Spielchen. Komm raus. Komm zurück. Ich schwenke die Taschenlampe in alle Richtungen.

Ich weiß nicht, wie viel Zeit vergeht. Kurz habe ich den Eindruck, dass sich durch das Gras mein Zeitgefühl irgendwie verändert hat, dass Seung vielleicht erst seit wenigen Sekunden verschwunden ist. Ich rufe noch einmal, lauter diesmal. Jetzt bin ich mir sicher, dass die Zeit vergeht. Endlich kommt mir der Gedanke, auf die Uhr zu sehen. Zwanzig vor neun. Aber das hilft mir auch nicht weiter. Weil ich nicht weiß, wie spät es war, als ich sein schimmerndes schwarzes Haar im Wasser aus den Augen verloren habe. Ich hocke mich hin und versuche, ganz ruhig zu atmen. Entweder versteckt Seung sich gerade irgendwo im Wald, oder er tritt an einer dunklen Stelle, die ich nicht sehen kann, sehr leise Wasser. Ich stehe wieder auf und schreie, dass er ein Scheißkerl ist, dass ich ihm bloß die Wahrheit erzählt habe, dass ich jetzt abhaue. Meine Stimme zittert ein wenig. Ich nehme Seungs Hemd und seine Turnschuhe und werfe sie an eine matschige Stelle am Ufer, wo Bäume und Sträucher ganz dicht am Wasser stehen.

«Viel Spaß beim Rückweg!», schreie ich. Während ich den Sumpf hinter mir lasse, stelle ich mir genüsslich vor, wie Seung, immer wieder von dunklen Zweigen gepeitscht, barfuß und mit nacktem Oberkörper zum Campus zurückkehrt. Seine Strafe dafür, mir solche Angst eingejagt, ein so mieses Spiel mit mir getrieben zu haben. Wie das wohl aussehen wird, Jung, wenn du triefnass, verdreckt und sichtlich unter Drogen bei Mr Glass auftauchst? Wobei, irgendwelche Zusatzstrafen können sie dir jetzt ja nicht mehr aufbrummen, nicht wahr?

Glaube ich all dieses gehässige, schadenfrohe Gerede, mit dem ich mir die Zeit vertreibe, während ich in die Zivilisation zurückkehre? Glaube ich tatsächlich, dass Seung festen Boden unter den Füßen hat?

Das ist nicht der Fall. Er sinkt nun in die Tiefe, unaufhaltsam, während ich im Zickzack im Dunkeln umherirre, bis ich endlich den Weg finde, der aus der Wildnis herausführt. Eine Minute, vielleicht neunzig Sekunden lang kämpft Seungs Körper reflexhaft gegen die Flüssigkeit an, die in seine Lunge strömt, aber dann hört die Furcht auf, ganz plötzlich. Er löst sich in der lebendigen, atmenden Materie des Wassers auf. Es gibt keine Hindernisse mehr. Er ist niemandes Sohn, niemandes Liebhaber. Flüchtig sieht er Avivas Gesicht vor sich, nicht Aviva selbst, sondern ein Bild von ihr, ein Bild, eingefangen von einem Spiegel, einer Glasscherbe, die vorbeischwebt und langsam unter ihm versinkt. Auch er ist eine Scherbe; sie sind beide Scherben, die in einem Meer aus Scherben versinken, ohne jede Bedeutung, glänzend, hübsch anzusehen, gefährlich; so ist die Welt nun einmal, und das akzeptiert er klaglos, während er untergeht.

54

Sie beginnen gegen halb elf, nach Seung zu suchen. Sterne kehrt um zehn Uhr ins Wohnhaus zurück und stellt fest, dass Seung nicht in ihrem Zimmer ist. Er geht bei Giddings vorbei, aber Giddings hat Seung seit ihrem Abendessen nicht mehr gesehen. Gemeinsam suchen sie Mr Glass auf, in der Überlegung, dass Seung vielleicht bei ihm ist, um sich mit ihm auszusprechen. Mr Glass sagt ihnen, dass Seung sich um kurz nach sieben bei ihm zurückgemeldet hat. Er bittet sie, ihren Freund zu suchen und ihn auf dem Laufenden zu halten.

Die beiden Jungen klappern zunächst die Toiletten und Badezimmer auf allen Etagen ab, laut Seungs Namen rufend. Um zwanzig nach zehn taucht Giddings an meiner Tür auf und stellt Fragen. David sitzt an seinem Schreibtisch, steckt die Nase in sein Biologiebuch und ignoriert mich. Er hat eine Dreiviertelstunde an unserem Treffpunkt gewartet und ist dann in die Bibliothek gegangen. Ich habe ihm erklärt, ich hätte kalte Füße bekommen und wäre in der Stadt gewesen, um Eis zu essen. Der teure Cognac ist nun in einem Koffer hinten in seinem Schrank verborgen. Ich habe ihm gesagt, dass die Unterwäscheschublade seiner Kommode kein gutes Versteck sei.

Man kann hören, wie Giddings und Sterne an andere Türen klopfen, gedämpftes Stimmengemurmel.

Um zwanzig vor elf beruft Mr Glass im Haus eine Notfallversammlung ein und erklärt, dass Seung vermisst wird. Er hat bereits den Präfekten angerufen, der wiederum den Wachdienst verständigt hat. Viel können sie in der Dunkelheit nicht unternehmen. Als ich in der Zehnten war, ist mal ein Junge vor seiner Disziplinaranhörung verschwunden – er war beim Kiffen erwischt worden. Eines Abends kam er nicht in sein Wohnhaus zurück, aber am nächsten Morgen tauchte er wieder auf, kleinlaut und durchgefroren nach einer Nacht, die er allein im Wald verbracht hatte. Er hatte einfach die Nerven verloren, aus Angst, was ihm bevorstehen könnte. Seung aber ist ja schon von der Schule geflogen; wieso sollte er da weglaufen, was hätte das für einen Sinn? Fürchtet er sich womöglich davor, nach Hause zu fahren, seinen Eltern unter die Augen treten zu müssen? Diese Vermutung weisen Sterne und Giddings entschieden zurück. Seung ist kein Feigling, sondern eher der Typ, der sich Konflikten offen stellt und die Sache durchsteht. Er würde vor seiner Familie niemals Reißaus nehmen. Und dann senkt sich Stille über den Raum, während allen dieselbe Alternative durch den Kopf geht. Seung hat sich Zutritt zu einem der abgesperrten Gebäude verschafft und es irgendwie fertiggebracht, sich aufzuhängen, die Pulsadern aufzuschneiden oder sich mit Gas zu vergiften. Mr Glass wartet ab, in der Hoffnung, dass vielleicht doch jemand etwas weiß, einen Hinweis geben kann … Aber niemand weiß etwas.

Schließlich löst Mr Glass die Versammlung auf und empfiehlt uns, jetzt schlafen zu gehen, doch ich bezweifle, dass viele von uns in dieser Nacht ein Auge zubekommen. Ich jedenfalls kann nicht schlafen. Ich liege wach im Bett, und als draußen ein Geländewagen mit aufgeblendetem Licht vorbeifährt, frage ich mich sofort, ob er unterwegs ist, um den Sumpf abzusuchen. Dann halte ich mir vor Augen, dass niemand einen Grund hat, Seung gerade dort zu vermuten, schließlich gibt es Hunderte Orte, wo man nach ihm suchen könnte. Außerdem ist es Nacht; ausgeschlossen, dass sie um diese Tageszeit zum Sumpf rausfahren. Nur die Ruhe, ermahne ich mich, mach dich nicht verrückt, hab Geduld. Wer weiß, Seung könnte sich jetzt gerade auf dem Rückweg zum Weld befinden und mich dafür verfluchen, dass ich seine Schuhe versteckt habe, während er sich die Füße an hervorstehenden Baumwurzeln aufschrammt.

Seung aber kehrt in jener Nacht nicht zurück, und auch nicht am Tag darauf. Die Suche geht weiter, und ich behalte David verstohlen im Auge, auf etwaige Anzeichen hin, dass er mein Nichterscheinen zu unserem Treffen irgendwie mit Seungs Verschwinden in Zusammenhang bringt. Das scheint nicht der Fall zu sein. Ich entwickle unterdessen die Hypothese, dass Seung im Wald übernachtet hat und dann per Anhalter zur nächsten Bushaltestelle getrampt ist. Aber ohne Schuhe, ohne Geld? Und wo hätte er hinfahren wollen? Am Ende des ersten Tages werden meine Spekulationen immer abwegiger und wahnwitziger. Auch in jener Nacht schlafe ich schlecht und träume von Seung, der in einem Sarg voller Wasser liegt, mit einem dicken Angelhaken im Mund und meinem Absolventenring – meinem Ring! – an seinem grotesk aufgequollenen kleinen Finger, und als ich aufwache, weiß ich, dass er tot ist. Und dass ich dafür bestraft werde. In den Ring ist noch nichts eingraviert, aber ich bin überzeugt, wenn man ihn an Seungs Finger vorfindet, wird man letzten Endes auch mich finden.

Die Polizei ist sichtbar präsent auf dem Campus, nicht bloß Beamte aus dem Revier in Auburn, sondern auch Vertreter der County-Polizei. Jeder Schüler kennt einen anderen Teil der Geschichte. Einige Teile kann man erfahren, indem man Lehrer anspricht, die bereit sind, Auskunft zu geben (in erster Linie Mr Glass), andere, indem man die Lokalzeitung liest, das *Auburn Banner*. Die Polizei schickt Vermisstenmeldungen an die beiden hiesigen Taxiunternehmen sowie an Greyhound und Amtrak. Sie unterhalten sich eingehend mit Giddings, der schließlich zusammenbricht und zugibt, Seung zwei LSD-Tabletten gegeben zu haben. Sterne lehnt es ab, das zu bestätigen, und sagt lediglich aus, dass sie zu dritt essen waren, dass Seung auf ihn nicht depressiv gewirkt hat und in den letzten Wochen nichts darauf schließen ließ, dass er an Flucht oder Selbstmord gedacht haben könnte. Die Kellnerin in dem chinesischen Restaurant sagt aus, dass alle drei Jungen einen betrunkenen Eindruck machten; einer von ihnen, sie weiß nicht mehr welcher, hat ein Glas zerbrochen. Giddings wird nach Hause geschickt, wo er fast ein Jahr lang in einem Plattenladen jobbt und abends lernt, um seinen High-School-Abschluss extern nachzuholen. Er erhält eine Vorladung, sich in New Hampshire vor Gericht zu verantworten wegen des Vorwurfs, ein verbotenes Betäubungsmittel der Kategorie 1 weiterverbreitet zu haben, aber diese Anklage, so ist gerüchteweise zu erfahren, wird irgendwann fallengelassen. Giddings, habe ich gehört, hat letzten Endes dann Medizin studiert. Sterne lebt heute in L. A., er ist irgendwie in der Finanzbranche tätig.

Nachdem alle Versuche im Sande verlaufen sind, Seung an einem Ort außerhalb der Schule aufzuspüren, verstärkt die Polizei am dritten Tag ihre Suche auf dem Schulgelände. Aber es ist kein Polizist, sondern ein Schüler, ein Junge, der eines Nachmittags nach einer der Prüfungen mit ein paar Freunden am Sumpf abhängt, dem in dem Gebüsch in Ufernähe etwas auffällt, ein Grün, das sich von dem Grün des Blattwerks unterscheidet, etwas, das ein Kleidungsstück sein könnte. Tatsächlich stellt es sich als Hemd heraus, und ganz in der Nähe liegt auch ein Paar Turnschuhe. Die Polizei hat den Sumpf zwar bereits überprüft, aber jetzt kommen die Beamten noch einmal zurück und stellen die Fundstücke sicher, und Seungs Freunde bestätigen, dass er ein grünes Hemd anhatte, als sie an jenem Abend essen waren. Am vierten Tag wird schließlich der Leichnam geborgen. Inzwischen habe ich mich darüber informiert, wie ein Ertrunkener aussieht, nachdem er vier Tage im Wasser gelegen hat. Einzelheiten über die Aufblähung und Verfärbung, die beginnende Verwesung will ich hier nicht näher ausführen. Er dürfte einen grauenhaften Anblick geboten haben. Ich zwinge mich jetzt dazu, mir die Einzelheiten bildlich vorzustellen, damals aber habe ich jeden Gedanken daran verdrängt, und auch nachdem die Suche abgeschlossen und das Rätsel gelöst war, mochte ich im Stillen noch immer nicht ganz daran glauben, dass Seung tot war. Um zu akzeptieren, dass jemand tot ist, braucht man einen Leichnam, und das Letzte, was ich von Seung gesehen hatte, waren seine starken, sich unablässig bewegenden Arme, während er durch das dunkle Wasser pflügte, ganz leuchtend vor Schmerz und Zorn.

Mein Absolventenring spielt letzten Endes gar keine Rolle. Man dürfte ihn an Seungs Finger gefunden haben – selbstredend habe ich nicht nachgefragt –, aber niemand hat ihn mit mir in Verbindung gebracht; wie auch?

Jemand ist gestorben, aber gewisse Dinge lassen sich nicht ändern. Es müssen Abschlussprüfungen für alle stattfinden, die noch am Leben sind. Der Zeitplan der Prüfungen wird umgestellt und verdichtet, damit Zeit für spezielle Gottesdienste in der Kirche der Academy bleibt. Der Geistliche, Mr Bonney, öffnet allen seine Wohnung, die vorbeikommen möchten, um zu trauern und zu reden. Gerüchte machen die Runde: Seungs Hosentaschen waren mit Steinen vollgestopft. Seung hat sich an beiden Armen die Pulsadern aufgeschlitzt, ehe er ins Wasser ging. Einer weitverbreiteten Auffassung nach wurde Seung letzten Endes von der Schulverwaltung in den Tod getrieben, von ihrer brutalen Unterdrückung, ihrem Hass auf etwas so Natürliches wie den Geschlechtsakt. Alle vergessen, wie sehr ihnen Seungs und Avivas Exhibitionismus gegen den Strich gegangen ist, wie sehr sie ihnen ihre Freuden missgönnt haben. Es wird davon geredet, eine Protestaktion bei der Graduierungsfeier durchzuführen. Von irgendwelchen Protestaktionen hier an der Academy hat nie jemand etwas gehört, nicht einmal damals in der Hippiezeit, und keiner weiß so recht, wie man so etwas aufziehen sollte. Einige Schüler wenden ein, dass es den Eltern gegenüber unfair wäre, die Feier zu stören, und dass die Graduierung ein Tag der ungetrübten Freude sein sollte. Tatsächlich sind alle so froh und erleichtert, die Schule mit Erfolg abgeschlossen zu haben, dass sich für einen Protest letzten Endes niemand so recht erwärmen mag.

Es ist merkwürdig, wie einerseits eine Stimmung von fassungslosem Entsetzen herrscht, die andererseits mit absolutem Vergessen einhergeht, weil sich alle um ihre Prüfungsergebnisse sorgen, ihre Sachen packen und sich für den großen Tag zurechtmachen, an dem ihre Angehörigen in der Schule eintreffen. Die Graduiertenfeier findet an einem warmen, bewölkten Sonntag im Juni statt, auf einem Podium, das vor der Aula errichtet worden ist. Wir Seniors sitzen, in alphabetischer Reihenfolge, auf Klappstühlen in der ersten Reihe vor dem Podium, während die Schüler der anderen Jahrgänge hinter uns sitzen. Die Eltern sitzen gesondert an den Seiten, bis auf Dak-ho Jung, der zwischen uns Seniors auf dem Platz sitzt, auf dem unter normalen Umständen sein Sohn gesessen hätte, um Seungs Diplom stellvertretend für ihn in Empfang zu nehmen. Anscheinend hat man entschieden, Seung nun doch einen Schulabschluss zuzubilligen. Seungs Vater hat zu dem Zeitpunkt noch nicht den Obduktionsbericht erhalten, aus dem hervorgeht, dass sein Sohn zum Zeitpunkt seines Todes eine wirkmächtige Kombination von Alkohol, THC und Lysergsäure im Blut hatte. Ich blicke mich suchend um, um meine Eltern ausfindig zu machen – ich hoffe sehr, dass sie mich nicht unmittelbar sehen können –, und dabei streift mein Blick Aviva, die auf der Seite gegenüber und einige Reihen hinter mir sitzt, zusammen mit den übrigen Elftklässlern. Sie hält den Blick gesenkt, als hätte sie vor, nie wieder etwas oder jemanden direkt anzusehen.

Ich nehme das Diplom mit der linken Hand in Empfang, während mir der Schuldirektor kräftig die rechte drückt, und dann ist es vorbei, damit liegen sie hinter mir, diese vier Jahre des Lernens und Spielens, der Angst und Verbitterung, des Wollens, Wollens, Wollens. Es gibt eine alte Auburn-Tradition, der gemäß zu Beginn der Feier für jeden Klassenkameraden zunächst dezent Beifall geklatscht wird, der sich allmählich steigert, wenn die Mitte des Alphabets erreicht ist, und bei den letzten Namen schließlich in ohrenbetäubendes Brüllen und Trampeln und allgemeinen Irrsinn übergeht. Heute jedoch macht niemand Lärm. Wir beobachten Seungs Vater, als er sich mit seiner Reihe von Schülern erhebt und nach und nach auf das Podium zurückt. Er ist nicht größer als Jonathan Joyce-Haverford vor ihm oder Andrea Kallas hinter ihm. Niemand kann den Blick von Mr Jungs tristem braunen Sakko abwenden, von seiner Hose, die sich viel zu lang über seinen schwarzen, auf Hochglanz gewienerten Schuhen beult. Er verzieht keine Miene, aber Schüler beginnen leise zu weinen, während er sich dem Podium nähert und schließlich die Stufen emporsteigt, um das Diplom in Empfang zu nehmen. Er nickt steif, als er es erhält. Auch mir laufen die Tränen übers Gesicht, das können Sie mir glauben. Ich bin machtlos dagegen, wenn um mich herum alle weinen, und ich folge den Blicken anderer und sehe zu Seungs

Mutter und Bruder hinüber, die zwischen den anderen Eltern sitzen. In dem Augenblick fehlt mir Seung aufrichtig; seine Abwesenheit schmerzt mich und erscheint mir unvorstellbar. Unvorstellbar, dass ein lebender Mensch einfach so ausgelöscht sein soll. Ich wende mich noch einmal zu Aviva um, frage mich, wie sie mit alldem zurechtkommt. Sie weint nicht, sitzt ganz still da, hält den Blick noch immer aufs Gras gesenkt.

Nachdem der letzte Name aufgerufen worden ist, alle Diplome überreicht worden sind und unser Jahrgangsbester seine Ansprache beendet hat, reißen die Wolken auf, und helles Sonnenlicht strömt auf die Menge herab. Leute setzen Sonnenbrillen auf und schlendern los, um einen Happen beim Graduiertenpicknick zu essen. Jemand steht ganz in meiner Nähe, und ich bemerke, dass es Seungs Mutter ist. Sie ist klein, untersetzt, stämmig. Ihr Haar ist zu einem schlichten Knoten frisiert. Sie trägt ein dunkles Kostüm und hat ein dunkles Handtäschchen dabei. Sie mustert mich neugierig. Ich glaube, sie erkennt mich aus Jordan wieder, weiß mich aber nicht so recht einzusortieren. Ich kann ihren Blick nicht ertragen, und nachdem ich mir einen Hamburger, Chips und einige Brownies auf den Teller gepackt habe (auf meinen Appetit ist Verlass; der vergeht mir eigentlich nie), achte ich darauf, die restliche Feier über um sie und die anderen Mitglieder der Familie Jung einen möglichst weiten Bogen zu machen.

55

Ein Junge namens Charlie Bradley hat eine Familienfarm – Heu, Ziegen und Weihnachtsbäume – ungefähr zwanzig Meilen nordwestlich von Portsmouth, und er veranstaltet dort eine große Abschlussfete. Carlyle und Lena drängen Aviva, dass sie hingehen soll, obwohl sie selbst beide nicht kommen können. Carlyles Eltern haben für sie am Abend der Graduierung einen Heimflug nach Dulles gebucht, mit dem ausdrücklichen Hintergedanken, sie von irgendwelchen Feten fernzuhalten, und Lena muss nach Hause fahren, weil sie am Abend an einem Klavierwettbewerb teilnimmt. Aviva – sagen ihre Freundinnen – muss unter Leute, muss vor allem mit Seungs Freunden zusammen sein. Sie ahnen nichts davon, dass Aviva an dem Abend, ehe er zu Tode kam, mit Seung Schluss gemacht hat, dass sie, wenn sie Sterne und Giddings und die anderen sieht, nur an eines denken kann, nämlich, dass sie ihren gemeinsamen Freund auf dem Gewissen hat. Umsorgen aber lässt sie sich trotzdem von den Jungen; weil sie es nicht ertragen könnte, wenn sie, oder sonst jemand, die Wahrheit erführen, die Wahrheit darüber, was sie gesagt und getan hat. Sie essen mit ihr zusammen und begleiten sie zu ihren Abschlussklausuren, und Giddings gibt ihr Seungs Ausgabe von den *Pforten der Wahrnehmung*, die mit seinen Randbemerkungen vollgekritzelt ist. Kurzzeitig geht das Gerücht um, dass Charlie Bradley die

Party abblasen könnte, wegen des Geschehenen, am Ende aber herrscht Einigkeit darüber, dass es nicht in Seungs Sinne wäre, die Fete ausfallen zu lassen. Im Gegenteil, er würde sich wahrscheinlich wünschen, dass sie alle es so richtig krachen lassen.

Aviva möchte nicht zu der Party. Sie möchte nirgendwohin. In der Prüfungszeit hat sie fast nur in ihrem Zimmer gesessen und bis spätabends gebüffelt, zusammen mit ihrer Mitbewohnerin. Carlyle hat sie eingeladen, sie für ein paar Wochen zu Hause in Virginia zu besuchen, aber Aviva kann sich beim besten Willen nicht vorstellen, inmitten einer fremden Familie zu leben, an ihren Mahlzeiten teilnehmen und sich an ihren Gesprächen beteiligen zu müssen. Sie kann die Vorstellung nicht ertragen, dass man sie beobachtet, bei ihr nach Anzeichen von Kummer und Schmerz Ausschau hält, oder sich über ihre Abwesenheit wundert. Andererseits graut ihr auch bei dem Gedanken, nach Chicago heimzukehren, in diese unnatürlich stille, zunehmend verwahrlosende Wohnung, in der selbst Marshalls Gegenwart keinen Schutz gegen ein Gefühl schleichender, lähmender Verzweiflung zu bieten scheint.

Also sagt sie ja zur Party.

Förmliche Einladungen spricht Charlie nicht aus; es läuft eher so, dass über seine Fete alle Bescheid wissen. Ich überrede David Yee dazu, mitzukommen. Ich wünsche mir einen Abend voll Dunkelheit und Chaos, eine Gelegenheit, mich hemmungslos zu besaufen. Ich gehe davon aus, dass er mir inzwischen verziehen hat, und tatsächlich scheint er mir nicht mehr böse zu sein. Zu meiner Erleichterung zeigt Lisa kein Interesse daran, mich zu begleiten. Wir verabschieden uns, als sie in den Wagen ihrer Eltern einsteigt, kurz vor der Abfahrt nach Brookline, wo sie zu Hause ist. Von einem möglichen Treffen im Sommer oder auch nur davon, uns zu schreiben, ist dabei mit keiner Silbe die Rede. Wir sind beide heilfroh, den anderen los zu sein.

Ich höre mich um und organisiere eine Mitfahrgelegenheit mit einem Tagesschüler, den ich kaum kenne. Als er, David und ich gegen neun Uhr auf Charlies Farm eintreffen, ist die Fete schon in vollem Gang. Ein Halbmond hängt tief am Himmel, und draußen im Freien ist es sehr dunkel. Leute bummeln mit Flaschen in der Hand umher, Bier oder Whiskey, ziehen sich in stille Ecken zurück, um zu quatschen, zu trinken oder zu vögeln. In einem Kellerraum des geräumigen Farmhauses mit einer Tischtennisplatte in der Mitte stehen außer Lagerregalen, auf denen ein paar Zwiebeln und Kartoffeln herumliegen, ein Kühlschrank voller Bier sowie ein gigantischer Tiefkühlschrank, in dem der Wodka lagert, zusammen mit riesigen Portionen Fleisch, die in weißes Pergamentpapier eingeschlagen sind. Auf einem Tisch aus Edelstahl liegen aufgerissene Chipstüten und Packungen mit Salzbrezeln verstreut.

Ich spiele mit David eine Runde Tischtennis und gehe dann nach draußen, um frische Luft zu schnappen. Hinter dem Haus gibt es Heufelder, einen leeren Holzschuppen – ein früherer Hühnerstall, behauptet jemand – und, etwas weiter weg, einen Bogenschießstand mit an Heuballen befestigten Zielscheiben. Ich frage mich, ob Aviva heute Abend auch hier ist. Nachdem Seungs Leiche gefunden wurde, hat sie Auburn für ein paar Tage verlassen; eine Cousine oder Tante aus Connecticut kam vorbei, um sie im Wagen abzuholen. Als sie zurückkam, behielten wir sie alle genau im Auge, ohne recht zu wissen, wonach wir eigentlich Ausschau hielten. Sie barg ein dunkles Wissen in sich, etwas Ungeheures, das in ihr schlummerte und uns womöglich mit Stacheln beschießen könnte, wenn wir ihr zu nahe kamen. Nach außen hin aber wirkte Aviva eigentlich unverändert, oder zumindest noch genauso, wie sie nach dem Jahr in Auburn inzwischen aussah: dünn, blass, etwas weniger keck im Auftreten. Doch es war schwierig, wirklich aus ihr schlau zu werden. Seungs Kumpel bildeten eine Art schützenden Kreis um sie, der sie vor neugierigen Blicken abschirmte.

Sie sind auch jetzt bei ihr. Ich kehre von meinem kleinen Rundgang gerade zum Farmhaus zurück, als ich sie auf mich zukommen sehe, flankiert von Sterne und Giddings und einigen ihrer Trabanten aus dem Weld. Sie scheint etwas wackelig auf den Beinen und zugleich übervorsichtig, woraus ich schließe, dass sie nicht mehr ganz nüchtern ist. Das könnte mal interessant sein – eine betrunkene Aviva. Da ich aber sowieso keine Chance habe, in ihre Nähe zu gelangen, biege ich seitwärts auf die Felder ab, bis ich auf eine Gruppe Leute stoße, die auf Decken herumlümmeln, trinken und im Takt der Allman Brothers mit dem Kopf wippen, die aus einem Gettoblaster dröhnen. Es ist nicht meine Sorte Musik, aber sie ist zumindest laut, laut genug, um mich für eine Weile im Lärm zu verlieren und alles um mich herum zu vergessen. Ich strecke mich lang auf dem Rücken aus und schließe die Augen. Jemand drückt mir ein Bier in die Hand.

So vergeht die Zeit. Etwa eine Stunde, schätze ich, denn ich erinnere mich daran, dass die Allman Brothers irgendwann aufhörten und danach beide Seiten von Jethro Tulls Album *Aqualung* liefen. Ich fühle mich wohl in dieser kleinen Existenznische, in der Leute ungezwungen kommen und gehen, unbehelligt und ohne dass ihnen ein Gespräch aufgenötigt wird. Mir ist, als könnte ich ewig hier liegen bleiben. Aus irgendeinem Impuls heraus aber öffne ich zwischendurch die Augen, genau rechtzeitig, um David Yee zu sehen, der gerade mit einem Mädchen vorbeigeht, ein winzig kleines Ding, könnte eine aus der Zehnten sein, der es später noch leidtun wird, wenn ihr klar wird, mit was für einem

Trottel sie sich eingelassen hat. Sieh an, sieh an, David, denke ich. Da endlich meldet sich aus dem Haufen herumliegender Körper jemand zu Wort und lallt mit schwerer Zunge, dass «sie» am Bogenschießstand gerade mit Böllern herumknallen. In der Tat, als ich die Ohren spitze, kann ich das scharfe, prasselnde Knallen hören. Ich stehe auf, trinke noch einen Schluck Heineken und drücke die Flasche dann jemand anderem in die Hand.

Ich bin noch nicht allzu weit gekommen, als ich Aviva entdecke, auf der Treppe vor dem Hühnerstall. Sie sitzt dort mit Cort, ausgerechnet. Ich glaube nicht, dass die beiden schon jemals zuvor ein Wort miteinander gewechselt haben. Ich frage mich, wo Seungs Truppe abgeblieben sein mag. Sie dürften sie kaum sich selbst überlassen haben; also hat sie sich wohl selbst von ihnen entfernt. Sie hält die Augen geschlossen, und Cort hat den Arm um sie gelegt. *Herrgott, Cort,* denke ich. *Du bist doch eine Schwuchtel!* Aviva trägt einen langen Rock und ein zu großes Oxfordhemd, dessen Farbe im Schein der Glühbirne über der Treppe zwischen Weiß und Hellblau changiert. Vielleicht ein altes Hemd von Seung. Nein, ich bin mir sogar sicher, dass es ihm gehört hat. Mir wird ganz kalt bei dem Anblick. Es ist, als hätte Aviva sich Seungs Leichnam um die Schultern drapiert. Fällt das außer mir niemandem auf? Zuckt dabei niemand sonst vor Grauen zurück?

Cort begrüßt mich mit schwerer Zunge. Aviva hebt den Kopf von seiner Schulter und blinzelt mich teilnahmslos an. Ohne eine weitere Einladung abzuwarten, hocke ich mich vor den beiden auf die Erde. Es ist eine feuchtschwüle, aber insektenfreie Nacht.

«Aviva reist nach Europa», eröffnet Cort mir.

«Oh.»

«Mit Lena», fügt Aviva unvermutet hinzu und schließt

dann wieder die Augen. «Für zwei Monate, mit Eurail-Pass und allem Drum und Dran. Mein Vater hat mir heute Morgen gesagt, dass er alle Tickets besorgt hat.»

«Das muss schön sein», sage ich, «einen Vater zu haben, der einem eine Reise nach Europa spendiert.»

«Eigentlich sollte ich mir diesen Sommer einen Ferienjob suchen. Und zu einem Psychoklempner gehen. Aber Lenas Tante hat meine Mutter angerufen, und meine Mutter hat daraufhin meinen Vater angerufen. Die Reise ist billiger als eine Behandlung beim Psychoklempner – das wird für meinen Dad den Ausschlag gegeben haben, jede Wette.»

«Na komm, das weißt du nicht», sage ich.

«Das Reisen wird dir guttun», sagt Cort in besänftigendem Tonfall. Ich rätsele kurz, seit wann er sich so gut mit Avivas psychologischen Bedürfnissen auskennt. Es widert mich an, ihren Namen aus seinem Mund zu hören. *Aviva.* Er hat kein Recht dazu, finde ich.

«Cort wird diesen Sommer Mathe pauken», kläre ich sie auf. «Die University of Maryland hat ihn nämlich nur provisorisch angenommen. Tja, wenn der Notendurchschnitt nicht stimmt, muss man draußen bleiben.»

«Klar doch, Bennett-Jones. Die Schande wird mich mein Leben lang verfolgen.» Er hebt eine flache Flasche an die Lippen, trinkt einen Schluck, reicht sie an Aviva weiter. Erst nach kurzem Zögern nimmt sie sie an, umfasst sie mit ihren zarten, zerbrechlich wirkenden Fingern.

«Cort.» Wir alle heben den Blick. Niemand hat Voss näher kommen hören, und jetzt ragt er unvermittelt über uns auf. Sein Hemd ist weit aufgeknöpft; er schwitzt exhibitionistisch. Er steht breitbeinig da wie jemand, der sich auf eine Auseinandersetzung einstellt.

Cort löst sich von Aviva und kämpft sich auf die Beine. «Hey, Mann.»

«Bill Lavery ballert da drüben mit einer Winchester rum. Die will ich mir mal aus der Nähe ansehen.»

«Er hat eine Waffe?», fragt Aviva. Auch sie steht jetzt auf, streicht sich ein Blatt aus dem Haar.

«Bradleys Eltern haben einen ganzen Raum voller Gewehre und Flinten und sogar alter Waffen aus dem Bürgerkrieg, aber da kommt man nicht dran, die Tür ist doppelt und dreifach gesichert. Diese Flinte hat Charlie im Keller gefunden.»

«Es ist doch dunkel», sagt Aviva. Sie stemmt die Hände in die Hüften. Auf einmal wirkt sie fast nüchtern.

«Billy hat eine Laterne. Cort.»

«Ich komm ja schon, verfickt noch mal.»

«Jemand könnte verletzt werden», beharrt Aviva.

«Es wird niemand verletzt», sagt Voss. «Billy weiß, was er tut.»

«Nun stell dich nicht so begriffsstutzig», sagt Cort. «Vergiss nicht, was Aviva durchgemacht hat, Mensch.»

Voss senkt kurz den Blick auf seine Turnschuhe. «Billy hat kaum was getrunken, vielleicht zwei Bier», sagt er. «Und Charlie lässt sonst niemanden schießen.»

Er dreht sich um und marschiert los, in Richtung des Bogenschießstandes. Cort läuft ihm eilig nach.

«Idioten», stellt Aviva fest.

Sie sieht sich um, als wäre sie bestürzt darüber, auf einmal allein zu sein, als würde ich nicht weiter direkt vor ihr am Boden hocken. Die Knöpfe an ihrem Hemd schimmern im Schein der Glühbirne, und ich kann noch immer nicht genau sagen, welche Farbe es hat. Im Stillen bereue ich es, das Bier weitergegeben zu haben, an dem ich vorhin genuckelt habe.

«Wäre ich doch bloß nicht hergekommen», sagt Aviva.

Sie wendet sich ab und geht los, Cort und Voss hinterher. Ich rapple mich hoch und folge ihr eilig.

Sie dürfte mich hören, läuft aber nicht schneller, um mich

abzuschütteln, und fordert mich auch nicht auf abzuhauen. Im Nu habe ich sie eingeholt. Sie tut so, als würde sie mich nicht bemerken.

«Es tut mir leid», keuche ich ganz außer Atem vor Nervosität. «Es tut mir leid, wegen Seung.» Und in diesem Moment tut es mir auch leid. Leid wegen der gesamten Situation. Ich möchte, dass es ihr besser geht. Dass sie nicht länger so ausgelaugt aussieht, so verletzlich.

«Schon in Ordnung», sagt sie. «Danke.»

Sie beschleunigt ihren Schritt; anscheinend ist das Gespräch für sie damit beendet. Kurz darauf aber bleibt sie plötzlich stehen und macht eine ungeduldige Handbewegung. «Was willst du?», fragt sie.

«Es muss schrecklich sein», sage ich. Damit meine ich nichts Bestimmtes. Ich muss bloß Sätze zu ihr sagen. Sie bilden sich wie von selbst, ohne dass ich gedanklich daran beteiligt wäre. Sie soll mich einfach nur wahrnehmen.

Ihre Lippen sind geschlossen, verächtlich. «Es ist nicht schrecklich», sagt sie. «Es ist gar nichts. Es ist nichts, nichts.»

Ich kann sie nicht richtig hören. Ich rede weiter. «Natürlich kann ich nicht wirklich wissen, wie es ist, wenn jemand stirbt, den man gernhat. Ich kann nicht wirklich nachvollziehen, was …»

«Ich spüre gar nichts», fällt sie mir ins Wort. «Hast du kapiert? Kapiert das mal irgendjemand? Ich bin kalt. Durch und durch kalt. Es fehlt etwas in mir, genau wie ich immer vermutet habe.»

«Das stimmt nicht», sage ich.

Ich sehe es nicht kommen. Ihre Hand schlägt mir mitten ins Gesicht. Sie wirkt selbst überrascht. Sie hält ihre Hand mit der anderen umfasst und schließt die Augen. «Was weißt du schon», sagt sie.

«Okay, okay», sage ich. Zu meiner Bestürzung spüre ich,

dass mir die Tränen kommen. Ich flehe sie an, wieder zu versiegen. Die Haut unter meinem linken Auge brennt und prickelt.

«Okay», sage ich noch einmal.

Mir ist, als würde ich vor ihr zurückweichen; ich sehe sogar vor mir, wie ich mich umdrehe und in Richtung Farmhaus davongehe, auf die große Veranda und die Lichter zu. Aber das bilde ich mir offenbar nur ein, denn auf einmal stelle ich fest, dass ich vor ihr auf der Erde knie, ihre Beine umklammert halte und den Tränen freien Lauf lasse, während ich das Gesicht an ihren Bauch drücke. Ihr Bauch ist flach, ein bisschen knochig, aber auch sehr weich. Ich spüre, wie sie mir die Hand auf den Kopf legt.

«Bitte», sage ich. «Bitte.»

Ich hebe die Hand und öffne den untersten Knopf an ihrem langen Hemd, Seungs Hemd. Dann den nächsten Knopf. Ich möchte meine Wange an sie schmiegen, möchte mich in dem warmen Metall ihrer Halsketten verheddern und die warme Haut darunter spüren. Dann kommt mir zu Bewusstsein, dass ich nicht sie ausziehen sollte, sondern mich selbst. Ich streife mir mit zitternden Händen das Hemd über den Kopf und knie mit meinem gedrungenen, fleischigen Oberkörper vor ihr, zeige ihr ganz offen meine Hässlichkeit.

Aus der Ferne hallt ein Schuss herüber, gefolgt von Jubel. Ich stehe auf und nehme Aviva an der Hand und führe sie in das Heufeld. Wir legen uns auf die Erde, mitten in die Halme, die unter uns knackend entzweigehen, und küssen uns. Ihr Mund ist warm und schmeckt nach Rum. Sie gibt keinen Laut von sich, aber ich spüre, wie ihr Atem immer schwerer geht und ins Stocken gerät, und dann schlingt sie die Arme um mich, ganz so, wie ich es mir so oft vorgestellt habe. Ihr Mund ist ein Tunnel, in dem ich mich verirren könnte. Ich greife nach unten und betaste ihre gesamte Länge, ihre intime Form, Ebene und Schräge, Wölbung und Knochen. Sie fröstelt. Ich breite mein Hemd über ihr aus, über dem Männerhemd, das sie bereits trägt. Ich schnalle meinen Gürtel auf, streife mir erst die Jeans vom Leib und dann meine Unterhose. Sie setzt sich auf und drückt mein Hemd an sich, während sie wartet. Ihr Rock ist hochgeschoben, sie trägt einen seidig schimmernden Slip. Ich weiß nicht, wie viel länger ich noch an mich halten kann. Mein Schwanz fühlt sich an, als würde er jeden Moment seine Haut sprengen, aufplatzen wie eine pralle Frucht. Kurz steigt die alte Gewalttätigkeit in mir auf, und mir ist, als könnte ich sie in meinem verzweifelten Drang, sie zu besitzen, schier zerfleischen. Aber ich beherrsche mich, ich beherrsche mich. Sie lässt es geschehen, dass ich mich auf sie lege und sie streichle; ich kann spüren, wie ihre Brust und ihr Bauch unter mir weicher werden, nachgiebiger, ihre Beine jedoch hält sie seltsam steif ausgestreckt. Ich halte inne. Ich frage sie, ob ich weitermachen soll.

«Ja.»

Sie klingt weit weg. Ich küsse sie wieder, und wieder fühlt sie sich warm und empfänglich an, aber dann dreht sie das Gesicht zur Seite, entzieht mir ihren Mund, wie um zu sagen: Nun mach schon! Ich stupse sie auseinander, so gut es geht, und sie windet sich, um mir entgegenzukommen. Ich stoße mich ein wenig in sie; sie ist feucht, aber eng. Dann stoße ich erneut zu, fester, voll aufgestauter Ungeduld, und sie schreit laut auf.

Ich lasse mich erschrocken auf die Knie zurücksinken, entschuldige mich. Sie hebt den Kopf, versucht zu lächeln. «Ist schon gut», sagt sie. Mir ist klar, etwas läuft hier total schief, aber ich kann jetzt nicht aufhören, meine Gier und meine Freude treiben mich weiter an. Ich stoße mich noch einmal in sie, behutsamer diesmal. Sie liegt ganz still da, gibt keinen Laut von sich. Ich habe das Gefühl, mich in einer grauenhaften Leere zu bewegen. Ich stoße mich tiefer in sie, und sie gibt ein kleines *ah!* von sich, ob vor Lust oder Missbehagen, kann ich nicht sagen, und dann, ganz plötzlich, vergeht mir auf einmal alles, und ich ziehe mich keuchend heraus, so schmerzhaft pochend mein Schwanz dagegen auch Protest einlegt.

Aviva setzt sich auf, sieht mich mit aufgerissenen Augen an. «Nein», sagt sie. «Hör nicht auf.»

Ich krieche durch die Halme davon, bis sie mich nicht mehr sehen kann. Und dort, mit dem Rücken zu ihr, reiße und zerre ich an mir herum, bis ich – es dauert nicht lange – abspritze. Ich wische mich sauber, vergieße kurz lautlos ein paar Tränen, reibe mir mit den Unterarmen an den Augen herum. Alles ist feucht, klebrig, besudelt.

Als ich zu unserer Stelle zurückkomme, ist sie fort. Mein Hemd, meine Jeans und meine Unterhose liegen da und dort am Boden verstreut. Als ich sie einsammle, stoßen meine Hände noch auf etwas anderes: einen Ring, so zumindest fühlt es sich in der Finsternis an, glatt und uneben. Ich kleide mich langsam an, stecke meinen Fund in die Hosentasche, spucke aus, um den Geschmack von irgendetwas loszuwerden. Benommen wanke ich zum Farmhaus zurück, wobei ich unterwegs eine kurze Pause einlege, um ins Unkraut zu pinkeln, nehme mir ein frisches Bier aus dem Kühlschrank und ziehe mich an eine dunkle Stelle hinter dem Haus zurück, wo mich für den Rest des Abends nur wenige Leute sehen oder anquatschen. Irgendwann fallen mir die Augen zu, und ich werde erst wieder wach, als jemand an meiner Schulter rüttelt. Es ist der Tagesschüler, der so anständig war, nicht ohne mich von der Party abzuhauen, und dazu bereit ist, mich und David, wie abgemacht, an dem Greyhound-Busbahnhof in Portsmouth abzusetzen. David grinst wie ein Honigkuchenpferd. Sieht so aus, als hätte er bei dieser Kleinen aus der Zehnten tatsächlich Erfolg gehabt.

Im Neonlicht des Busbahnhofs, wo wir auf den ersten Bus des Tages warten, der nach Boston fährt, sehe ich mir Avivas Ring genauer an, golden mit kleinen Rubinen, an der Unterseite schmaler als oben, ebenso zart wie sie. Ich habe einen Ring an Seung verloren, und von Aviva habe ich nun einen bekommen. Ich stecke ihn wieder in die Hosentasche.

Viele Stunden später, als ich zu Hause bei meinen Eltern bin und mich, zerzaust, noch immer verkatert, unter die Dusche stelle, um mir den Schmutz und Dreck vom Vorabend vom Körper zu spülen, sehe ich das geronnene Blut an meinem Penis. Es dauert ein wenig, bis ich begreife, dass es sich tatsächlich um Blut handelt. Aviva, ist mein erster Gedanke, hat wohl gerade ihre Tage bekommen. Könnte das sein? Vielleicht war sie deswegen so zwiespältig, so angespannt. Trotzdem, irgendwie werde ich das Gefühl nicht los, dass es das Blut einer Verwundung ist, eines tätlichen Angriffs. Ich werde aus alldem nicht schlau – diese eine Sache, die ich mir so sehr gewünscht, so ungeduldig herbeigesehnt habe, nur um dann wieder davor Reißaus zu nehmen. Was bedeutet sie mir nun? Als ich in ihr war, dachte ich an Seung, lang ausgestreckt am Ufer des Sumpfes, mit dem Kopf im Dreck und diesem bekifften Grinsen im Gesicht, noch atmend, noch am Leben, voller Blut, das ihm warm durch die Adern pumpte. «Es sieht aus wie ein Nachziehspielzeug», hatte er über das THC-Molekül gesagt. Das ging mir durch den Kopf, als ich mich in Aviva hineindrückte, in ihr vor- und zurückbewegte, bis ich einen Blick auf ihr gebeuteltes, verhärmtes Gesicht warf und nicht mehr weitermachen konnte.

Und jetzt, während das heiße Wasser über mich hinwegströmt, ziehe ich ganz andere, neue Rückschlüsse. Ich denke an Avivas jähen Aufschrei zurück, der so sehr an Lisa Floods

Aufschrei erinnerte, als ich sie entjungfert habe. Ich denke daran, was Seung am Sumpf alles gesagt hat, dass er versagt hatte, dass er Aviva betrügen musste, dass er kein richtiger Mann war, und all dies vermischt sich mit anderen, weniger klar umrissenen Gedanken, bis mir auf einmal die Erleuchtung kommt: Lieber Gott, Aviva, die große Schlampe von Auburn, war noch Jungfrau gewesen.

56

Dann war ich also ihr Erster? Doch ich verspürte keinen Triumph, während die Tage und Wochen vergingen, eher, dass sich mein Verbrechen gegen Aviva noch verdoppelt hatte, und damit auch meine Verantwortung ihr gegenüber. Ich erkannte mich jetzt als einen Menschen voll unschöner und womöglich nicht zu beherrschender Impulse. Wer wusste, wozu ich als Nächstes imstande wäre? Vielleicht würde ich ein Fenster einschlagen und über die Scherben klettern, um eine Stereoanlage oder Diamanten zu stehlen. Vielleicht würde ich jemanden auf der Straße angreifen, ohne jede Provokation. Ich trank sehr viel, und deswegen war ich in Wirklichkeit viel zu beduselt und unkoordiniert, um irgendwem Schaden zuzufügen. Doch sosehr ich mich auch zu betäuben versuchte, gewisse Bilder standen mir immer und immer wieder vor Augen: Seungs Leichnam, der aufgedunsen am Boden des Sumpfes im Wasser trieb; ein Ring – *Gnaritas et Patientia* –, der tief in einen geschwollenen Finger einschnitt. Ich spielte mit dem Gedanken, dem Präfekten oder der Polizei alles zu beichten, und konnte mich doch nicht dazu durchringen. Nicht etwa aus der Sorge, dass man mir Seungs Tod anlasten könnte – so weit würde man wohl nicht gehen –, sondern weil der Unterschied in den Augen der Welt rein technischer Natur wäre. Ich wusste, was ich wusste: Aviva und ich, wir hatten Seung gemeinsam umgebracht. Ich hatte keinen Mut. Wenn ich abends im Bett lag, zog ich die Knie hoch bis ans Kinn und wiegte mich unablässig vor und zurück, um mich mit der Bewegung abzulenken, um an nichts zu denken.

57

David Yee und ich waren nicht die Einzigen, die an jenem frühen Morgen vor Sonnenaufgang in der Greyhound-Wartehalle saßen und auf den Bus warteten, der uns nach Hause bringen würde. Es waren noch andere Gäste von Charlie Bradleys Fete dort, ebenso zerknittert und von der Nacht gezeichnet wie wir. Darunter auch Aviva. Ist sie vor mir oder nach mir in die Halle gekommen? Ich habe sie jedenfalls nicht durch die Tür kommen sehen. Ich saß vornübergesunken da, mein Kopf hing irgendwo zwischen meiner Brust und meinen Füßen. David, stocknüchtern und mit rätselhafterweise noch immer sauberem, frisch wirkendem Polohemd, war in die letzte Sonntagsausgabe der *New York Times* vertieft. Ich hatte Durst und stand auf, um zur Toilette zu gehen, in der Hoffnung, dass der Hahn über dem Waschbecken funktionierte und ich ein paar Schluck Wasser trinken konnte. Aus dem Augenwinkel nahm ich eine Gestalt wahr, drüben auf der anderen Seite des Raumes, doch ich erkannte sie auf Anhieb wieder, wie etwa die Gestalt einer Mutter oder Schwester. Kurz war ich wie gelähmt vor Schreck; in meinem verwirrten Kopf hatte sich die fixe Idee festgesetzt, dass ich Aviva am Vorabend umgebracht hatte, und doch saß sie nun dort, zurückgekehrt aus dem Reich der Toten, um mich anzuklagen. Ein Adrenalinschub sorgte dafür, dass ich umgehend an meinen Platz zurückkehrte. Nachdem ich mich leise wieder hingesetzt hatte, wagte ich einen weiteren verstohlenen Blick, in der Hoffnung, dass Aviva wieder verschwunden sein könnte, sich als bloße alkoholinduzierte Halluzination herausstellte. Aber nein, sie saß noch immer dort. Ich schob die Hand in die Hosentasche, berührte den Ring und drehte ihn zwischen den Fingern herum, pausenlos, in einem fort. Ich redete mir so lange gut zu, bis ich wieder glaubte, dass das Mädchen, das dort auf der anderen Seite des Raumes saß, neben dem defekten Süßwarenautomaten, ein ganz normales Mädchen war, ein normales, lebendes Mädchen, das ich letzte Nacht im Gras zu lieben versucht hatte, bis mir klar wurde, dass ich sie nicht erreichen konnte und es auch nicht verdiente, sie zu erreichen. David blickte hin und wieder von seiner Zeitung auf, um mich übertrieben lang anzusehen. Offenbar wartete er darauf, dass ich fragte, wie sein Abend verlaufen war.

Etwas krächzte aus dem Lautsprecher, eine völlig unverständliche Durchsage. Ich warf einen Blick auf die Uhr; es war noch zu früh für den Bus, auf den ich wartete, der mich, mit ein Mal Umsteigen unterwegs, bis nach New York City bringen würde. Ich spürte mehr, als dass ich sah, wie Aviva sich von ihrem Platz erhob, und als sie vorbeikam, musterte ich sie noch einmal von Kopf bis Fuß: brauner Bauernrock, zu großes Oxfordhemd – es war hellblau, das konnte ich endlich deutlich sehen –, klobige braune Clogs. Keine Ohrringe, nur zwei Halsketten – wieso? Ein Rucksack, in dem sich offenbar nicht viel befand, denn er hing ihr schlaff von der Schulter. Sie würdigte mich keines Blickes, und obwohl ich damit schon gerechnet hatte, streifte mich das Gefühl von Abwesenheit, als sie an mir vorbeiging, wie ein dunkler Windhauch. Ich sog gierig ihren Duft ein. Sie roch nach vergorenem Alkohol, nach Schlaf, nach einem Überrest von sauberer Natur. Ich stand auf und stolperte ihr nach, rief ihr zu, sie solle warten. Sie drehte sich um, und ihre Augen jagten mir Angst ein; sie waren leer, ausdruckslos. Fast so, als wäre sie blind. Ich öffnete meine Faust, sah, wie sie den kleinen Rubinring erkannte, der in meiner Hand lag. Kurz flammte ein Funke in diesen Augen auf. Sie streckte die Hand aus, um den Ring an sich zu nehmen, und dabei streiften ihre kalten Fingerspitzen die Lebenslinien auf meinem Handteller. Ich hätte zu gerne meine Hand um die ihre geschlossen, nur ganz kurz, um sie wortlos um Verzeihung zu bitten, um ihr zu verstehen zu geben, dass ich sie immer lieben würde, aber ich verzichtete darauf, und heute kann ich sagen, dass mir seither nichts in meinem Leben so schwergefallen ist wie dieser Akt der Selbstbeherrschung.

«Danke», sagte sie heiser, ohne mich noch einmal anzusehen.

Durch die verschmierte Glastür des Busbahnhofs blickte ich Aviva nach, während sie draußen zu ihrem Bus hinüberging, der mit laufendem Motor, erratisch vibrierend, an der Haltestelle stand. Ich sah, wie ihre kleine Gestalt die beiden Stufen ins dunkle Fahrzeuginnere erklomm. Sie sollte nie mehr nach Auburn zurückkehren. Ich weiß nicht, ob sie diese Entscheidung bereits getroffen hatte, während ich dort saß und das kurze Gespräch zwischen ihr und dem Fahrer registrierte – sie sagte etwas, und dann sagte er etwas. Die Leute, die weiter in Auburn waren, erwähnten es im Lauf des darauffolgenden Jahres hin und wieder, wenn sie ihre Collegebesuche machten – erinnerst du dich noch an Aviva Rossner?, sie ist nicht mehr zurückgekehrt. Aviva nickte dem Fahrer zu, wandte sich zu dem langen Tunnel von Sitzen um, und dann war sie hinter dem getönten Glas verschwunden.

Danksagung

Mein tiefer Dank gebührt Anna Stein, meiner Agentin, und Tony Perez, meinem Lektor, die beide zu diesem Buch so viel beigetragen haben und deren Loyalität ich über alles zu schätzen weiß. Dank auch an Annas Assistenten John McElwee und an Nanci McCloskey, Rob Spillman, Diane Chonette, Jakob Vala, Anne Horowitz und den Rest der tollen, dynamischen Crew bei Tin House Books, dem wunderbarsten Zuhause, das eine Autorin sich nur wünschen kann.

Jim Ruland, Jane Avrich und Joanne Fisher haben das Manuskript gelesen und mir wertvolles Feedback geliefert, während die Donnerstagsgruppe, bestehend aus Therese Eiben, Lynn Schmeidler, Joanne Fisher (schon wieder) und Philip Moustakis, bei der Feinjustierung geholfen hat. Dazu hat auch Kirsten Menger-Anderson ihren Beitrag geleistet.

Harold Browne hat mir Carte Blanche gegeben und sich mir bei einer Rechercheereise als Fremdenführer zur Verfügung gestellt, während Peter Greer und der inzwischen leider verstorbene David Thomas mir Fragen zum Alltag in einem Internat beantwortet haben. John Case hat mir Crew-Rudern erklärt; Daniel Gesmer hat mich in die Feinheiten des Skateboardens eingeweiht. John Kim, Dot Bowe und Caryn Bowe haben mir Antworten auf die abwegigsten Fragen geliefert. Christine Schutt hat das große Gesamtbild beleuchtet.

Bloß weil Julia Bogardus und Susan Lane mir mit Material

geholfen haben, das letzten Endes doch nicht für diesen Roman verwendet wurde, bedeutet das nicht, dass sie mich nicht unterstützt hätten. Meine Schuld, nicht ihre. Dasselbe gilt für den warmherzigen Louis E. Catron, leider ebenfalls verstorben.

Meine Freunde vom Zoetrope Virtual Studio – zu viele, um sie alle aufzuzählen, aber besonders gedankt sei an dieser Stelle Mary Akers, Roy Kesey, Pia Z. Ehrhardt, Alicia Gifford, Myfanwy Collins, Ellen Meister, Cliff Garstang, Darlin Neal, Len Joy, Marko Fong, Jim Tomlinson, Anne Elliott und Mary Lynn Reed – bestärken mich zuverlässig in dem Gefühl, dass das Leben als Autorin nicht nur bewältigt werden kann, sondern ein echtes Privileg ist.

Claudia Putnam und Elena Sigman haben stets den Enthusiasmus geteilt und sich geduldig die Klagen angehört.

Die erfahrenen Mütter – sie wissen, wer sie sind – halten mich im Gleichgewicht, sodass ich Wörter zu Papier bringen kann.

Keine Frage zu den Druckfahnen ist für Phyllis Greenberg zu klein oder unerheblich, um sich nicht im letzten Moment noch darum zu kümmern, und mein Ehemann, Jonathan Ratner, ist auch ein erstklassiger Korrekturleser – ohne Honorar.

Kathy Melillo hat dafür gesorgt, dass weiter alles rundlief, während ich im oberen Stock saß – vielen Dank!

Es klingt ein bisschen kitschig, aber meine Mutter, Patricia Erens, hat immer daran geglaubt, dass ich wirklich schreiben kann – oder hat etwaige Zweifel daran zumindest sehr gut versteckt. Zeit für ein riesengroßes Dankeschön!

Jonathan, Abraham und Hannah sind der Grundstein und die Gnade meines Lebens.

Aus dem Verlagsprogramm des C.H.Beck Verlages

Literatur bei C.H.Beck